일곱 명의 남자

세계문학 3
일곱 명의 남자

초판 1쇄 펴낸 날 2013년 11월 25일

지은이 맥스 비어봄
옮긴이 김선형
펴낸이 김삼수
펴낸곳 아모르문디
편 집 김소라

등 록 제313-205-00087호
주 소 서울시 마포구 대흥동 35-2 1층
전 화 0505-306-3336 **팩 스** 0505-303-3334
이메일 amormundi1@daum.net
홈페이지 www.facebook.com/amormundibook

ⓒ 김선형, 2013

ISBN 978-89-92448-20-8 04840
ISBN 978-89-92448-17-8(세트)
** 이 도서의 국립중앙도서관 출판시도서목록(CIP)은 서지정보유통지원시스템 홈페이지
(http://seoji.nl.go.kr)와 국가자료공동목록시스템(http://www.nl.go.kr/kolisnet)에서 이
용하실 수 있습니다.(CIP제어번호: CIP2013022166)

세계문학 3

일곱 명의 남자

맥스 비어봄 지음 | 김선형 옮김

아모르문디

차 례

〈일곱 명의 남자〉

〈다른 두 남자〉

에노크 솜즈

1912년[1]

홀브룩 잭슨 씨가 저술한 1890년대 문학에 대한 책이 세상에 나왔을 때, 나는 열심히 인덱스를 뒤지며 '솜즈, 에노크'를 찾았다. 혹시 없을까 봐 걱정이 되었기 때문이다. 아니나 다를까 없었다. 그러나 다른 작가들은 다 있었다. 내가 까맣게 잊었거나 기억이 희미해진 숱한 작가들, 그들의 삶과 작품들이 홀브룩 잭슨 씨의 책장 속에

---

1) 이 책에 실린 비어봄의 작품들은 에세이 혹은 회고록의 형식을 취하고 있다. 그러나 주변 인물들이나 당대의 출판물 등이 실존 인물이거나 실제 작품에 근거를 두고 있는데 반해, 주인공들은 모두 비어봄이 만들어 낸 허구의 인물이다. 따라서 이 글들은 일종의 '유사' 에세이 또는 '가짜' 에세이로 볼 수 있으며, 나아가 에세이를 가장한 소설로 보아도 무방할 듯싶다. 그러므로 각 작품 앞머리에 나오는 년도 및 날짜는 실제로 비어봄이 글을 쓴 시기라기보다는, 정황상 그 글을 썼다고 상정해 놓은 때라고 보아야 한다. 이러한 위트 또한 비어봄식 글쓰기의 특징을 보여 주는 한 요소라고 할 수 있다.

서 다시금 생생히 되살아났다. 걸출한 글솜씨만큼이나 빈틈없고 포괄적인 책이었다. 따라서 내가 찾은 항목이 없다는 사실은 더욱 더, 불쌍한 솜즈가 역사 속에 족적을 남기는 데 실패했다는 치명적인 기록이 될 수밖에 없었다.

감히 말하지만 그 항목의 생략을 눈여겨 본 사람은 오로지 나뿐이다. 솜즈는 철저하고도 비참하게 실패한 작가였다! 솜즈가 일말의 성공을 거두었다 해도 어차피 다른 작가들처럼 내 기억 속에서 지워졌다가 역사가의 부름이 있을 때만 다시 떠오르곤 했겠지 생각해 보지만 위로가 될 수는 없다. 물론 솜즈의 천재적 재능이 생전에 인정을 받았더라면 내가 목격했던 거래를 했을 리도 없고. 망측한 거래의 결과 덕분에 이처럼 나는 그의 기억을 도무지 뇌리에서 지우지 못하고 있다. 반면 바로 그 거래의 결과 덕분에 비참하게 한심스러운 그의 실패가 이처럼 찬란히 빛나게 된 것도 사실이다.

그러나 연민에 못 이겨 그에 대한 글을 쓰는 건 아니다. 불쌍한 친구, 그를 위해서라면 차라리 아예 펜을 잉크에 적시지 않는 편이 낫다. 망자(亡者)를 조롱하는 건 나쁜 짓이다. 그렇지만 에노크 솜즈에 대한 글을 쓰면서 어떻게 조롱하지 않을 수 있을까? 아니 그보다, 내가 무슨 수로 그가 '웃기는' 인간이었다는 끔찍한 진실을 은폐할 수 있을까? 내게는 도저히 그럴 능력이 없다. 그러나 반드시 언젠가는 그에 대한 글을 써야만 한다. 독자 여러분도 읽다 보면 내게 다른 선택의 여지가 없었음을 알게 될 것이다. 그러니 차라리 지금 해치워 버리는 게 나을지 모르겠다.

1893년 여름 학기에 옥스퍼드에는 뜬금없이 마른하늘에 날벼락이 떨어졌다. 충격의 여파로 깊디깊은 구덩이가 파였고, 날벼락이 땅바닥으로 돌진해 그대로 처박혔다. 학장이며 학부생들은 새하얗게 질린 낯빛을 하고 둘러서서 그 얘기만 했다. 어디서 온 걸까, 이 운석은? 파리에서. 이름은? 윌 로선스타인.[2] 목적은? 석판화로 24점의 연작 초상화를 그리기 위해. 이 초상화들은 런던의 보들리 헤드에서 출판하기로 되어 있었다. 긴박한 문제가 아닐 수 없었다. 이미 A의 사감, B의 교장, 그리고 C의 흠정 교수가 온순하게 '앉아서' 모델 노릇을 했다는 얘기가 돌았다. 누굴 위해 모델 노릇을 해준 적이 없는 점잖고 비실비실한 노령의 학자들은 이 젊고 역동적인 이방인을 참고 봐줄 수가 없었다. 로선스타인은 간청하는 법이 없고 당당하게 요청을 했다. 아니 요청하지도 않았다. 아예 명령을 했다. 그는 스물한 살이었다. 이제껏 한 번도 본 적이 없는 번쩍거리는 안경을 쓰고 있었다. 그는 번득이는 재기의 소유자였다. 아이디어가 찰랑찰랑 넘치도록 충만했다. 그는 휘슬러와 친했다. 에드몽 드 공쿠르와도 알고 지냈다. 파리에 모르는 사람이 없었다. 파리 사람들 전부를 속속들이 알았다. 로선스타인은 곧 옥스퍼드 속

---

2) Sir William Rothenstein(1872~1945). 훗날 영국 왕립미술학교장을 역임한 영국의 화가로, 옥스퍼드에서 만난 비어봄에게 많은 예술가와 문인들을 소개해 주었다. 드가와 휘슬러의 영향을 받아 초상화를 많이 그렸다.

의 파리였다. 엄선된 학장들의 초상을 마무리하고 나면 학부생들 몇 명을 포함시킬 거라는 얘기가 숨죽인 속삭임으로 떠돌고 있었다. 그래서 내가, 내가 그중에 들게 된 날은 몹시 자랑스러웠다. 나는 로선스타인이 두렵기보다는 마음에 들었다. 우리 사이에 피어난 우정은 해가 갈수록 더욱 따뜻하게 깊어졌고, 점점 더 내게 소중해졌다.

학기가 끝날 무렵 로선스타인은 런던에 정착했다. 아니 운석처럼 자기 자리를 파고 들어가 앉았다. 그 자체로 영원히 매혹적인 하나의 세계인 첼시를 처음으로 알게 된 것도, 월터 시커트를 비롯한 첼시의 존엄한 원로들을 알게 된 것도 다 그 덕분이다. 핌리코의 캠브리지 스트리트로 나를 데리고 가서 이미 소수의 사람들 사이에서는 그림으로 명성이 자자하던 청년을 만나게 해 준 사람 또한 로선스타인이다. 화가 청년의 이름은 오브리 비어즐리3)였다. 로선스타인과 함께 나는 처음으로 보들리 헤드를 방문했다. 지성과 담력이 거하는 또 다른 처소, 카페 로열의 도미노 룸에도 그의 안내를 따라 입성하게 되었다.

그 시월의 어느 날 밤 그곳에서 — 바로 거기, 서로 마주 보는 숱한 거울들과 천장을 떠받친 여상주(女像柱)들 사이 황금빛과 진홍

---

3) Aubrey Beardsly(1872~1898). 영국의 삽화가. 툴루즈 드 로트레크와 일본 우키요에의 영향을 받아 섬세하고 장식적인 양식을 확립했다. 아름답고 병적인 선묘와 단순하고 평면적인 형태 묘사는 아르 누보에 큰 영향을 끼쳤다.

빛 벨벳이 창출하는 호사스러운 풍경 속에서, 이단적인 그림들로 장식된 천장으로 끝없이 피어오르는 담배 연기와 이따금씩 대리석 테이블 위에서 뒤섞이는 도미노들의 짤그랑거리는 소리에 날카롭게 끊기곤 하는 아마도 냉소로 가득한 나지막한 말소리 속에서, 나는 깊은 숨을 몰아쉬었고 "이것이야말로, 삶이구나!"라고 혼잣말을 읊조렸다.

저녁 식사 시간 직전이었다. 우리는 베르무트4)를 마셨다. 로선스타인을 아는 사람들이 명성만 들은 사람들에게 그를 가리켜 보이곤 했다. 회전문으로 꾸준히 사람들이 들어와 빈자리나 일행을 찾아 천천히 돌아다녔다. 이렇게 배회하던 한 사람이 내 관심을 끌었다. 로선스타인의 눈길을 끌고 싶어하는 기색이 역력했다. 그는 머뭇거리는 표정으로 우리가 앉은 테이블을 벌써 두 번이나 지나쳤다. 그러나 로선스타인은 퓌비 드 샤반5)에 대한 연구에 골몰한 나머지 그를 보지도 못했다. 구부정하고 꾸물거리는 사람으로 꽤 훤칠한 키에 몹시 창백한 낯빛, 약간 길다 싶은 갈색빛 도는 머리카락의 소유자였다. 흐릿하고 애매한 턱수염, 아니 그보다 턱에 힘없이 꼬불거리는 커다란 털 뭉치가 움푹 팬 부분을 가리고 있었다고 해야 할 것 같다. 괴상하게 생긴 사람이었다. 그렇지만 1890년대에는 괴상한 외모의 인간들을 지금보다 더 자주 볼 수 있었던 것 같

4) 포도주에 베르무트초 등 향료를 섞어서 만든 술.
5) Puvis de Chavannes(1824~1898). 프랑스 상징주의를 대표하는 화가.

다. 그 시대의 젊은 작가들은 ─ 나는 이 사람도 작가가 틀림없다고 확신했다 ─ 눈에 띄는 외모를 가꾸려고 꽤나 애를 썼다. 이 남자의 노력은 허사로 돌아간 게 분명했지만 말이다. 목사가 쓰는 것과 비슷하지만 좀 더 보헤미안적인 의도를 풍기는 부드러운 검은 모자를 쓰고 회색 방수 케이프를 두르고 있었다. 방수라서 그런지 케이프는 로맨틱하게 보이지 않았다. 나는 그를 표현하는 '모 쥐스트(mot juste)'[6]를 '침침한'으로 정했다. 이미 습작을 시작해서 당대의 성배였던 '모 쥐스트'에 한창 집착하고 있었던 것이다.

침침한 남자는 또 우리 테이블로 다가왔는데 이번에는 발길을 멈추겠다고 마음먹고 있었다. "저를 기억하지 못하시는군요." 그가 무미건조한 말투로 말했다.

로선스타인은 환한 표정으로 그에게 초점을 맞췄다. "아, 기억납니다." 잠시 후 그가 대답했다. 반가움보다는 자신의 뛰어난 기억력에 대한 대견함이 담긴 표정이었다. "에드윈 솜즈."

"에노크 솜즈입니다." 솜즈가 말했다.

"에노크 솜즈군요." 로선스타인이 그나마 성을 기억한 게 어디냐는 투로 이름을 따라 말했다.

"파리에 사실 때 두세 번 뵈었죠. 카페 그로슈에서 만났습니다."

"그리고 한 번 제가 선생의 스튜디오를 방문한 적이 있지요."

---

6) 사물의 본질을 정확하게 표현하는 단 하나의 말을 뜻하는 프랑스어다. 귀스타프 플로베르의 일물일어설에 힘입어 당시 작가들은 모 쥐스트를 찾아내는 것이 소명이라고 믿었다.

"아, 그래요. 그때 내가 자리를 비워서 미안했습니다."

"아니, 계셨습니다. 그림도 몇 점 보여 주셨잖아요……. 지금은 첼시에 계신다고 들었습니다."

"그래요."

이렇게 짧은 대답을 듣고도 솜즈 씨가 그냥 지나쳐 가지 않는 게 이상하다는 생각마저 들었다. 참을성 있게 거기 서 있는 그는 좀 말 못하는 짐승 같기도 하고 현관문 너머를 보고 있는 당나귀 같기도 했다. 서글픈 꼬락서니였다. 그때 '굶주린'이 그의 모 쥐스트일지도 모르겠다는 생각이 퍼뜩 떠올랐다. 그렇지만 무엇에 굶주렸단 말인가? 그는 입맛이 아예 없는 사람처럼 보였다. 안쓰러운 마음이 들었다. 그리고 로선스타인 역시, 자기가 첼시로 초대한 사람이 아닌데도 앉아서 뭘 좀 마시라고 권했다.

자리를 잡고 앉은 그는 훨씬 당당해졌다. 케이프 옷자락을 휙 뒤로 넘기는 몸짓은 마치 — 옷자락이 방수가 아니었더라면 — 세상 만물에 대한 반항을 선포하는 것처럼 보일 뻔했다. 그는 압생트 보드카를 주문하고는 로선스타인에게 말했다. "Je me tiens toujours fidèle à la sorcière glauque.(저는 언제나 초록빛 마녀[7])에게 충실하지요.)"

"그건 몸에 좋지 않아요." 로선스타인이 건조하게 말했다.

---

7) 당시 유럽 문인과 예술가들이 즐겨 마셨던 독주 압생트 보드카의 색깔이 초록색이라 붙은 별명이다. 솜즈는 프랑스어를 쓰며 예술가인 척 허세를 부리고 있다.

"사람한테 나쁜 게 어딨습니까." 솜즈가 대답했다. "Dans ce monde il n'y a ni de bien ni de mal.(이 세상에는 좋은 것도 나쁜 것도 없습니다.)"

"좋은 것도 없고 나쁜 것도 없다고요? 무슨 뜻입니까?"

"이미 제가『부정(Negations)』서문에서 모든 걸 설명했습니다."

"『부정』이요?"

"그래요. 제가 전에 한 권 드렸잖습니까."

"아, 그렇군, 그랬지요. 하지만 그 책에서 — 예를 들어 — 좋거나 나쁜 문법 따위는 없다는 주장도 펼치셨습니까?"

"아, 아니요." 솜즈가 말했다. "물론 예술에는 선과 악이 있지요. 그러나 삶에서는 그런 건 없습니다." 그는 담배를 말고 있었다. 그의 손은 하얗고 나약했으며, 잘 씻지 않아 손가락 끝이 니코틴으로 심하게 얼룩져 있었다. "삶에서는 선과 악이라는 환상이 있을 뿐이지만……." 그는 말끝을 흐리더니 웅얼거렸다. 'vieux jeu(시대에 뒤진)'와 'rococo(로코코)'라는 단어만 희미하게 알아들을 수 있었다. 내 생각에는 자기가 제대로 견해를 설명하지 못한다고 느끼고 로선스타인이 오류를 지적할까 봐 두려웠던 것 같다. 아무튼 그는 목청을 가다듬더니 말했다. "Parlons d'autre chose.(다른 이야기를 하죠.)"

독자 여러분은 그 친구가 바보라는 생각이 드는가? 나는 그렇지가 않았다. 그때 나는 젊었고 로선스타인이 이미 갖추고 있던 명철한 판단력이 없었다. 솜즈는 우리 둘보다 대여섯 살은 족히 많았다.

또한 책을 한 권 쓴 작가였다.

책을 쓴다는 건 근사한 일이었다.

로선스타인이 그 자리에 없었다면 나는 솜즈를 우러러보았을지도 모른다. 심지어 그 상황에서도 나는 솜즈를 존중했다. 그리고 솜즈가 곧 책이 또 한 권 나온다고 말했을 때는 정말로 외경심에 가까운 감정마저 품었다. 그래서 어떤 종류의 책이 될지 여쭤 봐도 좋겠느냐고 했다.

"나의 시(詩)들이지요." 그가 대답했다. 로선스타인은 그게 책 제목이 될지 물어보았다. 시인은 이 제안을 잠시 숙고했지만, 그보다는 차라리 무제로 두는 편이 낫겠다고 말했다. "책이 그 자체로 좋다면……." 그는 담배를 흔들며 웅얼거렸다.

로선스타인은 제목이 없으면 책의 판매에 악영향을 끼칠 수 있다면서 반대했다. "서점에 가서 그냥 '있습니까?'라든가 '한 권 있어요?'라는 말만 하면 내가 무슨 책을 원하는지 어떻게 알겠습니까?"

"아, 물론 표지에 제 이름은 넣어야죠." 솜즈는 진지하게 대답했다. "게다가 저는 차라리 말이죠," 로선스타인을 뚫어져라 바라보며 그는 이렇게 덧붙이는 것이었다. "권두의 그림으로 제 초상을 넣고 싶습니다." 로선스타인은 더할 나위 없이 좋은 생각이라고 수긍하더니, 자기는 시골에 가서 한동안 머물다 올 예정이라고 했다. 그리고 시계를 보더니 깜짝 놀라 탄성을 지르고는 황급히 웨이터에게 돈을 내고 나와 함께 저녁 식사를 하러 갔다. 솜즈는 초록빛 마녀에게 충성을 바치며 임지를 지켰다.

"어째서 그 사람을 결단코 그리지 않겠다는 거지?" 내가 물었다.

"그를 그려? 그 사람을? 존재하지도 않는 인간을 어떻게 그린단 말인가?"

"사람이 침침하긴 하지." 나는 수긍했다. 그러나 나의 모 쥐스트는 전혀 통하지 않았다. 로선스타인은 솜즈가 존재하지 않는다는 말을 되풀이했다.

그렇지만 솜즈는 책을 한 권 쓴 작가였다. 나는 로스-엔스타인께서는 『부정』을 읽어 보셨느냐고 물었다. 그는 들여다보기는 했다고 말했다. "하지만," 그는 쌀쌀맞게 덧붙였다. "나야 글쓰기에 대해서 아는 게 하나도 없지 않은가." 이런 겸양은 당시의 시대적 특징을 몹시 잘 보여 준다! 그 당시 화가들은 자기네 계파가 아닌 사람은 회화에 대해 어떤 의견도 표명할 자격이 없다고 생각했다. (후지 산 정상에서 휘슬러가 받들고 하산한 석판에 새겨진) 이 계명은 소정의 한계를 내포했다. 만일 회화 말고 다른 예술 역시 오로지 그 분야의 예술가만 이해할 수 있는 게 아니라면 계명 자체가 흔들리기 때문이었다. 말하자면, 먼로주의[8]가 성립되지 않는다는 말이다. 그러므로 화가라면 책에 대한 견해를 표명하기 전에 일단 자신의 의견은 어차피 아무 값어치가 없다는 경고를 해야 했다. 로선스타인은 그 누구보다 뛰어난 문학 비평가였다. 그러나 당시에는 화가

---

8) 1823년 미국의 대통령 먼로가 발표한 외교 방침으로 상호 정치적 불간섭주의를 말한다.

에게 그런 말을 해 주면 안 되게 되어 있었다. 그래서 나는『부정』
에 대해 타인의 도움 없이 독자적인 판단을 내릴 수밖에 없음을 깨
달았다.

당시 내게는 작가를 직접 만나고도 책을 사지 않는다는 건 도저
히 있을 수 없는 자기 부정의 행위였다. 성탄절 학기를 위해 옥스퍼
드로 돌아왔을 때 나는 잊지 않고『부정』을 수중에 넣었다. 나는 그
책을 내 방 테이블 위에 아무렇게나 내버려 두고 있다가 친구가 집
어 들고 무엇에 대한 책이냐고 물으면 이렇게 대답하곤 했다. "오,
그건 상당히 걸출한 책이야. 작가가 내가 아는 사람이거든." 그냥
'무엇에 대한' 것인지에 대한 답변만은 도저히 내놓을 수가 없었다.
그 얇은 초록색 책은 앞이 어디고 뒤가 어딘지도 알아먹을 수가 없
었다. 서문에서는 빈약한 미로 같은 내용에 대한 단서를 하나도 찾
을 수 없었고, 막상 미로로 들어가면 서문을 해명해 줄 만한 게 또
하나도 없었다.

> 몸을 기대어 삶에 가까이 다가서라. 아주 가까이 ─ 더 가까이 기대어라.
> 인생은 거미줄이고, 그 속에는 씨줄도 날줄도 없으며 다만 거미줄뿐이다.
> 바로 이 때문에 나는 가톨릭으로 성당에 다니고 믿음을 갖지만,
> 삶에서는 변덕의 북이 가는 대로 무엇이든 재빠른 변덕이 베를 짜도록 내
> 버려 두라.

서문의 말머리는 이렇게 시작하지만 이어지는 글은 더 이해하기

가 어려웠다. 그리고 다음에는 「스타크: 어느 콩트」가 나왔는데, 적어도 내가 이해하기로는 마네킹을 살해했거나, 살해하기 직전인 여자 재봉사에 대한 이야기였다. 마치 번역자가 멋대로 문장을 모조리 생략하거나 잘라 낸 카튈 망데스[9]의 작품 같은 단편이었다. 다음 글은 목신 판과 성 우르술라가 나누는 대화였는데, 뭐랄까 '활기'가 결여된 느낌이었다. 그리고 '아포리스마타($\alpha\phi o\rho\iota\sigma\mu\alpha\tau\alpha$)'[10]라는 제목으로 경구 몇 줄이 쓰여 있었다. 사실 전체적으로 형식은 굉장히 다양했고, 또 그 형식들은 대단히 공들여 구축한 것이 틀림없었다. 도저히 파악이 되지 않는 건 오히려 내용이었다. 내용이라는 게 아예 없나? 나는 의아해졌다. 그제야 내 머리에도 그 생각이 퍼뜩 떠올랐다. 혹시 에노크 솜즈가 바보라면? 경쟁하듯 또 하나의 가설이 불쑥 튀어나왔다. 아니 혹시 내가 바보 아닌가? 마지막 결론을 내리기 전까지는 솜즈에게 최대한 기회를 주고 싶었다. 『목신의 오후』를 읽을 때도 나는 어렴풋한 의미의 흔적조차 찾지 못하지 않았는가. 그렇지만 말라르메는 — 말하나 마나 — 거장이었다. 솜즈 역시 그런 거장인지 아닌지 내가 어찌 안단 말인가? 그의 산문에는 마음을 확 잡아끌진 못해도 어느 정도 중독성 있는 음악 비슷한 면

---

9) Catulle Mendès(1841~1909). 고답파(高踏派) 성립에 중요한 역할을 한 프랑스의 작가.

10) 흔히 '아포리즘'이라고 일컫는 금언이나 경구를 말한다. 원래는 '경계를 지어 나누어 낸 것들', '표시해서 따로 떼어 둔 것들'의 의미이며, 여기서는 '얼핏 떠오른 생각들' 정도로 이해하면 된다.

이 있었는데, 어쩌면 말라르메만큼이나 심오한 의미가 배어들어 있
는지도 몰랐다. 나는 열린 마음으로 그의 시들을 기다렸다.

그리고 그와 두 번째 만난 후에는 좋은 의미에서 조바심을 치며
시집을 고대했다. 어느 1월 밤의 일이었다. 앞에서 말한 도미노 룸
으로 들어가는 길에 나는 책을 펼쳐 놓고 읽고 있던 창백한 남자의
테이블을 지나쳤다. 남자가 책을 보다가 눈길을 들어 나를 보았을
때, 나는 내가 알아봤어야 하는 사람일 것 같다는 막연한 느낌에 어
깨 너머로 슬쩍 돌아보았다. 나는 예의를 갖추려고 돌아갔다. 몇 마
디 말을 나눈 후, 펼쳐진 책을 흘끔 보았다. "제가 방해가 되었나 봅
니다." 이 말과 함께 지나치려 하는데 "하지만 저는," 하고 솜즈가
음색 없는 목소리로 말하는 것이었다. "방해를 받는 쪽이 더 좋습니
다." 그래서 나는 자리에 앉으라는 그의 손짓을 순순히 따랐다.

나는 여기서 자주 책을 읽느냐고 물었다. "그래요. 이런 유의 책
들을 여기서 읽습니다." 책 제목을 손으로 가리키며 그가 대답했다.
셸리11)의 시집이었다.

"정말로……," 나는 '마음에 드는 작품이 있습니까?'라고 말하려
다가 조심스럽게 문장을 끝맺지 않았는데, 그가 어울리지 않게 또
박또박 강조하며 "이류 작품이죠"라고 말하는 바람에 안 물어보기
를 잘했다는 생각을 했다.

---

11) Percy Bysshe Shelley(1792~1822). 19세기 영국 낭만파를 대표하는 시인. 『사슬
에서 풀린 프로메테우스』 등의 작품이 있다.

나는 셸리는 별로 읽은 게 없지만 "그럼요"라고 웅얼거렸다. "굉
장히 기복이 심한 작가죠."

"저는 오히려 지독하게 기복이 없다는 게 문제라는 생각이 드는
데요. 치명적인 균등성이죠. 그래서 셸리를 여기서 읽는 겁니다.
이곳의 소음이 리듬을 깨 주거든요. 여기서 읽으면 참을 만합니다."
솜즈는 책을 집어 들더니 책장을 넘기며 훑어보았다. 그는 소리 내
어 웃었다. 솜즈의 웃음은 목구멍에서 나오는 짧은 단음으로 흥이
라고는 찾아볼 수 없었으며 얼굴의 움직임도, 눈빛의 반짝임도 수
반하지 않았다. "굉장한 시대 아닙니까!" 그는 책을 내려놓으며 덧
붙였다. 그러더니 또 "대단한 나라예요!"라고도 했다.

약간 소심하게 나는 키츠12)는 시대와 장소의 결함에도 불구하고
자신의 작품 세계를 수성하지 않았느냐고 물어보았다. 그는 "키츠
는 몇몇 대목들"이 괜찮다고 인정했지만 어느 대목인지 짚어 말하
지는 않았다. 소위 "좀 더 나이가 많은 사람들" 중에서는 밀턴13)밖
에 좋아하는 작가가 없는 눈치였다. "밀턴은 감상적이지 않았지요"
라고 그는 말했다. 또 "밀턴은 어두운 통찰력이 있었어요"라고도 했
다. 그러고는 다시 "밀턴이라면 언제나 독서실에서 읽을 수 있지요"
라고 덧붙였다.

---

12) John Keats(1795~1821). 셸리, 바이런과 더불어 영국 낭만주의의 3대 시인.

13) John Milton(1608~1674). 『실낙원』의 저자로 셰익스피어에 버금가는 평가를 받
　　는 영국의 대시인.

"독서실이라고요?"

"대영 박물관 독서실 말입니다. 저는 날마다 그곳에 가거든요."

"그래요? 저는 한 번밖에 못 가 봤습니다. 안타깝게도 상당히 우울한 곳이라는 인상을 받았어요. 그, 그곳은 사람의 활력을 빼앗아 가는 것 같았어요."

"그렇습니다. 그래서 가는 거예요. 활력이 떨어질수록 위대한 예술에 민감해지거든요. 집이 박물관과 가깝습니다. 디요트 스트리트에 살고 있습니다."

"그러면 밀턴을 읽으러 독서실까지 가시는 겁니까?"

"보통은 밀턴이죠." 그는 나를 쳐다보았다. 그러고는 증명이라도 하듯 덧붙여 말했다. "밀턴이 바로 저를 악마주의로 개종하게 만든 장본인이거든요."

"악마주의라고요? 아, 그래요? 정말이십니까?" 사람들이 종교 얘기를 하는 걸 들을 때 느끼는 특유의 막연한 불안감과 예의를 지켜야 한다는 강렬한 욕망이 뒤섞인 말투로 내가 말했다. "선생님께서, 악마를 숭배하신다고요?"

솜즈는 고개를 저었다. "정확히 말해 숭배는 아닙니다." 그는 압생트를 홀짝이며 부연 설명을 했다. "그보다는 신뢰와 격려의 문제라고 해야겠죠."

"아, 그래요……. 하지만 『부정』 서문을 읽고 선생님께서는 가톨릭이라고 생각했지 뭡니까."

"Je l'étais à cette époque.(그땐 그랬지요.) 어쩌면 여전히 그럴지

도 모르고요. 그래요, 저는 가톨릭 악마주의자입니다."

이런 선언을 하는 말투에 영 성의가 없었다. 그의 마음에는 온통 내가 『부정』을 읽었다는 생각뿐이라는 걸 알 수 있었다. 그의 흐릿한 눈빛이 처음으로 번득였다. 내 기분은 마치 제일 자신 없는 과목을, 그것도 구두로 시험을 봐야 하는 사람 같았다. 나는 황급히 시집이 언제 출간되느냐고 물었다. "다음 줍니다." 그가 말했다.

"제목 없이 출간되는 겁니까?"

"아니요. 결국 제목을 하나 찾았어요. 하지만 뭔지는 말씀드리지 않을 겁니다." 마치 그런 걸 묻는 내가 무례하다는 듯한 말투였다. "완전히 만족스러운 제목인지 저도 확신이 없습니다. 그렇지만 그나마 제가 찾아낼 수 있는 최선이었어요. 시의 품질을 시사해 주기는 합니다만…… 희한한 생육, 자연스럽고도 야생적인, 그러나 정묘하며……," 그리고 또 덧붙였다. "다채롭고 독(毒)을 잔뜩 품은."

나는 그에게 보들레르에 대한 견해를 물었다. 그는 특유의 웃음인 코웃음을 킁 치더니 "보들레르라. 그는 bourgeois malgré lui(본의 아닌 부르주아)였지요." 그가 보기에 프랑스에는 시인이 한 명밖에 없었단다. 비용[14]이었다. "그리고 비용의 시 중 3분의 2는 순수한 저널리즘이었어요." 베를렌은 "épicier malgré lui(본의 아닌 속물)"이었단다. 놀랍게도 그는 전반적으로 프랑스 문학이 영문학보

---

14) François Villon. 15세기 프랑스의 시인. 학창 시절부터 방탕한 생활에 빠졌으며 신부를 살해하고 도망쳐 방랑 생활로 일생을 마쳤다. 가난과 죽음과 실패, 그리고 냉소로 점철된 독특한 시 세계를 가졌으며 보들레르와 비견되곤 한다.

다 열등하다고 평가했다. 비예르 드 릴라당15)의 몇몇 "대목"들은
꽤 괜찮았다. 그러나 "제 작품 세계는 프랑스에 빚진 바가 전혀 없
습니다"라고 그는 한마디로 요약했다. 그는 나를 보고 고개를 끄덕
였다. "두고 보시면 알 겁니다." 그의 예상이었다.

두고 보다가 때가 되었는데도 나는 잘 알 수가 없었다. 『균상종
(菌狀種)16)』의 작가라면 — 물론 무의식적으로 — 젊은 파리지앵 데
카당17)들이나 그들의 영향을 받은 젊은 영국의 데카당들에게 영향
을 받은 게 틀림없었기 때문이다. 지금도 그 생각은 변함이 없다.
그 작은 책은 — 나는 그 책을 옥스퍼드에서 샀다 — 지금 글을 쓰는
이 순간 내 앞에 놓여 있다. 연회색 버크럼 표지와 은색 표제 활자
는 낡아 형편없는 몰골이 됐다. 그 내용 역시 마찬가지다. 멜랑콜리
한 흥미를 가지고, 다시 한 번 훑어보며 읽던 참이다. 별로 대단할
게 없었다. 그러나 출판 당시에 나는 만에 하나 걸작일지도 모른다
는 희미한 의혹을 품고 있었다. 옛날보다 나약해진 건 불쌍한 솜즈
의 작품이 아니라 내 믿음의 힘일지 모르겠다…….

젊은 여인에게

---

15) Auguste de Villiers de L'Isle-Adam(1838~1889). 프랑스의 소설가, 극작가. 「이지
스」, 「잔인한 이야기」 등의 작품이 있다. 상징파의 보들레르, 말라르메 등과 친
교를 맺었고 작품 세계도 일맥상통하는 데가 있다.
16) 버섯 모양으로 자라는 세균.
17) 19세기 말 프랑스에서 일어난 탐미적 상징주의 사조인 '퇴폐파' 문인.

이제껏 존재하지 않았으나, 그대는 존재한다!
낡은 플루트가 부는
우유부단한 창백한 곡조와
낡은 소리의 흔적들
녹이 붉게 번진 심벌즈의 시끄러운 소리와 섞이고,
희한한 형상들과 양성인들이
상처에 부상당해
흙 속에 피를 흘리며 누워 있지도 않는다.
왜냐하면 이것이야말로
낡고 낡은 조롱으로 된
그대의 대응물이기 때문에
그대는 존재하지 않았고 또 존재하지도 않는다!

내게는 첫 행과 마지막 행 사이에 소정의 불일치가 있는 것 같아 보였다. 그 의미의 알력을 해결해 보려고 미간을 찌푸리고 안간힘을 썼다. 그러나 내가 실패했다고 해서 솜즈가 염두에 둔 의미마저 존재하지 않는다고 생각지는 않았다. 오히려 그 의미가 심오하다는 징표일 수도 있지 않은가? 글솜씨로 말하자면, 내가 보기에 "녹이 붉게 번진"은 훌륭한 한 수로 보였고, "있지도 않다"는 이중 부정을 쓴 건 교묘한 매력이 있었다. 그 젊은 여인이 누군지 궁금했고, 그녀는 어떻게 이해했을까 궁금했다. 안타깝지만 솜즈라고 그녀보다 더 깊은 의미를 파악했을 것 같지도 않았다. 그러나 지금 돌이켜 생각해 보아도, 그 시는 의미를 해석해 볼 생각조차 않고 봐도 흐르는 운율이 어쩐지 우아한 데가 있었다. 솜즈는 예술가였다, 뭐라도 되긴 했다는 전제에서지만 — 불쌍한 친구!

내가 보기에는, 처음 『균상종』을 읽었을 때 이상하게도 악마적 면모가 가장 훌륭했다. 악마주의는 그의 삶에 활기차고, 심지어 건전한 영향을 끼치는 듯 보였다.

야상곡

빙글빙글 자물쇠 채워진 광장을
악마의 팔짱을 끼고 걸었네
그곳엔 악마 발굽 차는 소리뿐 아무 소리도 없었고
그와 나의 너털웃음만 울려 퍼졌네
우리는 검은 와인을 마셨지

내가 외쳤네 '나와 경주를 합시다, 주인님!'
'무슨 상관인가,' 하고 그가 새된 소리로 외쳤네 '오늘 밤,
자네와 나 누가 더 빠른들
오늘 밤 더러운 달빛 아래서
두려워할 것은 아무것도 없다네!'

그래서 나는 그의 눈을 들여다보았지.
그리고 그의 거짓말에 깔깔 자지러져라 웃어 댔네
그가 숨기고 싶어했던, 마음을 잠식하는 공포를 보았기에

나는 1연에 상당히 역동적인 힘이 있다고 느꼈다. 환희에 들떠 신나게 즐기는 동지애가 어조에 배어 있다. 2연은 좀 신경질적인 것 같다. 하지만 3연은 좋았다. 심지어 솜즈의 별난 종파 교리에 비춰 봐도 상쾌하리만큼 이단적이었다. 여기에는 "신뢰하고 격려하는" 따위는 별로 찾아볼 수 없다! 솜즈는 득의양양하게 악마를 거짓말쟁이라고 폭로하고 "깔깔 자지러져라" 웃어 댄다. 굉장히 힘이 넘치는 인물로 보인다는 게 내 생각이었다 — 그때는! 이제 와서 그 후 일어난 일을 감안해 보면 「야상곡」은 그의 작품 중에서 가장 나를 우울하게 만드는 시가 되었지만.

나는 메트로폴리스의 비평가들이 무슨 말을 했나 찾아보았다. 두 부류로 나뉘는 것 같았다. 별로 할 말이 없는 부류와 아예 할 말이 없는 부류. 후자가 훨씬 다수였고 전자의 말씨는 냉랭했다. 어느 정도냐 하면,

전체적으로 모더니티의 음색을 낸다…… 이 경쾌한 시들은. —「프레스턴 텔리그라프」

가 솜즈의 출판사 광고에 나온 유일한 추천사였으니까. 다음번에 시인을 만날 때면 대단한 반향을 일으킨 걸 축하한다고 인사할 수 있기를 바랐었는데. 왠지 내가 보기에는 솜즈가 겉보기와 달리 자

신의 천부적인 재능을 확신하지 못하고 있다는 느낌이었다. 사실 나로서도 다음에 만났을 때 할 수 있었던 말이란, 투박하게도『균상종』이 "신나게 팔리고 있다면" 좋겠다는 정도가 고작이었다. 그는 압생트 술잔 너머로 나를 보더니 한 권 사셨느냐고 물었다. 출판사에서 세 권이 팔렸다고 했다면서. 나는 무슨 농담을 들은 것처럼 웃어 젖혔다.

"설마 제가 뭐 신경이라도 쓴다고 여기시는 건 아니겠죠?" 그의 말은 면박처럼 들렸다. 그럴 리가 있느냐고 부인했다. 그러자 자기는 장사꾼이 아니라고 그가 덧붙여 말했다. 나는 유순하게 저 역시 그렇지 않다고 대답하고 세상에 진정 새롭고 위대한 것들을 가져다주는 예술가는 언제나 대중의 인정을 받을 때까지 오랜 시간 기다려야 하는 법이라고 중얼거렸다. 그는 인정 따위 털끝만큼도 연연하지 않는다고 말했다. 나는 창조 행위가 그 자체로 보상이라는 의견에 동의했다.

내가 스스로를 변변찮은 인간이라고 여겼다면 그렇게 음침한 그와 거리를 두었으리라. 그러나 아! 존 레인과 오브리 비어즐리 두 사람 모두 내게 창간을 앞두고 있는 새로운 문학 저널『옐로북』18) 을 위한 에세이를 써야 한다고 제안하지 않았는가? 그리고 편집자 헨리 할란드 역시 내 에세이를 수락하지 않았던가? 게다가 창간호

---

18) 1894년에서 1897년까지 존 레인과 엘킨 매튜스가 편집을 맡아 발간한 영국 유수의 문학잡지. 오브리 비어즐리의 일러스트로 유명하며 초창기에는 헨리 제임스와 프레더릭 레이턴도 투고했다.

에 실릴 예정이 아닌가? 옥스퍼드에서는 여전히 학생 신분이었지만 런던에서는 내가 이제 졸업생이나 마찬가지라고 느껴졌다. 솜즈 같은 사람에 동요할 소인이 아니었다. 잘난 척하려는 마음 반, 순전한 호의 반으로 나는 솜즈에게 『옐로북』에 투고해 보라고 말했다. 그러자 그는 그 잡지에 대한 경멸이 담긴 소리를 목구멍 깊은 데서 내뱉었다.

하지만 그래도 나는 하루 이틀 후에 할란드에게 에노크 솜즈라는 사람의 작품에 대해 뭐 아시는 바가 있느냐고 슬쩍 물어보았다. 할란드는 특유의 휘적휘적한 걸음걸이로 방 안을 서성이다가 딱 멈추더니 두 손을 천장으로 추켜올리고 큰 소리로 신음 소리를 냈다. "그 황당한 인간"을 파리에서 여러 번 만났는데, 바로 그날 아침 그로부터 시 원고 몇 편을 받았다는 것이었다.

"전혀 재능이 없습니까?" 내가 물었다.

"소득은 있으니까. 괜찮을 거요." 할란드는 그 누구보다 유쾌한 사내였고 그 누구보다 너그러운 비평가였기에 열렬하게 흥분할 수 있는 주제가 아니면 아예 대화 자체를 하기 싫어했다. 그래서 나는 솜즈 얘기는 접어 두었다. 솜즈에게 수입이 있다는 소식을 들으니 굳이 청탁을 해야겠다는 마음도 덜 절실해졌다. 나중에 알게 된 바에 따르면 솜즈는 사업에 실패하고 세상을 떠난 프레스턴의 서점 주인 아들이었지만 결혼을 한 숙모에게서 3백 파운드의 연금을 받았고 생존한 친척이 단 한 명도 없었다. 그렇다면 물질적으로는 "괜찮았다." 그러나 그의 영혼에 대한 안쓰러운 마음은 여전히 남아 있

28

었다. 프레스턴 주민의 아들이 아니었다면 심지어 「프레스턴 텔리그라프」의 칭찬조차 받지 못했을지 모른다는 생각을 하니 연민은 더 뚜렷해졌다. 그에게는 어쩐지 기운 없는 가운데 집요함이 느껴졌는데, 나로서는 그걸 높이 평가하지 않을 수 없었다. 사람됨도 작품성도 칭찬이라고는 조금도 받지 못했지만, 그는 고집스럽게 자기가 대단한 위인인 척 굴고 있었다. 항상 추레하고 하찮은 기치를 지치지 않고 휘날리고 있었다. 예술계의 열혈 청년들이 모이는 곳이라면 어디에나, 그들이 발견해 낸 소호 레스토랑이라면 어느 곳에나, 그들이 가장 즐겨 찾는 뮤직홀이라면 어디든, 솜즈가 무리 한가운데 — 아니 변두리라고 해야겠다 — 아무튼 희미하지만 절대 피할 수 없는 존재로 자리 잡고 있었다. 그는 동료 작가들의 비위를 맞추려는 노력을 절대 하지 않았고, 자기 작품에 대한 오만이나 그들 작품에 대한 경멸감을 한 치도 누그러뜨리지 않았다. 화가들에게는 존경심을 보였고 심지어 겸손하기까지 했지만 『옐로북』에, 그리고 훗날 『사보이』19)에 투고하게 될 시인과 산문 작가들에게는 경멸의 언사 말고는 단 한마디도 하지 않았다. 그렇다고 그에게 원망을 품는 사람은 없었다. 그라는 사람이나 그가 견지하는 가톨릭 악마주의에 무슨 중요성이 있다는 생각 자체를 다들 하지 않았기 때문이다. 1896년 가을 그가 (이번에는 자비로) 세 번째 시집이자

---

19) 1896년 레너드 스미더스가 발간한 문학예술 잡지. 『옐로북』을 떠난 비어즐리의 일러스트와 W. B. 예이츠, 조지프 콘래드, 비어봄 등의 작품을 실었다.

마지막 작품집을 발간했을 때는, 아무도 가타부타 말을 하지 않았다. 나는 한마디라도 논평을 해 줄 생각이었지만 시집을 사는 걸 그만 깜박했다. 그 책은 보지도 못했고, 부끄럽지만 제목이 뭔지 기억도 나지 않는다. 하지만 발간 당시에는 로선스타인에게 그 불쌍한 솜즈는 정말 상당히 비극적인 인물이라고, 대중의 인정을 갈구하다 말 그대로 진짜 죽어 버릴지도 모르겠다는 생각이 든다는 말을 했었다. 로선스타인은 코웃음을 쳤다. 그러면서 내가 있지도 않은 인정으로 점수를 따려 든다고 말했다. 어쩌면 정말 그랬는지 모른다. 그러나 몇 주일 후 '뉴 잉글리시 아트 클럽'의 비공개 전시장에서 나는 '에노크 솜즈 씨'의 파스텔 초상화를 보았다. 굉장히 닮은 초상이었고, 그걸 그린 건 굉장히 로선스타인다웠다. 솜즈는 부드러운 모자와 방수 케이프를 두르고 오후 내내 그 그림 근처에 서 있었다. 그를 아는 사람이라면 한눈에 그 초상화를 알아보았을 테지만, 그를 알지 못하는 사람이라면 그림 옆에 서 있는 사람이 초상화의 인물이라는 걸 절대 알아보지 못했을 것이다. 그 그림이 당사자보다 훨씬 더 '강력하게 존재했다.' 그럴 수밖에 없었다. 게다가 그림에는 그날 솜즈의 얼굴에 떠올라 있던, 그렇다, 그 희미한 행복의 표정이 드러나 있지 않았던 것이다. 명성이 그에게 숨결을 불어넣어 주었다. 나는 그 달에 뉴 잉글리시 아트 클럽 전시회에 두 번 더 갔는데, 두 번 다 솜즈가 전시회장에 있었다. 돌이켜 생각해 보면, 그 전시회가 끝나면서 그의 경력 자체가 끝난 거나 마찬가지라는 생각이 든다. 그는 뺨에 불어오는 명성의 숨결을 느꼈던 것이다. 그것도 너무 늦게, 너무도 짧은 시간 동안. 그리고 그 숨결이 거두어지자 그는 체념하고, 포기하고, 고갈되어 버렸다. 한 번도 기운차거나 건강해 보인 적이 없는 그였지만 이제는 유령처럼 핼쑥했다. 예전에도 그림자 같았지만, 그 그림자의 그림자처럼 보였다. 아직도 도미노 룸을 자주 찾았지만 호기심을 유발하고 싶은 마음조차 없어진 그는 거기서 책을 읽지 않았다. "이제는 대영 박물관에서만 독서를 하시나 봅니다?" 나는 일부러 명랑하게 물었다. 그는 이제 그곳에 가지 않는다고 했다. "거기엔 압생트가 없어서요." 그가 툭 내뱉었다. 옛날이라면 어떤 효과를 유발하고자 했을 말이었지만, 이제는 확신이 실려 있었다. 과거에는 그가 그토록 열심히 구축하려던 '개성'의 요점에 불과했던 압생트는 이제 위안이자 생필품이었다. 이제 그는 더 이상 압생트를 "초록빛 마녀"라고 부르지 않았다. 프랑스어 허세는 훌훌 다 벗어 버렸다. 평범하고 꾸밈없는 프레스턴 출신으로 돌아갔다.

실패는, 평범하고 꾸밈없고 철저한 실패라도, 심지어 추레한 실패라도, 기품이 있기 마련이다. 그를 만나면 내가 속물인 느낌이 들어서 나는 솜즈를 피했다. 존 레인은 그때쯤 내 책을 두 권 출간해 주었고, 두 권 다 기분 좋게도 호평을 받았다. 나는 ─ 하찮지만 확실한 ─ '개성'을 가진 인물이었다. 프랭크 해리스는 내게 「새터데이 리뷰」에서 한번 맘대로 신나게 써 보라고 했고, 앨프리드 함즈워스 역시 「데일리 메일」에 지면을 주면서 똑같은 말을 해 주었다. 나는 솜즈와 딴판으로 다른 사람이었다. 그리고 솜즈는 내 반질한

겉치레를 부끄럽게 했다. 그가 정말로 예술가로서 자신이 성취한 바가 위대하다는 확신을 갖고 있었다는 걸 알았다면, 나는 그를 피하지 않았을지도 모른다. 허영심을 잃지 않은 사람이라면 철저히 실패했다고 간주할 수 없으니 말이다. 숌즈의 품위는 내 착각이었다. 1897년 6월 첫째 주 어느 날, 그 착각은 끝장이 났다. 그러나 그날 저녁 숌즈도 끝장이 났다.

오전 시간 내내 외출했다가 시간이 늦어 점심시간에 맞춰 집에 돌아가기가 어려워지자 나는 '뱅티엠'을 찾았다. 이 작은 식당 — '레스토랑 드 뱅티엠 시에클(20세기 레스토랑)'이 줄이지 않은 원래의 이름이었다 — 은 1896년에 시인과 산문 작가들에게 발굴되었지만, 이제는 유행이 지나 다소 인적이 끊어진 상태였다. 그 이름이 무색하지 않을 만큼 오랜 수명을 자랑하지는 못했던 걸로 알고 있다. 그러나 그때는 소호 스퀘어에서 몇 가구 떨어진 그릭 스트리트에 아직 건재했다. 그 바로 맞은편에는 18세기 초 한 소녀와 드 퀸시[20]라는 이름의 소년이 밤마다 흙과 쥐와 낡은 양피지 법 문서들에 파묻혀 어둠과 기아에 시달리며 밤마다 노숙을 했던 집이 있었다. 뱅티엠은 흰 칠을 한 작은 방 하나에 불과했으며 한쪽 끝은 거리로 다른 쪽 끝은 부엌으로 통해 있었다. 주인이자 요리사는 프랑스인으로 우리 사이에서는 '므시외 뱅티엠'(뱅티엠 씨)으로 통했다.

---

20) Thomas de Quincey(1785~1859). 『어느 아편 중독자의 고백』을 쓴 영국의 작가 겸 비평가.

웨이트리스는 두 딸 로즈와 베르트였다. 그리고 음식은 맛있기로 정평이 나 있었다. 테이블은 너무 좁고 빽빽하게 놓여 있었으며, 양쪽 벽에 딱 붙인 테이블들이 각기 여섯 개씩 열두 개 들어갈 공간이 나왔다.

내가 들어갔을 때는 문간에 제일 가까운 두 테이블에만 손님이 있었다. 한쪽에는 가끔 도미노 룸이나 다른 데서 본 적이 있는, 키가 크고 화려하며 어딘가 메피스토펠레스와 닮아 보이는 남자가 앉아 있었다. 또 한 테이블에는 솜즈가 있었다. 장소와 계절을 막론하고 벗은 모습을 본 적이 없는 그 모자와 케이프 차림으로 초췌하게 앉아 있는 솜즈와 또 한 사람, 이 생생하게 활력이 넘치는 남자는 햇살 밝은 실내에서 기묘한 대조를 이루었다. 보자마자 나는 그가 다이아몬드 상인인지, 마술사인지, 아니면 사립 탐정 사무소의 소장인지 그렇게 궁금할 수가 없었다. 솜즈는 나와 어울리고 싶은 마음이 없을 게 분명했다. 그러나 왠지 안 그러면 잔인한 일이 될 것 같아서, 나는 합석해도 좋겠느냐고 묻고 그와 마주 보는 의자에 앉았다. 그는 담배를 피우고 있었고, 접시에는 손도 대지 않은 새고기 스튜가 담겨 있었으며, 그의 앞에는 반쯤 비운 소테른[21] 병이 놓여 있었다. 나는 다이아몬드 주빌리[22] 준비 때문에 런던은 황당하리만큼 난리법석이라고 말했다.(사실, 나는 그게 꽤 좋았다.) 그리

---

21) 프랑스 보르도산의 디저트 와인.
22) 빅토리아 여왕 즉위 60년을 축하한 축제로 1897년 거행되었다.

고 이 모든 일이 끝날 때까지 다 집어치우고 어디론가 떠나고 싶다는 소망을 피력했다. 이렇게 나도 솜즈의 우울한 기분에 장단을 맞춰 주려 했으나 허사였다. 그는 내 말을 듣지도 않는 것 같았고 심지어 날 보지도 않았다. 그런 그의 행동 때문에 다른 사람들 눈에는 내가 우스꽝스러운 인간으로 보인다는 걸 깨달았다. 뱅티엠 식당의 테이블 두 줄 사이로 난 통로는 너비가 채 2피트가 넘지 않았고 (로즈와 베르트는 서빙을 하면서 늘 간신히 서로를 지나쳐 가곤 했다. 그러면서 허구한 날 속삭이며 말다툼을 했다), 우리 테이블과 인접한 테이블에 앉은 사람은 그냥 우리 테이블 손님이라고 생각해야 했다. 내가 아무리 애써도 솜즈가 흥미를 보이지 않자 왠지 옆 테이블 사람 눈치가 보였다. 이렇게 굳이 고집을 부리는 건 단순히 호의 때문이라고 설명해 줄 수가 없었기 때문에, 나는 그냥 입을 다물어 버렸다. 고개를 돌리지 않아도 그의 모습은 내 시야에 넉넉히 들어와 있었다. 나는 솜즈에 대조된 그 사람만큼 내 모습이 천박해 보이지 않기를 바랐다. 그가 영국인이 아닌 건 확실했는데, 그렇다면 어느 나라 사람이란 말인가? 칠흑처럼 검은 머리는 짧게 깎은 유행 헤어스타일을 하고 있었지만, 전혀 프랑스 사람처럼 보이지 않았다. 주문을 받는 베르트에게 유창하게 프랑스어로 말했지만, 원어민의 어법과 억양이라고 보기는 힘들었다. 뱅티엠은 이번이 처음인 눈치였다. 그러나 베르트가 그를 대하는 태도에는 조심성이 별로 없었다. 그리 좋은 인상을 남기지는 못했던 모양이다. 눈은 잘생겼지만 뱅티엠의 테이블처럼 너무 좁고 지나치게 바짝 붙어 있었다. 코는 육식동물처럼 잔인해 보였고 콧수염의 뾰족한 끝은 왁스를 발라 콧구멍 위까지 치솟아 있어 미소가 뻣뻣하게 굳어 보였다. 결정적으로, 그는 불길했다. 게다가 6월인데 철에 어울리지도 않게 탱탱한 가슴을 터질 듯이 감싸고 있는 진홍빛 조끼가 안 그래도 곁에 있는 게 불편한 내 마음을 한층 심란하게 만들었다. 이 조끼의 문제는 덥다는 것뿐만이 아니었다. 영문은 몰라도 그 자체로 전부 잘못되어 있었다. 크리스마스 아침이었다고 해도 용납할 수 없는 옷이었다. 『에르나니』23) 개막 초연에 입고 갔어도 불협화음을 냈을 것이다. 대체 뭐가 잘못된 건지 알아내려고 애쓰고 있는데 솜즈가 갑자기, 기이하게, 침묵을 깨뜨렸다. "지금부터 백 년 후!" 그는 마치 몽환 상태에 빠진 것처럼 멍하게 말했다.

"우리는 여기 없겠지요!" 나는 기운차게, 그러나 얼간이처럼 덧붙여 말했다.

"우리는 여기 없겠지요. 그럼요." 그는 청승맞게 말했다. "그러나 박물관은 여전히 지금 그 자리에 있을 겁니다. 그리고 독서실도, 바로 그 자리에 있을 거예요. 그리고 사람들이 거기 가서 책을 읽을 수도 있을 겁니다." 그는 날카롭게 숨을 몰아쉬더니 실제로 통증을 느껴 경련을 일으키듯 얼굴을 일그러뜨렸다.

솜즈가 머릿속에서 이어 가는 생각을 도무지 파악할 수가 없었다. 한참이나 말이 없다가 "내가 개의치 않았다고 생각하는군요"라

---

23) 프랑스의 작가 빅토르 위고의 운문 비극.

고 그가 말했지만, 여전히 나는 영문을 알 수 없었다.

"뭘 개의치 않았다는 말이지요, 솜즈?"

"홀대. 실패."

"실패?" 나는 진심으로 말했다. "실패라고요?" 나는 애매하게 되풀이해 말했다. "홀대는…… 그래요. 그럴지도 모르지요. 하지만 그건 전혀 다른 문제입니다. 당연히 선생님께서는…… 인정을 받지 못하셨지요. 그러나 그러면 어떻습니까? 어떤 예술가라도, 그러니까……." 내가 하고 싶었던 말은 '세상에 진정 새롭고 위대한 것들을 가져다주는 예술가는 언제나 대중의 인정을 받을 때까지 오랜 시간 기다려야 하는 법'이라는 것이었다. 그러나 아첨의 말이 입 밖으로 도저히 나오질 않았다. 그의 불행을 마주하고서, 그토록 순수하고 가면을 벗은 불행을 똑바로 마주하고서 내 입술로 그 단어들을 내뱉을 수는 없었다.

그때, 내가 못한 말을 그가 했다. 나는 얼굴이 화끈 달아올랐다. "그 말씀을 하려고 하셨지요, 안 그렇습니까?" 그가 물었다.

"어떻게 아셨습니까?"

"3년 전『균상종』을 출간했던 당시 선생이 제게 하신 말씀이니까요." 내 얼굴이 더욱 빨개졌다. 하지만 그럴 필요가 아예 없었다. 그에 따르면 그게 내가 한 말 중에서 유일하게 중요한 이야기였다니까. 그는 말을 이었다. "그래서 저는 절대 그 말씀을 잊지 않았습니다. 그건 참된 것입니다. 무서운 진실입니다. 그런데 제가 뭐라고 대답했는지 기억하십니까? 전 '인정 따위는 털끝만치도 바라지 않습니다'라고 했지요. 그리고 선생은 제 말을 믿었어요. 내가 그런 문제에 초탈했다고 계속 믿어 버렸지요. 얄팍한 사람이니까. 당신이 나 같은 사람의 감정에 대해 아는 게 뭐가 있습니까? 당신은 위대한 예술가가 자기 자신을 믿고 후세의 판결에 대해 믿음을 갖고 있다면 그걸로 행복하다고 상상하지요. 쓰디쓴 억울함과 외로움은 짐작조차 해 보려 하지 않았어요. 그리고……." 그의 목소리가 갈라졌다. 그러나 이윽고 다시 말을 이은 그는 내가 이제껏 그에게서 들어 본 적 없는 기세로 내뱉었다. "후세! 그게 대체 내게 무슨 소용이지요? 죽은 사람은 사람들이 자기 무덤을 방문해도 알지 못합니다. 생가를 방문하고 표석들을 세우고 동상 제막식을 거행해 봤자 모른단 말이요. 지금부터 백 년이라! 생각을 해 봐요! 단 몇 시간이라도 좋으니 그때 다시 살아나서 독서실에 가서 책을 읽을 수 있다면 얼마나 좋을까요! 아니 그보다 내가, 지금, 바로 이 순간, 그 미래로, 그 독서실로, 오늘 오후 한 번만이라도 투사될 수 있다면! 그럴 수만 있다면 내 몸과 영혼을 모두 악마에게 팔겠어요! 장서 목록에 '솜즈, 에노크'가 쓰인 책장들이 넘겨도 넘겨도 끝이 없이 이어질 걸 생각해 봐요! 끝없는 판본들, 논평들, 서언, 전기……." 하지만 이 순간 바로 옆 테이블에서 돌연 시끄럽게 의자를 끽끽거리는 소리가 나서 그는 말을 멈추었다. 우리 옆자리 손님이 반쯤 일어서 있었다. 그는 실례를 구하면서도 공격적으로 우리 쪽으로 바짝 몸을 들이대고 있었다.

"실례, 양해를 구합니다." 옆자리 손님이 부드럽게 말했다. "도저히 말씀을 듣지 않을 수 없더군요. 제가 좀 주제넘은 말씀을 드려도 되겠습니까? 이렇게 격의 없는 작은 식당이다 보니……." 그는 손을 넓게 펼쳤다. "그러니까 소위 좀 '끼어들어도' 될까요?"

순순히 그래도 좋다는 뜻을 표할 수밖에 없었다. 베르트는 낯선 남자가 계산서를 달라는 줄 알고 문간에 나와 있었다. 그는 시가를 흔들어 그녀에게 가라고 하고, 다음 순간 내 옆자리에 앉아 솜즈를 머리에서 발끝까지 한눈에 바라보았다.

"영국인은 아니지만," 하고 그가 설명했다. "저는 제가 사는 런던을 꽤 잘 압니다, 솜즈 씨. 선생님의 이름과 명성은 — 비어봄 선생님도 물론이고요 — 익히 들어 아주 잘 알고 있습니다. 그런데 요컨대 '대체 당신은 누구냐?' 이거죠?" 그는 어깨 너머로 휙 눈길을 돌렸다가 목소리를 낮추고 말했다. "나는 악마입니다."

어쩔 도리가 없었다. 나는 폭소를 터뜨렸다. 웃지 않으려고 했다. 웃을 일이 아니라는 것도 알았다. 이렇게 무례한 짓을 한 스스로가 부끄러웠지만 웃음소리는 커져만 갔다. 악마의 조용한 품위, 추켜올린 눈썹에 드러난 놀라움과 혐오감을 느끼자 웃음은 더욱 걷잡을 수 없어졌다. 나는 앞뒤로 몸을 흔들며, 허리가 끊어져라 웃어 댔다. 구제불능의 참담한 행동거지가 아닐 수 없었다.

"나는 신사입니다." 그는 격하게 힘주어 말했다. "그리고 이 자리에 계신 분들도 신사분인 줄 알았습니다만."

"그만!" 나는 숨까지 헐떡거렸다. "아, 그만해요!"

"희한하군요, nicht wahr?(그렇지 않습니까?)" 그가 솜즈에게 하는 말이 들렸다. "내 이름만 들으면 끔찍하게 웃긴다고 여기는 부류의 인간이 있지요! 당신네 극장에서는 지루하기 짝이 없는 희극 배우라도 '악마!'라고 한마디만 하면 당장 '텅텅 빈 정신을 말해 주는 요란한 폭소'가 터져 나올 거요. 안 그런가요?"

이제 간신히 숨을 좀 가다듬은 나는 헐떡거리며 사과를 했다. 그는 사과를 받아들였지만 태도는 싸늘했고, 솜즈에게 하던 이야기를 계속했다.

"나는 사업가요." 그가 말했다. "그리고 늘 미국에서들 하는 말처럼 '지금 당장' 일을 추진하려 애쓰지요. 당신은 시인이지요. '거래'를 혐오하는. 그러십시오. 하지만 나와는 거래를 하시겠지요? 방금 하신 말씀이 제게 강렬한 희망을 품게 하는데요."

솜즈는 꿈쩍도 하지 않았다. 새 담배를 한 개비 꺼내 불을 붙였을 뿐. 그는 앞으로 구부정하니 수그리고 앉아서 테이블 위에 팔꿈치를 괴고는 악마를 뚫어져라 올려다보았다. "계속해 보시오." 그는 고개를 끄덕였다. 이제 내 속에는 웃음의 찌꺼기도 남아 있지 않았다.

"이거 더욱 즐거워지겠는데요, 우리의 작은 거래가." 악마는 계속해서 말했다. "왜냐하면 선생께서는 — 제가 잘못 알고 있는 겁니까? — 악마주의 신봉자시니까요."

"가톨릭 악마주의자죠." 솜즈가 말했다.

악마는 그 조건을 너그럽게 용인했다. "그러니까 선생 소원은," 그가 말을 이었다. "지금 당장, 바로 오늘 오후에 대영 박물관의 독서실에 가 보고 싶다 이겁니까, 네? 하지만 백 년 후라야 되겠다, 그 말이죠? Parfaitment.(좋습니다.) 시간은 착시에 불과하지요. 과거와 미래는 현재와 마찬가지로 상존하고 있어요. 아니, '바로 모퉁이만 돌면'이라고들 표현하는 정도의 비율로 존재한다고 해야 할까. 내가 선생을 어떤 날짜로든 전환해 주겠소. 내가 선생을 발사하면, 획! 1997년 6월 3일 오후의 독서실 풍경 속에 존재하고 싶다는 거죠? 바로 지금 이 순간, 회전문을 밀고 들어간 바로 그 자리, 그 방에 서 있으면 좋겠다는 거 아닙니까, 네? 그리고 끝나는 시간까지 거기 머물고 싶고요? 제 말이 맞습니까?"

솜즈는 고개를 끄덕였다.

악마는 시계를 바라보았다. "두 시 십 분." 그가 말했다. "여름에 문 닫는 시간은 지금과 똑같아요. 일곱 시죠. 그러니 거의 다섯 시간의 여유가 있을 겁니다. 일곱 시에 ― 획! ― 선생은 다시 여기, 이 테이블에 앉아 있게 될 거고요. 오늘 저녁 나는 dans le monde(현세에서), dans la highlife(상류 사회에서) 식사를 할 거요. 그러면 내가 당신네 위대한 도시를 방문한 일은 일단락을 맺게 되지요. 솜즈 씨, 집에 가는 길에 여기 들러서 당신을 데리고 가도록 하겠소."

"집?" 내가 메아리처럼 따라 말했다.

"허름하기 짝이 없지만 말이죠!" 악마가 경쾌하게 말했다.

"좋소." 솜즈가 말했다.

"솜즈!" 내가 애원했다. 그러나 내 친구는 힘줄 하나 꿈틀하지 않았다.

악마는 테이블 너머로 손을 뻗어 솜즈의 팔뚝을 만지려고 하다가 딱 멈췄다.

"지금부터 백 년 뒤라면," 그가 미소를 지었다. "독서실에서는 금연이요. 그러니까……."

솜즈가 입에 물고 있던 담배를 잡고 소테른 잔에 퐁당 떨어뜨렸다.

"솜즈!" 내가 또 외쳤다. "설마." 그러나 악마는 벌써 테이블 너머로 손을 쭉 뻗은 후였다. 그는 천천히 손을 내려 식탁보에 놓았다. 솜즈의 의자는 텅 비어 있었다. 젖은 담배꽁초가 와인 잔 속에 떠 있었다. 그 밖에는 흔적 하나 남지 않았다.

잠시 동안 악마는 손을 그대로 둔 채, 천박한 승리감에 젖어 곁눈질로 나를 흘겨보고 있었다.

소름이 끼쳐 온몸이 부르르 떨렸다. 나는 힘겹게 마음을 가다듬고 의자에서 일어났다. "썩 영리한 재주군요." 나는 까짓것 인정해 주겠다는 투로 말했다. "하지만 『타임머신』은 정말 재미있는 책 아닙니까? 너무나 전적으로 독창적이니까요!"

"그렇게 비웃으니 기분이 좋으신가 보군요." 악마가 말했다. 그도 자리에서 일어선 참이었다. "그러나 가능하지도 않은 기계에 대해 글을 쓰는 것과, 초자연적인 권능을 지닌 존재는 전혀 다른 얘기죠." 그래도 어쨌든 내가 한 방 먹이긴 한 셈이었다.

베르트가 우리가 일어서는 소리를 듣고 나와 있었다. 솜즈 씨가 급한 용무로 불려 갔다고 설명하고, 그와 나 둘 다 저녁 식사도 여기서 할 거라고 말했다. 사방이 탁 트인 밖으로 나오자 어지럼증이 덮치기 시작했다. 그 끝나지 않던 오후의 작열하던 태양 아래서 내가 뭘 했는지, 어디를 돌아다녔는지 기억은 한없이 희미할 뿐이다. 피커딜리를 따라 끈질기게 울려 대던 목수들의 망치 소리와 반쯤 세워진 '단상'의 휑뎅그렁하고 혼란스러운 모습이 기억난다. 그린 파크였나, 아니면 켄징턴가든이었나, 아니면 어디였더라, 나무 아래 벤치에 앉아서 석간신문을 읽으려 애쓰던 곳이? 주요 기사의 한 구절이 진이 다 빠진 내 마음속에서 끝도 없이 자동 반복되었다. "60년간 왕권을 지켜 오며 축적된 지혜로 충만하신 존엄하신 여왕 폐하의 눈을 피해 숨길 수 있는 건 거의 없다." (특급 전령에게 기다렸다가 답장을 받아 오라고 시켜 윈저 궁에 보낼) 서한 한 장을 미친 듯 머릿속으로 구상했던 기억도 난다.

폐하, 폐하께서 60년간 왕권을 지켜 오시면서 축적하신 지혜로 충만하시다는 사실을 잘 알고 있기에, 감히 소인이 다음과 같은 민감한 문제에 대해 폐하의 고언을 듣고자 이 편지를 쓰옵니다. 에노크 솜즈 씨의 시 작품들을 폐하께서 아실지 모르실지는 모르지만…….

그를 도울 길이 ― 그를 구할 길이 전혀 없었을까? 거래는 거래였으며, 나는 절대로 합리적인 의무를 이행해야 하는 사람을 억지수를 써서 구출하고 사면시켜 주는 그런 사람이 아니었다. 파우스트였다면 도와주겠답시고 새끼손가락 하나 까딱하지 않았으리라. 그러나 불쌍한 솜즈라니! 고작 검색하는 헛수고와 쓰디쓴 환멸을 얻자고 영겁의 시간 동안 휴식조차 없이 대가를 갚아야 할 비운의 솜즈…….

그가, 솜즈가, 살아서, 방수 케이프를 두른 모습 그대로, 지금 이 순간 다음 세기의 마지막 10년의 시간에 존재하며, 아직 쓰이지 않은 책을 숙독하고 아직 태어나지 않은 사람들을 보고 그들의 시선을 받고 있을 거라 생각하면, 참으로 기괴하고도 이상한 기분이 들었다. 오늘 밤부터 그가 영원토록 지옥에 있을 거라는 생각은 더욱더 기괴하고 이상했다. 장담하지만 진실이 허구보다 더 이상했다.

그 오후는 한도 끝도 없었다. 나도 차라리 솜즈와 함께 갈걸 하는 생각마저 할 뻔했다. 독서실에 머무는 게 아니라 새로운 런던을 한 바퀴 산책하며 구경이나 하고 싶었다. 앉아 있던 공원에서 초조하게 빠져나왔다. 내가 18세기에서 온 열의 넘치는 관광객이라고 상상해 봤지만 헛수고였다. 서서히 흘러가는, 공허한 1분 1초를 견뎌 내는 게 고역이었다. 일곱 시가 되기 오래전에 나는 뱅티엠으로 돌아가 있었다.

점심때 앉았던 바로 그 자리에 그냥 앉았다. 내 등 뒤로 열린 문을 통해 바깥 공기가 나른하게 흘러 들어왔다. 로즈나 베르트가 가끔 잠깐씩 나왔다 들어가곤 했다. 솜즈 씨가 올 때까지는 저녁 식사를 주문하지 않을 거라고 일러두었다. 돌연 시작된 손풍금 연주가 저 길 아래서 무슨 프랑스인들끼리 옥신각신하는 소리를 묻어 버렸다. 곡조가 바뀔 틈을 타 간간이 저 멀리에서 분노에 차 싸워 대는 소리가 들렸다. 오던 길에 석간신문 한 부를 더 사 왔다. 신문을 펼쳤다. 그러나 눈길은 신문에 머물지 못하고 주방 문 위에 걸려 있는 시계로만 향했다…….

5분, 이제 정각까지 5분 남았다! 그때 레스토랑 시계들은 5분 빨리 가게 맞춰 놓는다는 사실이 떠올랐다. 눈길을 신문에 모았다. 다시는 신문에서 눈을 떼지 않으리라 다짐했다. 신문을 똑바로 세우고 쫙 펼쳐 얼굴에 바짝 대니, 신문지 말고는 아무것도 보이지 않았다……. 신문지가 약간 떨리는 것 아닌가? 외풍 때문일 거라고, 나는 스스로에게 타일렀다.

두 팔이 차츰 뻣뻣해졌다. 욱신거렸다. 하지만 신문지를 내려놓을 수는 없었다 ― 지금은. 내 마음에는 의심도 있었고, 확신도 있었다. 자, 그렇다면 어떻게 하지? 내가 달리 뭐 때문에 여기까지 왔는데? 그러나 나는 신문지의 장벽을 꼭 붙들고 있었다. 주방에서 씩씩하게 걸어 나오는 베르트의 발소리에 나는 어쩔 수 없이 신문을 떨어뜨리고 말했다.

"우리 뭐 먹을까요, 솜즈?"

"Il est souffrant, ce pauvre Monsieur Soames?(여기 솜즈 씨는 어디가 편찮으신가요?)" 베르트가 물었다.

"그저…… 피곤해서 그러는 겁니다." 나는 와인 ― 버건디 와인 ― 을 좀 갖다 주고 뭐든 준비되는 대로 음식을 달라고 부탁했다. 솜즈는 내가 마지막으로 보았던 때와 똑같이 식탁 위에 몸을 구부정하게 수그린 채로 앉아 있었다. 마치 그대로 꿈쩍한 적도 없는 사람 같았다. 상상조차 할 수 없을 정도로 멀리 다녀온 사람인데도.

그날 오후 한두 번인가 어쩌면 이 여행이 아무런 소득 없이 끝나지 않을지도 모른다는 생각이 뇌리를 스쳤었다 — 어쩌면 우리 모두 에노크 솜즈의 작품에 대해 잘못된 평가를 내렸을지도 모른다는 생각이. 하지만 우리가 끔찍하리만큼 옳았다는 사실이 그의 표정에 끔찍하리만큼 잘 드러나 있었다. "너무 낙담하지 말아요"라고 나는 떨리는 목소리로 말했다. "어쩌면 그저 더 충분한 시간을 두었어야 하는지도 몰라요. 지금부터 2, 3세기 후라면 아마……."

"그렇소." 그의 목소리였다. "나도 그 생각을 해 봤어요."

"그리고 지금은, 일단 더 가까운 미래 생각을 해야 합니다. 어디로 숨으실 겁니까? 채링크로스에서 파리행 급행열차를 타면 어떨까요? 한 시간 정도는 벌 수 있을 테니까. 파리까지 가지는 말고요. 칼레에서 내리세요. 칼레에서 살아요. 그는 칼레에서 선생을 찾을 생각은 못할 겁니다."

"이것도 내 팔자 같군요." 그가 말했다. "지상에서 보내는 마지막 몇 시간을 머저리와 함께해야 한다니." 그러나 나는 기분 나쁘게 받아들이지 않았다. "그것도 뒤통수를 치는 머저리하고." 이런 이상한 소리를 덧붙이며 그는 손에 쥐고 있던 구겨진 종이 한 장을 내쪽으로 툭 던졌다. 나는 거기 쓰인 글을 흘긋 보았다. 무슨 말도 안되는 헛소리가 분명했다. 나는 조급하게 그 종이를 치웠.

"어서요, 솜즈! 정신을 차려요! 그냥 살고 죽는 문제가 아니란 말입니다. 영원한 고통의 문제란 말입니다! 설마 여기 이렇게 비실비실 앉아서 악마가 데리러 올 때까지 기다릴 생각은 아니겠지요?"

"달리 할 수 있는 일이 없어요. 선택의 여지가 없단 말이요."

"어서! '신뢰와 격려'도 이쯤 되면 병이죠! 악마주의라도 이 정도면 미쳐 날뛰는 거라고요!" 나는 그의 잔에 와인을 채웠다. "이제 그 짐승을 실제로 보셨으니 틀림없이 선생도……."

"악마를 욕해 봤자 아무 소용없지요."

"그놈에게 밀턴적인 구석이라곤 하나도 없다는 사실을 인정해야 합니다, 솜즈."

"내 예상과 상당히 다르지 않았다는 얘기는 아닙니다."

"놈은 속물이에요. 번드르르하게 차려입은 깡패란 말입니다. 리비에라행 열차 복도에서 어슬렁거리다가 숙녀들의 보석함을 훔치는 그런 부류란 말이에요. 그런 놈이 주관하는 영원한 고문이라니 상상을 해 봐요!"

"설마 내가 학수고대하고 있다고 여기는 겁니까?"

"그런데 왜 조용히 도망치지 않는 겁니까?"

연거푸 나는 그의 잔을 채웠고, 매번 그는 기계적으로 잔을 비웠다. 그러나 와인으로는 그의 모험심에 불을 붙일 수가 없었다. 그는 먹지도 않았고, 나 역시 거의 식사를 못했다. 나도 자유를 찾아 도망치면 그가 살 수 있을 거라고 진심으로 믿지 않았다. 추격은 번개처럼 신속할 것이며, 붙들리는 건 당연지사였다. 그러나 뭐든 이처럼 수동적이고 온순하고 참담한 기다림보다는 나았다. 나는 솜즈에게 인류의 명예를 위해 저항하는 시늉이라도 보여 달라고 부탁했다. 그는 인류가 자기한테 해 준 게 뭐가 있냐고 물었다. "게다가

나는 이미 악마의 손아귀에 있다는 게 이해가 안 됩니까? 내게 손
을 대는 걸 봤잖아요? 그게 끝인 겁니다. 내게는 의지가 없어요. 봉
인된 겁니다."

나는 절망의 몸짓을 했다. 그는 '봉인'이라는 말만 되풀이했다.
와인 때문에 머리가 흐릿해졌다는 걸 알 수 있었다. 놀랄 일도 아니
다! 빈속으로 미래로 갔다 온 사람인데 아직도 빈속이었으니. 나는
어쨌든 빵이라도 좀 먹으라고 재촉했다. 그렇게 할 얘기가 많은 사
람이, 아무 말도 하지 않을지 모른다는 생각을 하니 미쳐 버릴 것만
같았다. "어땠습니까?" 나는 물었다. "그곳은? 어서요! 모험 이야
기를 해 주세요."

"일급 '사본'이 되겠지요. 안 그렇습니까?"

"솜즈, 정말이지 당신 사정은 안타깝고 최대한 나도 이해를 하려
애쓰고 있습니다. 그렇지만 대체 내가 소위 당신 말을 베껴서 '사본'
을 만들 거라는 암시를 할 권리는 대체 어디서 나오는 겁니까?"

불쌍한 친구는 이마를 손에 묻었다. "모르겠습니다. 이유가 확실
히 있었던 거 같은데…… 기억해 보지요."

"그래요. 전부 다 기억하려고 애써 보세요. 빵도 좀 더 먹고. 독서
실이 어떻게 생겼습니까?"

"보통 때와 별 다를 거 없었어요." 그는 마침내 말했다.

"사람이 많던가요?"

"보통 때와 비슷한 숫자였소."

"사람들은 어떤 모습이던가요?"

솜즈는 그 모습을 눈앞에 그려 보려고 애썼다. "다들," 그가 잠시 후 기억해 냈다. "비슷하게 보이더군요."

내 마음이 엄청난 비약을 했다. "다들 예이거24)를 입었던가요?"

"그래요. 그런 거 같아요. 누리끼리한 회색 같은 거."

"일종의 제복입니까?" 그가 고개를 끄덕였다. "혹시 번호를 달고 있던가요? 커다란 금속 원반에 숫자를 새겨서 왼쪽 소매에 달고 있다든가? DKF 78,910, 뭐 그런 거?" 심지어 그렇다는 것이었다. "그런데 전부 다 — 남녀를 막론하고 — 보살핌을 받으며 잘 먹고 잘사는 그런 분위기던가요? 아주 유토피아적인? 그리고 상당히 강한 콜타르 냄새가 풍기고? 그리고 다들 털이 하나도 없고?" 내 말이 다 맞다는 것이었다. 솜즈는 다만 그 남녀들의 머리털이 원래 없는 것인지 매끈하게 밀어 버린 것인지는 잘 모르겠다고 했다. "아주 자세히 관찰할 시간은 없었거든요." 그의 해명이었다.

"아니, 물론 그렇겠죠. 하지만……."

"그들은 나를 빤히 주시했어요, 그건 확실해요. 엄청난 주목을 끌었지요." 그는 마침내 해낸 것이다! "나 때문에 좀 겁을 먹었던 것 같아요. 내가 가까이 다가가면 슬금슬금 피했거든요. 내가 가는 곳마다 거리를 좀 두고 따라다녔어요. 한가운데 있는 데스크에 앉아 있는 남자들은 내가 뭘 물어보러 가면 공포에 질려 어쩔 줄 모르더군요."

---

24) 1884년 설립된 런던의 의류 브랜드이자 동명의 모직물을 가리키기도 한다.

"처음 갔을 때 뭘 했습니까?"

뭐, 그는 당연히 곧장 장서 목록으로 직행해서 S 쪽으로 갔고, SN~SOF 앞에 한참 동안 서서 떨리는 심장을 가누지 못해 차마 책을 꺼내지 못하고 있었다. 처음에는, 실망하지 않았다고 한다. 뭔가 정리법이 새로 바뀌었다든가 한 줄 알았다는 것이었다. 그는 한가운데 있는 데스크로 가서 20세기 책들을 수록한 장서 목록이 어디 있느냐고 물었다. 그는 여전히 장서 목록은 하나라는 말을 들었다. 그는 다시 자기 이름을 찾아보았고, 그가 그토록 잘 아는 세 장의 풀로 붙인 항목 표지를 물끄러미 노려보았다. 그리고 그는 다시 가서 한참 동안 앉아 있었다.

"그러고 나서," 그는 단조로운 어조로 중얼거렸다. "『영국 인명사전』과 백과사전을 몇 권 찾아보았지요. 다시 중간의 데스크로 돌아와서 19세기 말 문학에 대해 가장 권위 있는 최근의 저서가 뭐냐고 물었습니다. 그러자 T. K. 넙튼 선생의 책이 최고라는 평판을 받고 있다고 하더군요. 장서 목록에서 그 책을 찾아서 대여 신청서를 작성했습니다. 갖다 주더군요. 인덱스에 내 이름은 없었지만…… 그래요!" 그는 갑자기 어조를 싹 바꾸었다. "내가 잊어버린 게 그거였군. 아까 그 종잇조각 어디 있습니까? 다시 돌려줘요."

나 역시 그 알 수 없는 헛소리를 잊고 있었다. 나는 땅바닥에 떨어진 종잇조각을 찾아서 그에게 건네주었다.

그는 구겨진 종이를 펴서 고개를 끄덕이며 나를 향해 불쾌한 미소를 지었다. "넙튼의 책을 훑어보고 있었는데," 그가 말을 이었다.

"아주 쉽게 읽히는 책은 아니더군요. 철자가 뭐랄까…… 내가 본 그 시대 책들은 다 소리 나는 대로 표기되어 있었어요."

"그렇다면 더 이상 듣고 싶지 않군요, 솜즈. 그만 됐습니다."

"고유 명사는 다 옛 방식대로 표기되어 있는 것 같았습니다. 그렇지 않았다면 나도 내 이름을 못 알아볼 뻔했으니까요."

"선생의 이름이요? 정말로요? 솜즈, 정말 잘됐군요."

"그리고 당신 이름도요."

"설마!"

"오늘 밤 선생이 여기서 기다리고 있을 거라 생각했습니다. 그래서 일부러 굳이 그 대목을 필사해 왔지요. 읽어 보시오."

나는 종이를 홱 낚아챘다. 솜즈의 글씨는 워낙 흐리멍덩한 게 특징이었다. 글씨도 그런데 철자도 망측하고 나도 흥분감에 들뜬 터라 T. K. 넙튼이라는 사람이 대체 무슨 소리를 하는지 알아먹을 때까지 한참을 느릿느릿 읽어야 했다.

그 문서는 지금 이 순간 내 앞에 놓여 있다. 이상한 일이지만, 지금 여기 독자들을 위해 내가 필사하는 단어들은 불쌍한 솜즈가 지금으로부터 불과 85년 후에 내게 보여 주려고 베껴 썼던 글이다.

1992년 정부 출간, T. K. 넙튼 저, 『영국 무낙 1890~1900』 234쪽에서.

예를 드러, 20세기에 여저니 생조내 이떤 맥쓰 비어봄이라는 자까는 가상의 등장인무린 '에노크 솜즈'의 초상을 그린 단펴늘 써따. 스스로 위대한 천재라 미더떤 삼뮤시이니 후세의 평가가 궁그매 앙마와 거래를 하는 얘기다! 풍자로서는 좀 야카지만 시팔쎄기 청년드리 얼마나 자시늘 대다나게 과대평까핸는지 보여 준다는 저매서 가치가 업지는 안타. 이제 문다니 공쩍 서비스 부냐로 재편되어쓰니 우리 자까들도 주제를 파아카고 그런 바보짓 업씨 할 이를 하게 되어따. '노동자의 가치는 임그미다.' 그리고 그게 다. 오늘날 우리에게 에노크 솜즈 같은 잉가니 엄는 게 얼마나 다행인가!

나는 이 말들을 소리 내어 중얼거리며 읽으면(독자들에게도 이 방법을 추천한다) 차츰차츰 의미를 파악할 수 있다는 걸 깨달았다. 의미가 명확해질수록, 내 당혹감과 괴로움과 공포심은 점점 커져 갔다. 이 모든 게 악몽이었다. 저 멀리에는, 불쌍하고 소중한 우리 문학예술의 미래가 거대하고 음침한 배경으로 펼쳐져 있었고, 여기 테이블에는, 내 온몸을 뜨겁게 달구는 시선으로 나를 노려보는 불쌍한 친구가, 그러니까 확실히…… 아니 앞으로 다가오는 세월에 내 인품이 아무리 전락하게 된다 해도, 결코 이런 짐승 같은 짓을…….

나는 다시 그 종이 쪼가리를 찬찬히 살폈다. "가상의" — 그러나 여기, 솜즈는, 어허! 나만큼이나 실존하고 있었다. 그리고 "야카다"라니, 대체 이게 무슨 소린가?(오늘날까지, 끝내 나는 그 단어의 의미를 알아내지 못했다.) "이거 다 정말, 당혹스럽군요." 마침내 나는 말을 더듬거렸다.

솜즈는 아무 말도 하지 않았지만, 잔인하게도 나를 바라보는 눈길을 거두지 않았다.

"확실합니까?" 임기응변으로 나는 물었다. "정확히 베껴 적은 게 확실합니까?"

"그럼요."

"아니, 그렇다면 이 한심한 넙튼이라는 작자가 틀림없이 무슨 바보 같은 실수를 저질렀나, 아니 저지를 모양인가 봅니다. 여길 보세요, 솜즈! 나를 잘 아시면서 설마 내가…… 아니 아무튼, '맥스 비어봄'이라는 이름은 절대 희귀한 이름이 아니니까요. 그리고 세상에 에노크 솜즈라는 이름으로 돌아다니는 사람들도 몇 될 겁니다. 아니 그보다, '에노크 솜즈'는 소설을 쓰는 사람 머리에 얼마든지 떠오를 수 있는 이름 아니겠습니까. 나는 수필 작가고 관찰자고 기록잡니다……. 황당무계한 우연이라는 건 인정합니다. 그렇지만 선생께서는……."

"다 알겠습니다." 솜즈가 조용히 말했다. 그리고 옛날의 태도를 살짝 비치면서, 하지만 내가 그에게서 본 적 없는 품위를 지니고 덧붙여 말했다. "Parlons d'autre chose.(다른 얘기를 합시다.)"

나는 그 제안을 아주 신속하게 받아들였다. 그리고 더 임박한 미래의 이야기로 주저 없이 돌아갔다. 그 기나긴 저녁 대부분의 시간을 몰래 도망쳐서 어디 숨으라고 재삼 애원하며 다 보냈다. 심지어 하다못해 마지막에는 내가 그에 대한 이야기를 쓰게 될 운명이라면, 그 '이야기'가 적어도 해피엔딩인 게 낫지 않느냐는 얘기까지 했던 기억이 난다. 솜즈는 해피엔딩이라는 그 말을 강렬한 경멸이 담

52

긴 말투로 따라했다. "인생과 예술에서 중요한 건 '불가피한' 엔딩뿐이요." 그가 말했다.

"그렇지만," 나는 아까보다 희망을 품고 간청했다. "피할 수 있는 엔딩이라면 불가피한 게 아니잖습니까."

"당신은 예술가가 아니군." 그가 쉰 소리로 걸걸하게 말했다. "예술가로 자질이 아예 없다 못해, 상상을 진실처럼 보이게 하기는커녕 진실을 마치 자기가 꾸며 낸 얘기처럼 써 낼 거라 이 말이요. 당신도 참 딱하게 재주가 없는 위인이구먼. 이게 다 내 팔자 같소이다."

나는 "딱하게 재주가 없는 위인"은 내가 아니라 — 내가 될 게 아니라 — T. K. 넙튼이라고 항변했다. 그리고 우리는 상당히 열띤 언쟁을 벌였는데, 한창 언쟁이 고조되던 중 갑자기 솜즈가 마치 자기 잘못을 깨달은 사람처럼 보이는 것이었다. 그의 몸이 심하게 위축되었다. 그러나 나는 왜 — 지금 방금 나는 싸늘하게 심장이 내려앉는 기분으로 그 이유를 깨달았다 — 그가 그렇게, 내 뒤를 바라보는지 영문을 알 수 없었다. 그 "불가피한 엔딩"의 전령이 문간에 떡 버티고 있었다.

나는 간신히 의자에서 몸을 돌리고 짐짓 가벼운 어조로 "아하, 들어오십시오!"라고 말했다. 황당무계할 정도로 신파극의 악당처럼 보이는 그의 모습을 보니 내 마음속 두려움이 좀 무뎌졌다. 비스듬하게 기울어진 모자와 셔츠 앞섶의 광택, 계속 콧수염을 꼬는 손길, 그리고 무엇보다 그 얼굴의 비웃는 표정이 어찌나 화려하신지, 결

국 여기까지 왔어도 그가 뜻한 바를 이루기는 힘들 거라는 명백한
증거로 보였다.

그는 한달음에 성큼성큼 우리 테이블로 다가왔다. "미안하게 됐
군요." 그는 비웃음을 머금고, 고압적인 말투로 말했다. "두 분의 기
분 좋은 파티를 깨어 놓게 되어서. 하지만."

"파티를 깨긴요. 덕분에 완벽하게 모든 게 갖춰졌는걸요." 내가
장담했다. "솜즈 씨와 저는 선생과 담소를 좀 나눴으면 합니다. 자
리에 앉지 않으시겠어요? 솜즈 씨는 오늘 여행으로 아무것도, 솔직
히 아무것도 얻지 못했습니다. 전부 다 사기였다고 — 흔해 빠진 천
박한 사기 말입니다 — 말하고 싶지는 않습니다. 반대로 선생의 의
도는 좋았다고 믿습니다. 그러나 물론, 일단 거래는 파토가 난 겁니
다."

악마는 대답으로 아무 말도 하지 않았다. 그저 솜즈를 보고 뻣뻣
한 검지로 문을 가리켰을 뿐이었다. 솜즈가 불쌍하게 의자에서 일
어나는 와중에, 나는 필사적으로 재빨리 움직여 테이블에서 디너
나이프 두 개를 휙 낚아채 칼날을 서로 교차했다. 악마는 날카롭게
물러서 등 뒤의 테이블에 기대서더니 얼굴을 돌리며 부들부들 떨
었다.

"당신은 미신을 믿지 않잖아!" 그가 씩씩거렸다.

"전혀." 내가 미소를 지었다.

"솜즈!" 악마는 졸개한테 하대하는 말투를 썼지만, 얼굴은 돌릴
생각도 하지 않았다. "저 나이프들 일자로 세워!"

54

친구를 막는 몸짓을 하며 "솜즈 씨는," 하고 나는 악마에게 또박 또박 힘주어 말했다. "가톨릭 악마주의자란 말이다." 그러나 내 불쌍한 친구는 내 말이 아니라 악마의 지령에 따랐다. 그리고 이제 제 주인의 눈길이 다시 자신에게 머물자 그는 일어서서 내 곁을 지나쳐 황망하게 달려갔다. 나는 말을 하려 애썼다. 그러나 말을 한 건 솜즈 그였다. "노력해요." 악마가 그를 거칠게 끌고 문을 지나쳐 가던 순간 그가 내게 던진 기도(祈禱)였다. "내가 정말로 존재했다는 사실을 그들에게 알려 주려고 노력해 보란 말이요!"

다음 순간 나 역시 그 문밖으로 달려 나가 서 있었다. 사방을 뚫어져라 노려보았다. 거리 위, 거리 저편, 거리 저 아래. 달빛과 가로등 불빛이 있었지만 솜즈도 또 다른 사람도 없었다.

넋을 놓은 채, 거기 서 있었다. 넋을 놓은 채로 돌아서서, 마침내, 그 작은 방으로 다시 들어갔다. 그리고 베르트인가 로즈에게 내 저녁과 점심 식사 값을 내고 솜즈 몫까지 냈던 것 같다. 그랬기를 바란다. 다시는 뱅티엠에 가지 않았으니까. 그날 밤 이후로 나는 그릭 스트리트 근처에 아예 얼씬도 하지 않았다. 그리고 수년에 걸쳐 심지어 소호 스퀘어에도 발을 들여놓지 않았다. 그날 밤 내가 한참, 아주 한참 동안을 떠나지 못하고 서성이며 배회하던 바로 그곳이었기 때문이다. 뭔가를 잃어버린 장소에서 멀리 떠나지 못하는 사람처럼 둔탁한 희망을 막연히 품은 채로…… "빙글빙글 자물쇠 채워진 광장을……" 그 시행이 외로이 순찰을 돌던 내 뇌리에 다시 떠올랐고, 그러자 시연 전체가 머릿속에서 윙윙 울리며 시인이 상상했던 행복한 장면이 지옥의 군왕과 엮인 실제 그의 경험과 얼마나 비극적으로 다른지 그 괴리를 절절히 실감했다. 왕 중에서도 하필 악마만큼은 결코 믿어서는 안 되는 것을.

그러나 수필가의 사고란 참으로 이상하기 짝이 없다. 그토록 비탄에 젖은 와중에도 방황하고 헤매니! 나는 드넓은 문간 앞에 잠시 발걸음을 멈추고 혹시 여기가 젊은 드 퀸시가 병으로 앓아누워 기절하는 바람에 불쌍한 앤이 전심전력으로 옥스퍼드 스트리트의 "돌 같은 심장을 지닌 계모"에게 달려가 "포트와인과 향료가 담긴 술잔"을 가지고 돌아왔던 바로 그곳일까 궁금해했던 기억이 난다. 적어도 드 퀸시는, 그 포트와인이 없었다면 자기가 정말로 죽었을지 모른다고 믿었다. 늙은 드 퀸시가 그때를 기리기 위해 다시 찾곤 했던 바로 그 문간일까? 나는 앤의 운명을, 남자 친구의 시야로부터 급작스럽게 그녀가 사라진 이유를 곰곰이 숙고해 보았다. 그러다가 과거에 휩싸여 그만 현재를 잊은 자신을 책망했다. 불쌍하게도 자취를 감춘 솜즈!

그리고 나 역시, 난처한 심정이 되기 시작했다. 뭘 어떻게 해야 좋을까? 떠들썩한 소동이 일어날까? '작가, 수수께끼의 실종' 이런 소리가 마구 나올까? 그가 마지막으로 모습을 보인 건 나와 함께 점심과 저녁을 먹었을 때다. 그럼 마차를 집어타고 곧장 경찰청으로 향했어야 했나? 경찰들은 나를 미친 놈 취급하리라. 아무튼, 런던은 아주 넓은 도시니까, 하며 나는 마음을 진정시켰다. 흐리멍덩해서 눈에 잘 띄지도 않는 사람 하나가 슬쩍 몰래 빠져나가는 건 수

월한 일이었다. 특히나 지금, 대관 60주년 기념식이 코앞에 다가와 눈이 멀 정도로 번쩍번쩍 현란하게 빛나는 이런 때라면. 아무 말도 안 하고 있는 게 나아, 라고 나는 생각했다.

그리고 내가 옳았다. 숌즈의 실종은 아무런 화제가 되지 못했다. 내가 아는 한은, 그가 더 이상 어슬렁거리지 않는다는 사실을 미처 누구 하나 알아채기도 전에 철저히 잊히고 말았으니까. 가끔 무슨 시인이나 산문가가 자기네들끼리 이런 말을 했을지는 모른다. "그 숌즈라는 사람은 어떻게 됐지?" 하지만 막상 나는 그런 질문을 한 번도 들어 본 적이 없다. 연금을 중개해 주던 변호사는 탐문을 했을 거라 생각되지만, 그런 풍문조차 들려오지 않았다. 숌즈의 존재에 대한 전반적인 의식의 부재는 어쩐지 섬뜩한 데가 있었고, 아직 태어나지도 않은 아기인 그 넙튼이라는 사람 생각대로 정말 숌즈는 내 상상력이 만들어 낸 허상이 아닌가 생각한 적도 한두 번이 아니었다.

넙튼의 혐오스러운 책에서 베낀 그 글에서 독자 여러분이 어리둥절해할 대목이 한 군데 있다. 작가는 어떻게 여기 이렇게 내가 자기 이름을 언급하고 그가 앞으로 쓰게 될 정확한 단어들을 인용했는데도, 꾸며 낸 건 하나도 없다는 명명백백한 추론을 파악하지 못한단 말인가? 가능한 대답은 이것뿐이다. 넙튼은 이 회고록의 후반부를 읽지 않는다는 거다. 이런 불철저함은 학자로서, 연구를 하는 사람으로서 중대한 결함이다. 그리고 바라건대 내 이런 말들이 넙튼 당대의 경쟁자에게 전해져 그를 파멸시키게 되었으면 한다.

나는 1992년과 1997년 사이에 언젠가 어떤 사람이 이 회고록을 찾아보고 나서 불가피하게 알게 될 경악할 진실을 세상에 폭로할 거라 생각하고 싶다. 그리고 그렇게 될 거라 믿는 데는 이유가 있다. 악마의 힘을 빌려 솜즈가 투사된 독서실이 모든 면에서 1997년 6월 3일 오후의 광경과 정확히 똑같을 거라는 점에 주목하라. 따라서 바로 그날, 때가 되면, 똑같은 군중이 모여들 것이고, 솜즈 역시 정확한 시간에 나타날 것이며, 그와 다른 사람들은 예전에 했던 일을 정확하게 반복할 게 아닌가. 그러면 이제 자기가 일으킨 센세이션을 설명해 준 솜즈의 말을 떠올려 보라. 제복을 입은 군중 사이에서 그 옷차림만으로도 화제가 되었을 거라 말할지 모르겠다. 그를 한 번이라도 본 적이 있다면 절대 그런 말을 하지 못할 것이다. 어떤 시대이든 솜즈는 흐리멍덩 그 이상도 이하도 아닐 거라 장담한다. 사람들이 그를 뚫어져라 응시하며 쫓아다니고 두려워하는 기색이 역력할 거라고 한다면, 유령 같은 그의 방문에 사람들이 어떤 식으로든 미리 준비하고 있었다는 가정을 하지 않고서 달리 설명할 길이 없다. 그가 정말로 올 것인가 궁금해 끔찍하리만큼 열심히 기다리고 있었으리라. 그리고 정말로 나타났을 때, 그 결과는 물론 끔찍했을 테고.

보증되고 입증된 진짜배기 유령이라니, 하지만 슬프게도 유령에 불과하다니! 처음 방문했을 때 솜즈는 멀쩡한 육신을 지닌 사람이었지만 그가 투사된 세계에 존재하는 사람들은 유령에 불과했을 것이다. 그러니까 단단하고 손에 잡히고 말도 하지만, 무의식적이고 자동적으로 움직이는 유령들 말이다. 게다가 그들이 있던 건물 자체도 환각이었고. 그 다음번에는 그 건물과 그 사람들이 실체가 될 터이다. 허상으로 존재하는 건 솜즈뿐이리라. 나도 그가 그 세계를 실제로, 물리적으로, 의식적으로 방문할 운명이었다고 생각하고 싶다. 그에게 이 짧은 탈출, 이 작은 호사라도 기대할 거리가 되기를 바란다. 잊고 있다가도 오래 지나지 않아 그가 떠오르곤 한다. 그는 지금 그곳에 있고, 또 영원히 거기 있을 것이다. 독자 여러분 중에 융통성 없는 도덕주의자가 있다면, 다 자기가 자초한 일이라고 할지 모르겠다. 나로서는, 솜즈가 아주 심하게 이용당했다고 생각한다. 허영심을 단죄해야 한다면, 뭐 좋다. 에노크 솜즈의 허영이 평균 이상이었고 뭔가 특별한 조치가 필요한 수준이었다는 것도 인정한다. 그러나 앙심을 품고 징벌할 필요까지는 없었다. 대가를 치르겠다고 계약하지 않았느냐고 반박할 수도 있다. 그렇다. 그러나 나는 그가 사기꾼에게 유혹당해 그런 짓을 했다고 주장한다. 만사를 속속들이 꿰고 있는 악마는 내 친구가 미래를 방문해 봤자 아무것도 얻지 못하리라는 걸 처음부터 알고 있었을 것이다. 처음부터 끝까지 몹시 비열한 사기였다. 생각하면 할수록, 내 눈에는 악마가 지독하게 혐오스러운 존재로 보인다.

나는 뱅티엠에서의 그날 이후로, 여기저기서 악마의 모습을 보았다. 그러나 아주 가까운 거리에서 그를 본 건 단 한 번뿐이다. 파리에서의 일이었다. 어느 날 오후 나는 당탱 거리를 따라 산책하다가 반대 방향에서 다가오는 그를 보았다. 늘 그렇듯 과하게 차려입고 흑단 지팡이를 흔들거리며 자기가 인도 전체를 세낸 듯이 뻐기고 있었다. 에노크 솜즈를 비롯해 이 짐승 치하에서 영원히 괴로워할 무수한 사람들을 생각하자, 싸늘한 격노가 온몸을 사로잡았고 나는 최대한 몸을 꼿꼿이 세웠다. 그러나 뭐랄까, 길에서 아는 사람을 만나면 미소를 지으며 인사를 하는 데 워낙 익숙해지다 보면 의도와 상관없이 자동으로 나오게 된다. 그런 사태를 막으려면 몹시 날카로운 노력과 강력한 정신력이 필요한 법이다. 악마를 지나치던 순간, 나는 내가 그만 미소를 지으며 고개를 끄덕였다는 사실을 참담하게 의식하고 말았다. 나의 굴욕은 거기서 그치지 않고 더욱 깊고 뜨거운 수치를 남기고 말았다. 악마는, 글쎄, 궁극의 오만을 담은 표정으로 나를 똑바로 바라보았기 때문이다.

무시를 당하다니 ─ 고의적으로 묵살당하다니! 그것도 다른 놈도 아닌 그놈에게! 그때도 그랬지만, 지금도 나는 그런 사태를 자초한 나 자신에게 화가 나서 견딜 수가 없다.

힐러리 몰트비와 스티븐 브랙스턴

1917년

사람들은 아직도 새커리와 디킨스[1]를 꽤나 열심히 비교하고 있다. 하지만 몰트비와 브랙스턴을 비교하는 유행은 1795년쯤에 사라진 것 같다. 물론, 그렇게 오래전 일처럼 느껴진다는 뜻이다. 하지만 1차 대전이 발발하기 전, 지루하던 그 시절에 일어난 일은 무엇이든 실제보다 백 년은 더 지난 듯 느껴지는 법이다. 그러니까 모두함께 배터시 파크로 자전거를 타러 갔고(아, 그 정도면 스릴 넘치는 일이었다!), 여인들은 어깨 부근이 엄청나게 물결치는 소맷자락을 단 옷을 입었으며, 로즈버리 공이 수상이었던 그해 봄에는 아직 그

---

1) 윌리엄 새커리(William Thackeray, 1811~1863)와 찰스 디킨스(Charles Dickens, 1812~1870)는 19세기 영국의 대표적 소설가로 꼽히며, 주제나 문체 면에서 자주 비교된다.

유행이 한창이었다.

　그해 봄, 그 공원, 소맷자락이 이루는 물결 속에서 러지와 험버에 관한 갑론을박만큼이나 브랙스턴과 몰트비의 장점에 관한 토론이 활발히 벌어지고 있었다. 젊은 독자들을 위해, 그리고 인간의 기억력이란 지극히 연약한 것이니 나이 많은 독자들을 위해서도 간단히 설명하자면, 러지와 험버는 당시 경쟁하던 자전거 회사였으며, 힐러리 몰트비는 『메이페어의 정령』을 쓴 작가였고, 스티븐 브랙스턴은 『코츠월즈의 목신』을 쓴 작가였다.

　"『정령』과 『목신』 중에서 어느 쪽이 최고라고 생각하시나요?" 여인들은 누군가 만날 때마다 이렇게 질문했다. 그러면 항상 이런 대답이 나왔다. "아, 네, 아시다시피 두 작품은 너무나 다르지요. 비교하기가 매우 어렵습니다." 그다지 명석한 사람에게 물어본 것은 아니었던 모양이다.

　두 소설의 유행은 여름 내내 계속되었다. 두 편이 모두 첫 작품이었던 브랙스턴과 몰트비에게는 다른 전작이 없었으므로 두 사람의 차기작에 관심이 집중되었다. 그해 가을 브랙스턴은 두 번째 작품을 내놓았다. 그것은 내놓자마자 실패작으로 평가되었다. 더 이상 아무도 브랙스턴을 몰트비와 비교하지 않았다. 1896년 봄에 몰트비의 두 번째 작품도 나왔다. 그것도 곧바로 실패작으로 낙인찍혔다. 몰트비는 다시 한 번 브랙스턴과 비교될 만했다. 하지만 브랙스턴은 모두가 잊은 뒤였다. 몰트비도 마찬가지였다.

　무자비한 행태였다. 공정하지도 않았다. 몰트비의 첫 소설과 브

랙스턴의 첫 소설은 수많은 가정에 즐거움을 안겨 주었으니 말이
다. 사람들은 잠시 생각해 보고 브랙스턴의 "세 번째 소설은 두 번
째보다 나을지도 몰라"라고 말해 주어야 마땅했다. 몰트비에 대해
서도 마찬가지였다. 두 작가의 세 번째 작품을 기다린다는 뜻을 전
혀 밝히지 않은 사람들이 잘못한 것이라고 생각한다. 『코츠월즈의
목신』도 『메이페어의 정령』도 단순한 대중 소설은 아니었으므로,
나는 그들을 좀 더 힘주어 비난하는 바이다. 두 권 모두 분명 좋은
책이었다. 힉스비가 「데일리 크로니클」에 쓴 것처럼 『코츠월즈의
목신』이 "『뜻대로 하세요』 이후 자연의 마법과 영국 숲의 아름다
움, 삶의 즐거움 그 자체를 최고로 잘 담아낸 작품"이라고 생각하지
는 않는다. 그릭스비가 「글로브」에 쓴 것처럼 『메이페어의 정령』
이 "신랄한 풍자로 따지자면 스위프트가 펜을 내려놓은 이후 최고
이며, 감미롭고 부드러운 감정으로 따지자면 테오크리토스가 류트
를 내려놓은 이후로 비견할 만한 작품이 없다"는 의견에도 동의할
수 없다. 다 어리석은 허풍이었다. 하지만 과분한 칭찬이 쏟아졌다
고 해서 비난할 수는 없는 노릇이다. 몰트비의 『정령』은 섬세하고
뛰어난 작품이었다. 브랙스턴의 『목신』은 여러 모로 다듬어지지
않은 점이 있었지만 그래도 순수한 힘과 아름다움을 지닌 작품이
었다. 어린 시절 독서의 아련한 기억에 의거한 느낌이 아니다. 중년
의 판단력과 연륜에 따라 내린 결론이다. 두 편은 모두 오래전에 절
판되었지만, 얼마 전에 중고 서점에서 두 권을 모두 구했는데 다시
읽어 보니 충분히 그런 결론을 내릴 만한 작품이었다.

　너대니얼 호손의 시절로부터 1차 대전 발발까지, 문학 작품에는 목신이 자주 출몰해 왔다. 하지만 브랙스턴의 첫 소설이 등장했을 때만 해도 목신에게서는 신기한 느낌을 받을 수 있었다. 그때만 해도 목신과 그들의 발굽, 찢어진 눈, 그리고 숲에서 튀어나와 조용한 영국 마을의 고상하던 시절을 끝장내 버리는 짓거리는 신선한 즐거움을 주었다. 그 후로는 지겨워졌지만 말이다. 하지만 브랙스턴의 목신이 지닌 난폭하고 기이하며 세속적이고 호색적인 자질, 진짜처럼 느껴지는 설득력은 지금 보아도 그의 계급을 훌륭하게 대표하는 듯하다. 브랙스턴의 시골 묘사는 완전히 사실적이라고도 느껴지기도 한다. 소설에서 읽은 것 외에는 시골에 대해 많이 아는 편은 아니라고 인정하지만 말이다. 그렇지만 실제로 관찰해서 내가 알고 있는 얼마 안 되는 내용이 많은 소설에서 배운 내용과 일치하지 않는다는 점을 지적하고 싶다. 또한 브랙스턴은 (숱한 인터뷰가 그의 짧은 전성기에 기록해 둔 바에 따르면) 파 오크리지 농부의 아들이었고, 그곳 마을과 스트라우드의 그래머스쿨에서 유년기를 보냈으므로 글로스터셔의 전원생활에 대해서는 정확하게 기록해 놓았으리라는 점도 지적하고 싶다. 얼마 전 그 근처에서 머물 일이 있었는데, 마치 브랙스턴의 소설에서 막 튀어나온 것 같은 사람 몇 명을 만나기도 했다. 말이 나왔으니 말인데, 1895년 봄에 자주 만났던 브랙스턴 본인도 자신의 소설에서 막 튀어나온 사람 같기는 마찬가지였다.

　고백하자면 나는 그가 소설로 되돌아 들어가 버리기를 바랐다.

그는 매우 퉁명스럽고, 거칠고, 우락부락한 사람이었다. 유쾌하고 자그마한 몰트비와는 정반대였다. 좀 더 일찍 성공했더라면, 그가 좀 더 호감 가는 사람이 되었을 거라는 생각도 들었다. 책이 나왔을 때 서른 살이었던 그는 열여섯 살에 런던에 온 이후 아주 힘들게 살아온 터였다. 몰트비는 서른하나였으니 한 해 더 기다린 셈이었지만, 트위크넘의 집에서 편안히 살며 때를 기다렸다. 그는 런던에 오면 멋지게 차려입고 로튼 로[2]를 지나다니는 사람들을 즐겁게 구경하다가 다시 집으로 내려가 글도 좀 더 쓰고, 트위크넘의 젊은 아가씨들과 잔디밭에서 테니스를 치며 지냈다. 몰트비는 외동아들이었다.(그리고 부모 중 아무도 귀한 아들이 갑자기 얻은 인기를 즐기지 못하고 돌아가셨다.) 그는 트위크넘에서 옮겨와 라이더 스트리트에 자리를 잡았다. 그가 만약 브랙스턴이 겪은 불행을 조금이라도 겪어 보았다면, 아니 어떤 경우라도 그는 유쾌한 사람이 되었을 거라고 생각한다. 마찬가지로 어떤 경우든 브랙스턴이 유쾌한 사람이 되는 것도 상상할 수 없다.

두 라이벌을 함께 본 사람들, 작가 클럽에서 후크워스 씨가 주최한 유명한 오찬 파티에서 둘을 만난 사람들, 그레빌 플레이스에서 포스터 덕데일 부인이 연 조금 덜 유명한 가든파티에서 둘을 본 사람들 중, 둘의 공통점을 하나라도 발견한 사람은 아무도 없었을 것이다. 말쑥한 몰트비는 외알 안경에 치자나무 꽃을 꽂고서 단정한

---

2) 런던 하이드파크 공원의 유명한 산책로.

금발에 온화한 태도를 지닌 자그마한 사람이었다. 체구가 크고 피부가 검은 브랙스턴은 흐트러진 머리에 사각 턱, 흙빛의 각진 이마가 특징이었다. 카나리아와 까마귀랄까. 몰트비는 끊임없이 즐거운 잡담을 지저귀고 다녔다. 브랙스턴은 대개 말이 없었지만, 깍깍거리기 시작하면 귀 기울여 들을 가치가 있었다. 그에게 독특한 구석이 있다는 것은 나도 인정한다. 주위 환경에 적응하기를 꿋꿋이 거부하는 사람만이 지닐 수 있는 독특함이 그것이었다. 그는 남달랐다. 그는 후크워스 씨에게 경외심을 가지고 있었다. 아가씨들은 늘 브랙스턴에 대한 의견을 서로 열심히 묻고 있었다. 포스터 덕데일 씨가 런던에서 귀가해 가든파티에 참석했다면 브랙스턴을 보고서 부인이 가까이 해서는 안 되는 상대라고 여겼을 거란 생각도 들었다. 하지만 포스터 덕데일 부인의 파티나 그 밖의 여러 곳에서 브랙스턴과 몰트비를 슬쩍 본 사람들이 둘이 전혀 다르다고 여겼다면 옳지 않다. 단 하나 명백한 점을 놓친 셈이다. 포스터 덕데일 부인의 파티나 그 밖의 모임에 그들이 함께 참석했다는 공통점 말이다. 어떤 곳에 초대를 받든지, 두 사람은 반드시 정시에 참석하곤 했다. 두 사람은 모두 테이블에 차려 놓은 과실을, 그리고 성공의 징후를 몹시 좋아하는 이들이었다.

파티 주최자들만큼이나 인터뷰 기자나 사진 기자들도 몰트비나 브랙스턴처럼 성실하고 근면하게 '성공에 들뜬' 이들에게 불평할 이유가 없었다. 몰트비가 제아무리 재기 발랄하게 굴어도 항상 성실한 것이 사실이었다. 브랙스턴은 거만하게 굴었지만 근면했다.

『코츠월즈의 목신』의 찬양자 중에 『메이페어의 정령』의 작가보다 더 열렬한 사람은 없었다. 누군가 자기 작품을 칭찬하면, 몰트비는 브랙스턴을 들어 비교하며 자기 것을 가볍게 깎아내리곤 했다. "아, 그런 작품을 쓸 수만 있다면 얼마나 좋을까요!" 몰트비는 이런 식으로 좋은 평판을 얻었다. 반면 브랙스턴은 몰트비의 작품을 비웃을 기회를 절대 놓치지 않았다. "겉만 번지르르하다"는 것이었다. 이런 혹평은 몰트비에게 좋지 않은 영향을 주었다. 저마다 다른 방법으로 경쟁한 셈이다.

『머리 타래의 겁탈』3)도 "겉만 번지르르하다"고 보자면 그렇겠지만, 섬세하고 뛰어난 작품이었다. 그리고 몰트비의 『정령』도 마찬가지였다. 몰트비를 포프와 비교하다니 말도 안 된다고 생각하는가? 글쎄다. 나는 『정령』은 읽었지만 『머리 타래의 겁탈』은 읽지 않았다. 하지만 『정령』에 대한 브랙스턴의 험담이 질투심에서 나온 것만은 아닐지도 모른다. 브랙스턴에게는 상상력이 있었지만, 그의 라이벌은 공상의 차원에서 벗어나지 못했으니까 말이다. 하지만 중요한 것은 몰트비의 공상 가득한 소설의 완성도가 높다는 점이다. 정령이 공기 속에서 모습을 갖추고 나타나 체스터필드 스트리트의 작은 집을 빌리고, 알현식에 참석하고, 참된 사랑이 잘 이루어지지 않을 때 착한 요정 역할을 하고, 그사이에 귀족 사이에서 온갖 즐거운 변화를 이루고는 다시 사라지는 이야기를 하는 동안,

---

3) 18세기 영국 시인 알렉산더 포프의 풍자시.

몰트비는 상당히 유쾌한 창의력을 선보였다. 어떤 면에서는 브랙스턴의 작품보다 더 놀라운 성취를 이뤘다고 볼 수 있다. 브랙스턴은 시골 사람들 사이에서 태어나 자란 반면, 몰트비는 로튼 로에 열심히 다니고 새커리의 작품과 신문 기사와 사진을 들여다본 것만으로 귀족 생활을 파악한 셈인데, 그럼에도 몰트비의 귀족은 브랙스턴의 시골 사람들만큼 설득력이 있다. 내 생각이 틀렸을 수도 있다. 사실 그건 내가 경험해 봐야 제대로 결정할 수 있는 일이니까. 그러니 몰트비의 귀족 이야기를 읽는 것이 매우 즐거웠다고만 말해 두는 편이 낫겠다.

귀족을 소설가의 미적 감각에 따라서만 그려 놓으면 우리는 만족하지 못한다. 그러면 귀족이 아름다워 보일 수는 있지만 우리는 속물이 될까 두려워 소설가가 쓴 내용을 믿지 않으려 한다. 하지만 소설가가 자신이 사랑하는 것을 그릴 때 아이러니를 써서 자신과 우리의 체면을 세워 준다면, 우리는 즐거운 마음으로 그 내용을 신뢰하며 읽어 나갈 수 있다. 물론, 그때의 아이러니는 강력하고 분명해야 한다. 디즈레일리[4]의 훌륭한 신사 숙녀들로는 부족하다. 그의 아이러니는 찬양에 감춰져 있어서 독자는 숭배하라는 작가의 압박을 비웃어 주어야 한다고 느낀다. 하지만 찬양이 아이러니에 감춰져 있으면 아무 문제가 없다. 메이페어의 온갖 어리석은 짓을 비웃고 비난하라고 권하는 새커리는 독자가 내심 그 얼간이들에

---

4) Benjamin Disraeli(1804~1881). 영국의 정치가이자 작가.

대한 존경심도 느낄 수 있도록 해 준다.

몰트비 역시 우리에게 그런 느낌을 즐기게 해 주었다. 바로 그런 까닭에 4월 말, 그의 출판사는 "『메이페어의 정령』7쇄가 거의 매진되었다"고 발표할 수 있었던 것이다. 하지만 그와 동시에 브랙스턴의 출판사에서도 "『코츠월즈의 목신』이 8쇄에 들어갔음을 감사한 마음으로 공지"했다.

사실, 두 작가 중 어느 한쪽이 더 성공과 영화를 누리는지 판가름할 수 없었다. 매주 승패의 판도가 뒤집혔다. 박빙의 경주었다. 이를테면 다음과 같았다. 몰트비가 『앳 홈 인 더 월드』에 유명인사로 등장한다(화요일). 저런! 『배니티 페어』에 삽화가 '스파이'가 그린 브랙스턴의 완벽한 캐리커처가 실린다(수요일). 박빙의 승부! 아니지! 『배니티 페어』는 "다음 주 만화 주인공은 힐러리 몰트비 씨가 될 것"이라고 예고한다. 몰트비의 승리! 아니다! 다음 주 브랙스턴이 『월드』에 등장한다.

5월 내내 나는 망원경에서 눈을 떼지 못하고 관전했다. 6월의 첫 월요일, 나는 깜짝 놀라 쉰 소리로 감탄사를 내뱉고 말았다.

그해 그 무렵 월요일, 신문을 펼칠 때면 항상 토요일 이후 키브홀에서 어떤 유명인들이 여흥을 즐겼는지 존경스러운 마음으로 살펴보곤 했다. 초대받은 손님 목록은 항상 대단하고 흥미로웠다. 정계 인사들과 귀족, 미남 미녀들이 골고루 섞여 있었고, 가끔은 왕족이 등장하기도 했지만 단순히 돈만 많은 부자는 초대받는 일이 없었으며, 뛰어난 천재도 이따금 끼어 있었다. 항상 완벽한 조합이었다. 허트퍼드셔 공작은 새알 모으기 외에는 아무런 관심이 없었고, 키브 홀에 초대받는 손님은 젊은 공작 부인이 전적으로 결정한다고들 했다. 공작은 전 세계 구석구석의 모든 나무를 다 올라 보았다고 했다. 공작 부인의 취미는 그보다는 손쉬운 것이었다. 가만히 자리에 앉아 원하는 표본을 가리키기만 하면 되었으니 말이다.

6월 첫째 월요일에 발표된 목록은 매우 평범하게, 오스트리아-헝가리 대사와 포르투갈 장관으로 시작했다. 그리고 멀 공작 부부, 그보다 낮은 귀족 넷(하지만 그중 둘은 총독이었다)과 그들의 배우자, 배우자를 동반하지 않은 남자 귀족 셋, 역시 배우자를 동반하지 않은 여자 귀족 넷, 그 뒤로 여남은 명의 관직 칭호를 받은 이들이 이어졌다. 마지막으로 "A. J. 밸푸어 씨, 헨리 채플린 씨, 힐러리 몰트비 씨"가 적혀 있었다.

젊은이들은 사태의 어두운 면을 보는 경향이 있다. 고백하건대 내 머릿속에 맨 먼저 떠오른 것은 브랙스턴이었다.

나는 그의 좋지 못한 매너를 용서하고 잊어버렸다. 젊은이는 너그럽기도 하다. 곤경에 처한 강한 사람을 비난하지 않는다.

그리고 나란히 경쟁해 온 두 사람에게 너무나 익숙했던 나는 뭔가 착오가 있는 모양이라고 생각했다. 일간 신문이란 급하게 찍어 내는 법이다. '헨리 채플린'이 '스티븐 브랙스턴'의 오타가 아니었을까? 밖으로 나가 다른 신문을 사 보았다. 하지만 채플린 씨의 이름이 거기에도 실려 있었다.

"진정하자!" 나는 혼잣말을 중얼거렸다. "브랙스턴은 이보 전진을 위한 일보 후퇴를 한 것뿐이야. 다음 주 토요일에 그도 키브 홀에 초대될 거다.”

그러자 몰트비의 성취를 기쁜 마음으로 즐길 수 있게 되었다. 그에게 축하 편지를 보낼까 하는 생각도 해 봤지만, 나쁜 인상을 줄까 봐 두려웠다. 하지만 점심 식사를 같이 하자고 청하는 편지는 보냈다. 그는 답장을 보내지 않았다. 따라서 그다음 주 월요일, 키브 홀의 주말 손님 목록에서 ‘스티븐 브랙스턴 씨’를 찾지 못하자 더욱 유감스러웠다.

며칠 뒤, 후크워스 씨를 만났다. 그는 스티븐 브랙스턴이 런던을 떠났다고 했다. “동해안에 쾌적한 방갈로를 빌렸다고 해요.” 후크워스가 말했다. “작품을 하러 간 거죠.” 그는 브랙스턴을 매우 좋아한다고 덧붙였다. “그 사람은 전혀 **변하지** 않았어요.” 그 역시 몰트비에게 편지를 보냈지만 답장을 못 받았다고 추론해 낼 수 있었다.

하지만 몰트비가 나비처럼 유명 인사들의 정원을 이리저리 날아다니는 것 같지는 않았다. 매일 발표되는 만찬과 리셉션, 무도회 손님 목록에 몰트비의 이름은 한 번도 올라가지 않았다. 몰트비는 인기를 누리지 못했다.

곧 그 역시 런던을 떠났다는 소식이 들려왔다. 그도 6월 초, 키브 홀 초대 직후에 떠난 모양이었다. 그가 어디 있는지 아무도 모르는 것 같았다. 나는 내심 그가 브랙스턴과 균형을 맞추기 위해 서해안에 살기 좋은 방갈로를 빌렸을 거라고 생각했다. 어쨌든 그러자 두 사람의 경쟁 관계는 거의 원래대로 되돌아간 셈이었다.

　사실, 두 사람 사이의 불균형은 내가 생각한 것만큼 크지 않았다. 몰트비가 키브에 있는 동안, 브랙스턴도 어떤 의미에서는 함께 있었던 셈이니까……. 그건 희한한 이야기였다. 당시에는 듣지 못했던 이야기다. 아무도 알지 못했다. 나 역시 17년 뒤에야 알게 되다. 루카[5]에서 듣게 된 이야기니까.

　소도시 루카는 너무나 매혹적이어서, 여유가 이틀 정도밖에 없었는데 결국 한 달 내내 거기서 지내게 되었다. 매일 아침이면 루카를 에워싼 산길을 한 바퀴 도는 것이 일과였다. 나무 그늘이 드리운 그 넓은 길에서 루카 아래쪽 비옥한 평야에 자리 잡은 성벽이 내려다보였다. 사람들로 북적이는 일은 없었지만 찾아오는 사람들 몇은 날마다 왔으므로 만나면 반갑고 어떤 사람들인지 관심도 좀 생겼다.

　그중 하나는 휠체어를 탄 할머니였다. 일흔이 넘은 그 할머니가 젊었을 때 아름다웠는지 아닌지는 잘 알 수 없었다. 휠체어는 이탈리아 여인이 천천히 밀고 있었다. 할머니 본인도 분명히 이탈리아 사람이었다. 하지만 그 옆에서 성실하게 걸어 다니던 자그마한 신사는 그렇지 않았다. 영국인 같았다. 반짝이는 안경에 금빛 턱수염을 기른, 작지만 탄탄한 체격의 신사였고, 명랑한 기운을 발산하는 듯했다. 처음엔 그가 할머니와 함께 사는 주치의라고 생각했지만 그건 아니었다. 분위기가 어쩐지 의사답지 않았다. 할머니와 함께

---

5) 이탈리아 북서부의 도시.

외출하는 게 보수를 받고 하는 일이 아니며, 쾌활한 태도는 진심이라는 확신이 들었다. 그러던 어느 날, 어떻게 된 영문인지 모르겠지만 그가 내가 아는 사람이라는 생각이 들었다. 그는 내가 알던 작가였는데, 이름이 뭐였더라, '모'로 시작하는, 몰트비, 그렇다. 그 옛날의 힐러리 몰트비였던 것이다!

이틀날 그를 만나고 나서 추측은 거의 확신으로 굳어졌다. 그와 따로 만나 내 생각이 맞는지, 그동안 무엇을 하며 지냈는지, 왜 영국을 떠났는지 묻고 싶었다. 하지만 그는 항상 할머니와 함께였다. 루카를 떠나는 날에야 비로소 기회가 찾아왔다.

막 점심 식사를 마치고 호텔 앞의 편안한 벤치에 앉아 테이블에 커피 한 잔을 놓고서 햇빛 비치는 오래된 광장을 바라보며 마지막 오후에 무엇을 할까 생각하고 있었다. 그때, 멀리서 몰트비로 추정되는 사람의 등이 보였다. 나는 서둘러 그에게 다가갔다. 그는 양산을 받치고 꽃을 파는 여인에게서 분홍빛 장미를 한 아름 사고 있었다. 내가 성큼성큼 다가가자 그는 멍한 표정으로 얼굴을 붉혔다. 그는 힐러리 몰트비라고 인정했고, 내가 이름을 말해 주자 차츰 나를 기억해 냈다. 그는 나를 알아보지 못한 것을 사과했다. 영어를 오랫동안 쓰지 않았고, "근 몇 백 년 동안" 영국인과 이야기한 적이 없다고 했다. 루카에서 오래 지내는 동안 영국에서 알고 지낸 사람을 두셋 만났지만, 그중 누구도 자신을 알아보지 못했다고도 했다. 그는 (마치 세상에서 가장 신기한 모험을 시작하는 사람 같은 표정으로) 함께 커피 한잔을 하자는 청을 받아들였다. 그는 모국어를 꽤 유창하고 자연스럽게 말할 수 있다는 사실에 놀라기도 하고 기쁘기도 해 웃음을 터뜨렸다. "요즘 영국에 대해서는 아무것도 모릅니다." 그가 말했다. "「코리에레 델라 세라」6)에 실리는 짧은 소식 외에는 말이죠." 나한테서 영국 소식을 듣고 싶은 기색도 찾아 볼 수 없었다. "영국이라……." 그가 중얼거렸다. "영국의 모든 것이 되돌아오는 느낌이군요!"

"당신이 되돌아갈 생각은 없습니까?"

"아, 네, 없습니다." 그는 대리석 테이블에 조심스레 놓아둔 장미를 바라보며 단호하게 말했다. "지금 전 가장 행복한 사람입니다."

그는 커피를 한 모금 마시더니 광장 너머, 먼 과거를 응시했다.

"전 가장 행복한 사람입니다." 그가 다시 중얼거렸고, 나는 침묵으로 그의 해명을 재촉했다.

"이렇게 된 건 전부 한때 나쁜 충동에 굴복해 버린 덕분이지요. 희한한 일이군요, 우리의 인연이 이렇게 이어지다니!"

나는 다시 말없이 그의 이야기를 기다렸다. 하지만 침묵에도 그가 입을 열지 않자 그가 마지막으로 한 말을 되풀이했다. 그리고 "예를 들면요?"라고 덧붙였다.

"가령," 그가 말했다. "1895년의 어느 봄날 저녁 말입니다. 그날 저녁에 허트퍼드셔 공작 부인이 심한 감기를 앓았다고 가정해 봅시다. 또는 두통이 있었거나, 그 파티, 즉 여성 문인 클럽의 연례 야

---

6) 1876년 창간된 이탈리아의 일간 신문.

회에 가도 별로 재미가 없을 거라고 결정했다면 말입니다. 혹은 좀 더 뒤로 가서 부인이 그 짧은 시를 쓰지 않았더라면, 그 시가 『상류 여성』지에 실리지 않았고, 바로 그 짧은 시 한 편 때문에 문인 협회 에서 곧바로 만장일치로 부인을 명예 부회장으로 뽑지 않았더라면 말입니다. 그 숱한, 전혀 상관없는 일들이 벌어지지 않았더라면, 전 이 자리에 없을 겁니다……. 저기 있겠죠." 그는 막연하게 영국을 가리키는 손짓을 하며 미소를 지었다.

"이를테면," 그는 말을 이어 나갔다. "제가 그 연례 야회에 초대를 받지 못했다고 칩시다. 또는 그 다른 친구가……."

"브랙스턴 말입니까?" 내가 물었다. 몰트비를 알아보는 순간, 브 랙스턴도 기억이 났었다.

"그가 초대를 받지 못했다고 칩시다. 하지만 물론 우린 둘 다 초 대를 받았죠. 제가 먼저 공작 부인에게 인사를 하게 되었습니다. 멋 진 순간이었죠. 전 침착하게 행동하고 싶었습니다. 부인은 보석관 을 쓰고 있었어요. 오페라에서 머리에 관을 쓴 여성들을 자주 보긴 했습니다만, 그런 분에게 말을 걸어 본 적은 없었죠. 제게 보석관은 상징이었습니다. 하지만 눈은 얼굴의 일부일 뿐이죠. 그래서 부인 의 눈에 시선을 고정했습니다. 한 인간이 다른 인간에게 행동하듯 했습니다. 부인은 매우 지적인 분 같더군요. 대화는 잘 진행되었습 니다. 곧 부인은 내 책이 몹시 **완벽하게** 훌륭하다고 말한다면 자신 을 **대담하다고** 여길지 물었습니다. 저는 최선을 다했다고 답하고 는 『코츠월즈의 목신』을 읽어 보셨는지 물었습니다. 읽어 보셨다고 하더군요. 그리고 그 책이 너무나도 경이롭고 너무나도 훌륭하다고 하셨습니다. 그분이 공작 부인이 아니었다면, 히스테리가 약간 있는 것이 아닐까 생각했을 겁니다. 부인의 타고난 분별력이 다시 자리를 잡았습니다. 부인은 위대한 힘을 발휘했습니다. 부인은 한차례 마술봉을 흔들어 제가 차마 떨쳐 버릴 수 없는 빛나는 가능성으로 화했습니다. 부인은 제게 키브에 오라고 청했습니다.

제가 거기 참석한다면 부인은 아주 기뻐하실 것 같았습니다. 토요일에 혹시라도 시간이 있는지 묻더군요. 부인은 거기서 제가 재미있는 사람들을 만나기를 바랐습니다. 세 시 삼십 분까지 올 수 있느냐고 묻더군요. 빅토리아 역에서 한 시간 십오 분밖에 걸리지 않는 곳이었습니다. 토요일에는 늘 세 시 삼십 분까지 키브에 가려는 사람들을 위한 객차가 예약되어 있었습니다. 자전거를 가져오라는 말도 들었습니다. 그곳이 너무 지루하게 느껴지지 않기를 바라더군요. 부인은 꼭 오라고 당부했습니다. 똑똑한 사람들 사이에서 사는 삶이란 참 근사할 거라고도 했습니다. 부인은 제가 그날 밤 그곳에 모인 사람들을 다 알 거라고 생각하더군요. 누가 누구인지 알려 달라고 부탁하셨습니다. 저쪽의 키 크고 가무잡잡한 사람은 누구냐고 물었습니다. 스티븐 브랙스턴이라고 했죠. 부인은 사람들에게서 그 사람을 소개해 주겠다는 약속을 받았다고 했습니다. 부인은 브랙스턴이 상당히 훌륭해 보인다고도 덧붙였습니다. 저는 '아, 정말로 그렇지요'라고 말했습니다. 부인은 갑자기 열렬한 표정으로 제게 물었습니다. '내가 용기를 내서 청한다면, 저분도 키브에 와

76

주실까요?'

　순간 저는 망설였습니다. 저 대신 사탄이 대답했다고 하는 편이
쉽겠습니다. 쉽지만 진실은 아니지요. 이렇게 떠들어 댄 건 바로 저
였으니까요. '아, 사실, 물어보시니 말씀드립니다만, 저라면…… 그
러시지 않는 편이 낫겠습니다. 저 사람에게는 아주 특이한 면이 있
습니다. 런던 이외의 장소에서 자는 것을 극도로 싫어합니다. 진정
글로스터서 사람답게 런던을 좋아하지요. 게다가 낯을 심하게 가
리기도 합니다. 부인께서 청하신다면, 저 사람은 거절하는 법을 잘
모를 겁니다. 청하시지 않는 편이 그에게는 더 친절한 행동이 될 거
라고 사료됩니다만.'

　그 순간, 회장이었던 윌펌 부인이 브랙스턴을 데리고 우리 쪽으
로 다가왔습니다. 브랙스턴은 훌륭하게 처신했습니다. 투박하고
정중하면서도 부드러운 면이 있었죠. 장담하건대 그가 웃는 것을
못 보셨을 겁니다. 하지만 공작 부인이 어여쁜 모습으로 짧고 겸손
하게 말을 건네자 그는 근엄한 미소를 지어 보였습니다. 아주 좋은
인상을 남겼죠.

　제가 한 짓은 비열하기만 한 것이 아니었습니다. 아주 위험한 짓
이었지요. 부인이 브랙스턴에게 런던을 왜 그렇게 좋아하는지 물
을까 봐 겁이 났습니다. 그렇다고 감히 자리를 피할 수도 없었습니
다. 한참 만에 부인이 실례한다고 하자, 몹시 마음이 놓였습니다.

　브랙스턴은 헤어질 때 부인의 손을 놓기가 싫은 것 같았습니다.
저는 부인이 초대하는 말을 입 밖에 내기 전까지 그 자리를 떠나지

않을까 봐 두려웠습니다. 하지만 다행히, 부인은 제게 작별 인사를 하면서 작게 덧붙였습니다. '키브에 오시는 걸 잊지 마세요. 토요일, 세 시 삼십 분입니다.' 아주 작은 속삭임이었습니다. 그렇지만 브랙스턴은 들었고요. 내게 던지는 악마 같은 표정을 보고, 브랙스턴이 들었다는 걸 알 수 있었습니다. 만약 그가 그 말을 듣지 못했더라면, 전 여기에 오지 않았겠지요.

양심의 가책을 느꼈냐고요? 흠, 그 야회로부터 토요일 사이에 이따금 가책이 느껴졌지만, 환희가 더 컸습니다. 아르카디아여, 올림포스여, 마침내 제대로 된 사람들을 만나는구나! 싶었죠. 그 포상을 받기 전까지는 제 책이 얼마나 훌륭한지 제대로 느끼지 못했던 겁니다. 이 엄청난 광고가 될 사건이 일어나기 전까지는 말이지요. 출판사에서 얼마나 기뻐할지 예상해 보았습니다. 아주 큰 저택에서는 제가 거기 있다는 것을 아무도 모르게 지낼 수도 있다는 말을 종종 들었습니다. 하지만 허트퍼드셔 공작 부인은 자신이 한 선행을 감추는 분이 아니었습니다. 개방적인 분은 아니었지만, 홍보에 관해서만은 그렇지 않았죠. 영국에서 윈저 성 다음으로 가장 많이 알려진 곳이 바로 키브였습니다.

한편, 할 일도 많았습니다. 시종을 고용할까 생각했지만, 그럴 필요는 없다고 판단했습니다. 반면에 새 여름 정장 세 벌과 야회복 한 벌, 흰 조끼 몇 벌이 필요할 것 같았습니다. 턱시도도 한 벌 있어야 했고요. 게다가 장신 도구 가방 없이 키브에 묵은 사람이 있었을까요? 그때까지만 해도 나무 브러시 한 벌과 몇 가지 잡동사니로 충분히 잘 지냈습니다. 하지만 그것을 보고 내 짐을 풀던 하인이 깜짝 놀랄까 봐 염려가 되었습니다. 그를 위해 저는 제 이름 이니셜을 새긴 큰 가방을 주문했습니다. 가게에서 도착한 가방은 너무 새것 같았습니다. 그래서 의심을 피하기 위해 열심히 발로 차고 던져 흠집을 내야 했습니다. 양복점에서는 금요일 저녁이 되어서야 제 옷을 보냈습니다. 밤늦도록 새 옷을 돌아가며 입고 앉아 있어야 했죠.

다음 날 빅토리아 역 플랫폼을 거닐며 키브로 가는 듯한 남녀들을 여럿 보았습니다. 키가 크고 침착하며 화려한 사람들이 하인에게 짐을 맡기고 마차로 빅토리아에 당도했습니다. 저도 화려하게 꾸미긴 했지만, 키도 크지 않고 침착하지도 못했습니다. 짐을 세 시 삼십 분 열차로 옮겨다 준 제 짐꾼은 약간 건성이었습니다. 허트퍼드셔 공작 댁에 머물 사람들을 위해 예약된 칸이 있는지 짧게 물었습니다. 그러자 짐꾼의 태도가 곧바로 바뀌었습니다. 그 신성한 객실에 나를 태우고 난 짐꾼은 팁을 받고 싶지도 않은 눈치였습니다. 속물이었죠.

키가 크고 침착하며 화려한, 그리고 서로를 아주 잘 아는 일단의 사람들이 곧 그 칸을 채웠습니다. 저도 그 자리에 있었고, 그 사람들은 저를 대화에 끼워 줘야 한다고 느끼는 것 같았습니다. 모두가 전날 밤 무도회의 코티용7) 댄스 이야기를 하고 있었으므로, 할 말이 없었습니다. 저는 중산층의 일원답게 무관심한 표정으로 창밖

____

7) 네 사람 또는 여덟 사람이 한 조가 되어 추는 무도회 춤.

을 내다보았죠. 이내 화제는 자전거로 넘어갔습니다. 하지만 제가 껴들기에는 이미 너무 늦었습니다.

저는 휙휙 지나가는 지저분한 런던 교외 풍경을 바라보았습니다. 주위 승객들의 이야기를 듣고 있자니 키브에서 제가 돋보일 수 있을지 의심스러웠습니다. 차라리 철로 아래 늘어선, 뒷마당 딸린 작은 집으로 주말을 보내러 가는 편이 나을 것 같았습니다. 두려움이 엄습했습니다.

'부끄러운 줄 알아!' 저는 속으로 생각했습니다. '내가 그렇게 형편없는 존재인가? 『메이페어의 정령』을 쓴 작가가 그것밖에 안 되나?'

제가 이렇게 소심한 것을 알면 브랙스턴이 얼마나 좋아할지 생각했습니다. 브랙스턴이 그 순간, 클리퍼드의 여관방에 앉아서, 얄미운 경쟁자가 세 시 삼십 분 열차를 타고 있을 것을 부러워하는 꼴을 상상했습니다. 사실, 저는 몹시 부러운 존재였죠! 기운이 났습니다. 잘 처신할 수 있을 것 같았습니다…….

작은 기차역에서 내려 그곳의 풍경을 감상했습니다. 랑크레[8]가 그린 축제 그림 같았지요. 함께 탄 승객들의 대화에서 몇 명은 이른 열차로 내려갔으며, 다음 차로 내려오는 사람도 있다는 것을 알게 되었습니다. 하지만 세 시 삼십 분 열차에는 우리 열두 명이 타고

---

8) Nicolas Lancret(1690~1743). 프랑스의 로코코 화가로 당대 상류 계급의 풍속을 묘사한 그림을 많이 그렸다.

있었습니다. 우리! 우리라고 부를 수 있다는 사실 자체가 그곳이 지닌 아름다움을 완성해 주었습니다.

역에서 나가니 브루엄 마차9) 두 대에다, 랜도 마차10), 이륜마차, 쌍두마차, 유람 마차 등이 대기하고 있었습니다. 하지만 거의 모두가 자전거로 다가갔습니다. 로드피튼 부인도 자전거로 가겠다고 했습니다. 해마다 나는 그 유명한 백작 부인이 공원에서 자전거 타는 모습을 보았었습니다. 소문에 듣기로 부인은 남자 같은 지적 능력을 지녔으며, 내각을 구성했다 해산할 수도 있다고 했습니다. 부인은 그때 예순에 가까워 별로 꾸미지도 않았고 체격은 건장하며 풍상을 겪은 티가 났지만, 그래도 대단히 호감 가는 외모와 녹록지 않은 분위기를 지닌 분이었습니다. 누구도 감히 부인이 늙었다고 말할 수 없었을 겁니다. 오히려 부인은 로마 제국 후기에 속한다고 하는 편이 어울렸습니다. 로드피튼 부인과 제가 자리를 함께할 날이 올 줄은 꿈도 꾸지 못했습니다. 어쩐지 그곳의 다른 어떤 사람들보다도 부인은 제 상상력을 자극했습니다. 데임 백작보다도, 밸푸어 씨보다도, 아름다운 레이디 티스비 크로버러보다도 말이지요.

저는 공작이 보낸 마차를 혼자 탈 수 있었고, 그러고도 싶었습니다. 하지만 자전거를 타는 쪽이 옳다고 느껴졌습니다. 한편으로는, 아는 사람이 아무도 없는데 그 틈에서 함께 달리고 싶지 않았습니

---

9) 마부석이 밖에 있는 사륜 상자 마차.

10) 앞뒤에 포장이 쳐진 마주 앉는 사륜마차.

다. 저는 사람들이 떠날 때까지 짐 곁에서 꾸물거리다가 멀찌감치 떨어져서 뒤따라갔습니다.

해가 구름 뒤로 넘어갔습니다. 하지만 땀을 뻘뻘 흘리며 도착하지 않으려고 천천히 달렸습니다. 웅장한 대문을 지나 공작 저택의 정원을 들어설 때는 전율이 느껴지지 않은 것도 아니었습니다. 제복을 입은 덩치 큰 남자가 수위실 문 앞에서 제게 성의 있게 인사를 해 왔습니다. 정원은 끝이 없어 보였습니다. 한참 뒤, 거의 태곳적부터 그 자리에 있었던 것 같은 느릅나무들이 길게 늘어선 길에 다다랐습니다. 그 길 끝에 당도하자, 전 공공건물에 자러 온 모기 한 마리가 된 기분이 들었습니다.

차라리 매표소와 출입구가 있고 1실링을 지불해야 했다면 그곳의 현관, 그러니까 팔라디오 양식으로 지은 거대한 현관으로 들어가기가 더 쉬웠을 겁니다. 누군가, 집사나 하인 같은 사람이 공작 부인께서 정원에 계시다고 귀띔해 주었습니다. 저는 반대편 큰 문을 지나 잔디밭으로 연결되는 널따란 테라스로 나갔습니다. 제일 가까운 잔디밭에 차가 차려져 있었습니다. 그 가운데 앉아 있기도 하고 서 있기도 한 사람들 틈에 공작 부인이 보였습니다. 부인은 재빠르고 솜씨 좋게 차를 따르고 있었습니다. 저는 테라스에서 힘찬 걸음으로 계단을 내려가며 부인께 인사를 드리면 곧장 모든 일이 잘될 거라고 생각했습니다.

하지만 부인께로 가는 사이에 대경실색할 일이 있었습니다. 몇 명씩 모인 사람들 중에서, 제가 누굴 보았겠습니까? 바로 브랙스턴이었습니다.

그가 어떻게 그곳에 왔는지 생각할 겨를도 없었습니다. 겨우 그가 그 자리에 있다는 불길한 사실을 파악할 시간뿐이었죠.

공작 부인은 저를 보더니 정말 반가운 표정을 지었습니다. 부인은 제가 와 주다니 너무나도 근사한 일이라고 했습니다. '몰트비 씨를 아시죠?' 부인이 로드피튼 부인에게 묻자, 로드피튼 부인은 '설마 힐러리 몰트비 씬가요?'라면서 굉장한 호의를 드러냈습니다. 로드피튼 부인은 나를 숭배하는 독자 중 자기가 최고라고 했습니다. 저도 그 부인은 무슨 일을 하더라도 경쟁자를 모두 따돌릴 수 있으리라 믿어 의심치 않았고요. 한편, 부인이 저를 두려워한다고 생각하기는 어려웠습니다. 하지만 그렇다는 부인의 말을 잠자코 들었지요.

부인의 여성스러운 매력보다 남성스러운 장악력이 곧 득세했습니다. 부인은 유서 깊은 저널의 경험 많은 리뷰어가 쓸 만한 말솜씨로 저를 찬양했습니다. 말이 장황하기는 했지만, 그래도 논리가 탄탄했지요. 저는 부인을 존경하고 흠모하게 되었습니다. 부인에게 제 관심을 온전히 드리고 싶었습니다. 하지만 공작 부인과 로드피튼 부인 사이에 앉아 찻잔을 손에 들고 있는 동안 제 머리의 한 부분은 언뜻 보았던 브랙스턴에 대한 염려로 가득 차 있었습니다. 그가 그 자리에 참석해 저의 승리를 반으로 나눠 가는 것은 문제가 아니었습니다. 하지만 만일 제가 공작 부인에게 한 말을 그가 안다면 어떻게 한단 말입니까? 게다가 만약 그가 ─ 아뇨, 만약 제가 한 비열한 짓을 그가 폭로했더라면, 공작 부인이 저를 그처럼 상냥하게 대해 줄 리가 없었습니다. 여성 문인 클럽의 야회가 있었던 그날 이후, 브랙스턴이 공작 부인을 어디서 만날 수 있었는지도 의아했습니다. 저는 로드피튼 부인이 출판사에서 평단의 찬사 문구로 쉽게 인용할 수 있을 만큼 훌륭한 두세 문장으로『정령』의 리뷰를 마치는 것을 듣고 있었습니다. 그러자 저도 모르게『코츠월즈의 목신』을 읽었는지 부인에게 묻고 있었습니다. 공작 부인도 제 말을 들었습니다. 부인은 다른 사람들에게 말을 하다가 고개를 돌리고서 '브랙스턴 씨는 너무나도 마음에 드는 작가였어요'라고 했습니다.

'네.' 저는 씁쓸한 미소를 지어 보였습니다. '그 친구를 초대하셨다니 기쁩니다.'

'하지만, 초대한 적 없는걸요. 감히 그러지 못했어요.'

'하지만, 저, 그 사람이 여기 있는 건……'

우리는 서로 빤히 쳐다보았습니다. '여기라뇨?' 부인이 잔디밭 여기저기에 흩어져 있는 사람들을 둘러보며 물었습니다. 저도 그곳을 살펴보았습니다. 굉장히 당혹스러웠습니다. 도착했을 때 브랙스턴이 '저쪽에 서 있는 것'을 봤기 때문에, 그 친구가 먼저 온 열차로 도착한 줄 알았다고 설명했습니다. '음,' 부인은 약간 짜증이 섞인 웃음을 지으며 말했습니다. '다른 분을 보고 착각하셨나 보군요.' 부인은 그 이야기를 끝내고 다른 사람들과 이야기하더니 곧 자리를 떴습니다.

설마 제가 부인을 놀리는 줄 안 것은 아니었겠지요? 또한, 부인이 브랙스턴과 공모해 저를 놀린 것은 아니었겠지요? 하지만 그렇다면 브랙스턴이 초대장도 없이, 부인도 모르게 그곳에 어떻게 왔겠습니까? 머릿속이 빙빙 돌았습니다. 단 하나는 분명했습니다. 제가 다른 사람을 브랙스턴으로 착각할 수는 없다는 것이었지요. 거기 브랙스턴이 서 있었단 말입니다. 그 낡은 쑥색 슈트를 입고, 붉은 타이를 삐뚤어지게 매고는, 모자도 쓰지 않고서 앞머리를 내린 스티븐 브랙스턴이 분명했습니다. 제 눈으로 똑똑히 보았습니다. 거기, 저랑 같은 칸에 타고 온 아가씨 한 분 바로 곁에 브랙스턴이 서 있었습니다. 키가 큰 아가씨였지만, 브랙스턴 옆에 서니 참 작아 보이더군요. 그 아가씨가 멀찍이서 소브럴 부인과 함께 거닐고 있더군요. 그때 그 아가씨 옆에 있는 소브럴 부인이 보였던 것처럼, 브랙스턴도 또렷이 보였던 것입니다.

로드피튼 부인이 얼마 전까지 총독이었던 분과 인도에 대해 이야기하고 있었습니다. 부인은 『정령』에 대해서와 마찬가지로 인도에 대해서도 정통한 모양이었습니다. 저는 누구의 관심도 받지 못한 채 앉아 있었습니다. 일어나서 슬그머니 브랙스턴을 찾아보며 걸어 다니고 싶었습니다. 하지만 사람들이 무시해서 화가 난 것처럼 보일까 염려되었습니다. 곧 로드피튼 부인이 일어나더니 '연례 순시'를 시작했습니다. 부인은 제게도 오라고 손짓하더니 저와 전 총독 사이에 서서 정원이 좋아진 점에 대해 이야기하고, 앞으로 더 좋아지려면 어떻게 해야 할지 의견을 내놓으며, 반드시 더 좋아져야 한다는 암시를 주었습니다. 부인은 조경에도 조예가 깊었습니다. 총독은 부인만큼은 아니었지만, 그래도 조예가 깊었습니다. 두 사람이 저를 무시하고 걷고 있었던 것은 아닙니다. 하지만 제가 내놓는 의견은, 물론 항상 부인과 일치하기는 했지만, 어쩐지 전혀 무의미하게 들렸습니다. 돋보이고 싶은 마음이 간절했습니다. 저는 브랙스턴 일로 전전긍긍할 따름이었습니다.

로드피튼 부인의 목소리는 조용한 저녁에 듣기에는 지나치게 강했습니다. 그림자가 길어졌습니다. 해가 기울면서 제 사기도 점점 떨어졌습니다. 전 천성이 명랑한 사람이지만, 늘 해 질 녘이 되면 어딘지 우울해졌습니다. 그때면 항상 마음이 약해지는 것 같았고, 무시무시한 불행이 닥칠 것만 같았습니다. 바로 그날 저녁에는 한 가지 불행을 떨칠 수 없었습니다. 제가 목격한 것의 정체를 생각한다면, 아주 끔찍한 불행이었지요.

자, 만찬을 위한 성장(盛裝)은 늘 활력을 느끼게 해 주는 일이지요. 특히 면도를 하면 더 그렇고요. 얼굴에 거품을 묻히고 있으니 기분이 좋아졌습니다. 저는 거울에 비친 제 모습을 보며 미소를 지었습니다. 화장대 뒤 창문을 통해 석양빛이 흘러 들어왔지만, 그래도 불을 모두 켜 두었습니다. 새로 사들인 은제 뚜껑이 달린 병과 여러 가지 도구를 멋지게 늘여 세워 두었습니다. 밤이 되면 저 역시 돋보일 생각이었습니다. 아직도 그 파티의 주인공이 될 기회는 충분히 남아 있었습니다. 어쨌든, 제가 입을 새 야회복에는 흠 하나 없었습니다. 게다가 새 면도칼도 완벽했습니다. '아래로' 면도를 한 뒤, 다시 거품을 묻히고 '위로' 면도하기 시작했습니다. 바로 그때 저는 비명을 지르며 뒤로 홱 돌아섰습니다.

아무도 없었습니다. 하지만, 이것만은 분명했습니다. 그 직전, 스티븐 브랙스턴이 제 어깨 너머에 보였던 것입니다. 거울 속 제 얼굴 옆에 그의 얼굴이 보였단 말입니다. 고개를 쭉 빼고 말이죠. 그와 눈이 마주쳤습니다.

제 방에 그가 있었습니다. 확실했습니다.

다시 돌아서서 거울을 보았습니다. 뺨은 온통 피범벅이 되어 있었습니다. 수건으로 피를 닦아 냈습니다. 면도칼이 미끄러진 자리에 상처가 세 군데 길게 나 있었습니다. 수건을 찬물에 적셔 뺨에 대고 있었습니다. 피가 무서울 정도로 흘러나왔습니다. 종을 울렸습니다. 하지만 아무도 오지 않았습니다. 브랙스턴 때문에 피를 흘리다 죽진 않겠다고 다짐했습니다. 다시 종을 울렸습니다. 한참 만에야 키가 아주 크고 얼굴에는 분을 바른 시종이 나타났습니다. 그를 위해 제가 장신 도구 가방까지 주문했는데도 동정하기보다는 비난하는 눈치였습니다만. 시종은 반창고를 갖고 있는 하녀가 있을 거라고 했습니다. 아래층에서 자길 찾는 사람이 있으니 대단히 죄송하지만 하녀를 올려 보내겠다고 했습니다. 저는 계속해서 수건으로 뺨을 누르며 욕설을 중얼거리고 있었습니다. 피가 좀 멎었습니다. 저는 기운을 냈습니다. 브랙스턴 때문에 아래층 만찬에 참석하지 못하는 일은 없을 거라고 다짐했습니다.

하지만 아래층에 내려간 제 모습은 참 볼만했습니다. 창백하지만 결의에 찬 표정에, 왼쪽 뺨에는 반창고를 세 개 붙여 Z자 모양을 그리고 있었지요. 키브의 힐러리 몰트비 씨. 문학을 전파하는 사절의 모습이었습니다.

얼마나 늦었는지는 모르겠습니다. 만찬은 한창 진행 중이었습니다. 하인 한 사람이 저를 자리로 안내했습니다. 저는 남의 시선을 끌지 않고 자리에 앉았습니다. 제 양쪽에 앉은 여인들은 다른 쪽에 앉은 사람과 이야기를 나누고 있었습니다. 저는 공작 부인이 앉은 쪽에 가까이 앉았습니다. 수프가 나왔습니다. 진홍색에 크림을 넣은 러시아식 수프였습니다. 그걸 먹으면 마음이 가라앉을 것 같았습니다. 첫 숟가락을 입술에 대다가, 그만 손이 홱 움직였습니다.

두 가지 두려운 사건이 있었습니다. 앞서 있었던 두려운 일과, 그 후 벌어진 두려운 일이었습니다. 브랙스턴이 갑자기 사라진 것이었습니다. 그가 반대편에서 식사하는 손님들 뒤에서 한순간 얼굴을 찡그리고 있었습니다. 정말 짧은 순간이었죠. 하지만 제게는 자신의 흔적을 남기고 사라졌습니다. 저는 멍하니 제 셔츠 앞섶과 흰 조끼에 묻은 수프 얼룩을 내려다보았습니다. 냅킨으로 얼룩을 문질렀습니다. 그러자 더 흉해졌습니다.

샴페인 잔이 보였습니다. 저는 잔을 조심스레 들어 한 모금에 비웠습니다. 그러자 기운이 났습니다. 하지만 셔츠에 가려져 있던 심장은 이미 부서져 있었습니다.

제 왼쪽에 앉은 분은 레이디 티스비 크로버러였습니다. 오른쪽에 앉은 분은 누군지 모릅니다. 그분이 먼저 돌아서 저를 쳐다보았습니다. 셔츠에 묻은 얼룩에 대해 곧바로 설명하는 것이 나을 것 같았습니다. 저는 얼굴을 돌려 왼쪽 뺨이 보이지 않도록 한 채로 그 이야기를 했습니다. 부인의 서글서글한 눈이 얼룩에 머물었습니다. 부인은 잠시 생각하더니 얼룩이 '화사해' 보인다고 했습니다. 부인은 남자들의 야회복이 온통 흑백인 것이 '몹시 지루하다'고 했습니다. 최선을 다한 셈이었죠……. 레이디 티스비 크로버러 역시 최선을 다했습니다. 하지만 교양이 있다고 해서 온갖 충격에 모두 꿈쩍 않을 수는 없는 법입니다. 그분은 저와 Z자 상처를 보더니 눈에 띄게 흠칫 놀랐습니다. 저는 면도를 하다 베였다고 해명했습니다. 저는 어떻게든 분위기를 띄워 보려고 수줍은 남자들은 늘 면도를 하다 베곤 한다고 덧붙였습니다. 대화를 시작하기에 아주 좋은 말이었지요. '하지만, 설마 고의로 얼굴을 베신 건 아니죠?' 그분이 잠시 후에 물었습니다. 구제할 길 없는 바보였던 거죠. 하지만 그때는 그렇게 생각하지 못했습니다. 레이디 티스비 크로버러였으니까요. 그 사실만으로 그분은 신성한 존재였습니다. 대화가 제대로 진행되지 못한 것에 대해, 전 제 자신과 흉한 몰골만 탓했습니다. 제 정신을 빼앗아 간, 잊을 수 없는 공포도 물론이고요. 이내 반대편 남자와 대화를 시작해 버렸다고 레이디 티스비를 원망하지도 않았죠.

오른쪽에 앉아 있던 부인은 다른 쪽 남자와 이야기를 나누고 있었습니다. 그러니 저는 머릿속의 기억과 공포에 시달리며 혼자 앉아 있을 수밖에 없었습니다. 저는 의심하지도, 해명해 보려고 노력하지도 않았습니다. 그저 자꾸 기억을 떠올리며 두려워할 뿐이었지요. 그리고 참 이상한 일이지요! 제 의식의 가장 높은 상층부에서는 아무와도 대화를 못하는 제 모습이 싫었습니다. 키브에서 몰트비 씨가 그런 꼴이라니요. 공작 부인과 눈이 한두 번 마주쳤는데, 부인은 마치 '당신 모습이 엉망이고, 여기서 잘 어울리지 못하는 것 같긴 하지만, 당신을 초대한 것을 한순간도 후회하지 않아요'라는 듯, 고개를 끄덕이며 격려했습니다. 곧 저는 다시 대화에 낄 기회를 얻었습니다. 제 말소리가 들렸습니다. 남들을 즐겁게 해 주려는 열의가 저를 감동시켰습니다. 하지만 듣는 사람들의 시선은 다른 쪽으로 움직였습니다. 숙녀들이 다른 쪽으로 가 버리자 유감스러웠습니다. 어쩐지 제가 더 눈에 띄는 존재가 된 것 같았습니다. 저를 쳐다보지 않았던 남자들이 저를 쳐다보고 있었습니다. 공작 부인이 앉아 있는 쪽으로 다가오던 공작께서 제가 누군지 궁금했던 모양입니다. 하지만 공작께서는 제게 조심스레 손을 내밀며 와 줘서 고맙다고 했습니다. 저는 몰래 빠져나가 새 셔츠와 조끼를 입을까 생각했지만, 그러면 더 우스꽝스러워 보일 거라고 판단했습니다. 저는 앉아서 포트와인을 마시고 있었습니다. 샴페인을 마신 뒤에 와인이라니, 제겐 극약이나 마찬가지였지만, 마음은 가라앉혀 주었습니다. 그리고 얼룩 없는 셔츠를 입은 귀족들이 나누는 호주에서 있었던 크리켓 경기 이야기를 듣고 있었습니다.

영국에선 요즘도 루비콘 베지크를 합니까? 당시에는 그 게임이 대단한 인기였습니다. 키브의 거대한 연회실에는 작은 테이블이 셀 수 없이 많이 놓여 있었습니다. 저는 그 게임을 할 줄 몰랐습니다. 공작 부인께서는 제가 '이쪽으로 와서 친애하는 멀 공작님 부부와 환담을 나눠 주셔야' 한다면서 한 노신사가 노부인과 앉아 계신 구석 소파로 저를 데려갔습니다. 부부는 저를 물끄러미 쳐다보았습니다. 공작 부인은 저를 그분들 앞에 놓인 작은 금박 의자에 앉히고는 가 버렸습니다. 부인은 떠나기 전, 제가 '그 유명한 작가'라고 큰 소리로 소개했습니다. 두 분 중 한 분의 청력이 몹시 나빴기 때문입니다. 한참이 걸려서야 그분들은 제가 정치적인 글을 쓰는 사람이 아니라는 것을 알게 되셨습니다. 잠시 어색한 침묵이 흐른 뒤, 공작께서는 제가 '에이브러햄 헤이워드 씨'를 아는지 물었습니다. 공작 부인은 제가 헤이워드 씨를 알기에는 너무 젊다고 하면서, 부인의 '영리한 친구 멀록 씨'를 아는지 물었습니다. 저는 바로 얼마 전에 멀록 씨의 신작 소설을 읽었다고 했습니다. 그 소설의 복잡한 줄거리를 요약하는 제 목소리가 들려왔습니다. 우리가 앉아 있던 자리는 웅장한 대리석 계단 발치 근처였습니다. 계단이 참 아름답다고 했습니다. 멀 공작 부인께서는 그 계단이 별로 마음에 든 적이 없다고 했습니다. 잠시 침묵이 흐른 뒤, 공작께서는 '에이브러햄 씨가 만찬 식탁에 앉은 사람들의 시선을 온통 사로잡고 이야기하는 것을 자주 들었다'고 했습니다. 긴 침묵이 자주 이어졌고, 그사이 저는 큰 소리로 미친 듯이 떠들며 둘밖에 안 되는 청중의 호감을 점점 더 잃어 갔습니다. 마치 강둑에 앉아 도움을 줄 수 없어 안타까워하는 노부부 앞에서 익사하는 느낌이었습니다. 이내 공작께서는 시계를 보더니 부인께 '침실로 돌아가 볼 시각'이라고 했습니다.

두 분은 강둑에서 일어났고, 저를, 말하자면 물속에 두고서 떠났습니다. 두 분은 제가 어리석게 칭찬한 대리석 계단으로 올라가 시야에서 사라졌습니다. 저는 돌아서서 카드 게임을 하는 사람들이 연출하는, 화려하고도 조용한 광경을 살펴보았습니다.

에이브러햄 헤이워드 씨가 제 입장이라면 어떻게 했을지 궁금했습니다. 그라면 그 테이블 사이로 쳐들어가 그들을 '사로잡았'을까요? 아마 조용히, 재빠르게 그 자리를 빠져나와 슬그머니 대리석 계단을 올라가진 않았겠지요, 저처럼 말입니다.

침실에 들어갔을 때, 안도감이 더 컸는지 수치심이 더 컸는지 모르겠습니다. 아마 수치심이 더 컸을 겁니다. 거기, 의자에는 새로 사들인 근사한 턱시도가 놓여 있었습니다. 절 조롱하듯 말이지요! 한때는 제가 그 옷을 차려입고 늦은 시각 흡연실에서, 제 화려한 언변에 반한 명사들 가운데 서 있을 거라고 예상했었는데 말입니다. 그런데! 전 수프 자국을 묻히고, 반창고를 붙인, 신경쇠약 직전의 은둔자에 불과했습니다. 그래요, 모든 것이 신경성이었습니다. 제가 본 것을 실제로 본 것은 아니라고 스스로 다짐했지요. 물론 매우 기이하고 불쾌한 일이었지만, 쉽게 설명할 수도 있었습니다. 신경성이라고 말이죠. 키브에 오게 되었다는 흥분이 제가 감당할 수 없는 일이었던 겁니다. 하룻밤 푹 쉬고 나면 될 것 같았습니다. 내일이면 크게 웃어넘길 수 있을 거라고 말이죠.

몸은 피곤하지 않았던 모양입니다. 새로 사들인 화려한 실크 파자마가 기다리고 있었지만, 저는 잠자리에 들고 싶지 않았습니다. 아직 움직일 수 있는 동안은요. 침대 발치에 놓여 있던 조그만 책상이 저를 부르는 것 같았습니다. 저는 여행 가방에 편지 한 묶음을 넣어 갔습니다. '키브'의 표식이 찍힌 종이에 적어 보내기 위해 일부러 답신을 미루고 있었던 편지들이었죠. 하인은 그 편지 묶음을 침대 발치의 작은 책상 위 압지철 옆에 가지런히 두었습니다. 그곳에 놓여 있던 종이에 공작의 문장이 찍혀 있지 않아서 아쉬웠습니다. 하지만 뭐 어떻습니까? 주소면 충분했습니다. 그곳에 모인 사람들에게 좋은 인상을 줄 수 없었다면, 어쨌거나 그곳에 없는 사람들에게라도 좋은 인상을 줄 수는 있었습니다. 저는 자리에 앉았습니다. 그리고 일을 시작했습니다. 매끄럽게 읽히는 우아한 답장을 줄줄이 썼습니다.

그중 몇 통은 서명을 부탁해 온 모르는 사람들에게 보내는 것이었습니다. 저는 늘 기쁜 마음으로 서명을 보내 주었고, 결코 형식적으로 써 보내지 않았습니다. 그날 밤, 누군가에게 이렇게 적었던 기억이 납니다. '친애하는 부인께, 부인께서 이처럼 매력적인 편지로 청하시지 않았더라면, 드문 것만으로 가치를 가지는 제 서명을 보내드리기가 망설여졌을 겁니다. 진심을 담아, 힐러리 몰트비 드림.' 이 글을 읽고, 또 읽어 보면서 '가치'라는 말이 상업적으로 느껴지지 않는지 고민했습니다. 그렇게 고민하다 종이에서 눈길을 들어 보니, 침대 틀 사이로 사람의 커다란 발뒤꿈치가 보였습니다. 그 너머로 굵직한 종아리도 보였고요. 그리고 잠옷과, 스티븐 브랙스턴의 얼굴이 있었습니다. 전 꼼짝도 할 수 없었습니다.

문으로 달려가 복도로 뛰쳐나가 목청껏 도와달라고 소리 지를까 생각했습니다. 하지만 움직이지 않았습니다.

제가 의자에서 꼼짝도 하지 않은 것은 문으로 달려 나가려고 하면 브랙스턴이 침대에서 벌떡 일어나 절 잡을 것만 같은 두려움 탓이었습니다. 가만히 앉아만 있으면 그도 움직이지 않을 것 같았습니다. 그가 움직였다 하면, 저는 완전히 무너질 것 같은 느낌이 들었습니다.

저는 브랙스턴을 쳐다보았고, 브랙스턴은 저를 쳐다보았습니다. 브랙스턴은 몸을 반쯤 세운 채, 한쪽 팔꿈치를 베개에 기대고, 턱을 가슴에 꾹 누르고서 누워 있었습니다. 그리고 검은 눈썹 아래 두 눈은 저를 가만히 응시하고 있었습니다.

그러자 단순히 신경쇠약 탓이 아닐까 하던 의심은 사라졌습니다. 희망이 없어진 것입니다. 금세 사라지는 착시 현상이 아닌, 지속적인 존재였습니다. 거기 브랙스턴이 와 있었던 겁니다. 그와 제가 밝고 고요한 방 안에 함께 있었습니다. 그가 얼마나 더 저를 쳐다보고 있어야 만족할까요?

11일 전, 그는 무시무시한 표정으로 저를 노려보았었습니다. 그리고 저는 그 표정을 한정 없이 오래도록 마주하면서 감히 눈길을 돌리지 못했습니다. 브랙스턴은 저처럼 꼼짝 않고 누워 있었습니다. 그의 숨소리는 들리지 않았지만, 잠옷 아래 가슴이 오르락내리락하는 것으로 보아 숨을 몰아쉬고 있는 것은 알 수 있었습니다. 저는 불현듯 벌떡 일어났습니다. 그가 움직였기 때문입니다. 그는 서서히 한 손을 들었습니다. 그러곤 턱을 쓰다듬었습니다. 그러면서,

그리고 저를 쳐다보면서, 입이 서서히 움직이더니 씩 웃어 보였습니다. 그렇게 웃어 보이는 표정은 찡그린 표정보다 더 으스스하고, 더 사악한 것이었습니다. 그 웃음이 제게 곧바로 미친 효과는 싫지만 거부하기 어려운 충동이었습니다. 창문이 열려 있었습니다. 문보다는 창문이 더 가까웠습니다. 거기라면 제때 닿을 수 있었습니다…….

흠, 저는 죽지 않고 살아 이 이야기를 전하고 있지요. 그 충동에 지지 않고 버틴 덕분입니다. 그랬더니 그 친구에 대해 새로운 사실이 떠올랐습니다. 당시 저는 그의 태도에 뭔가 비정상적인 구석이 있다는 느낌을 내내 받고 있었습니다. 그 말도 안 되게 당당한 태도에 편안한 구석이 없었던 겁니다. 그제야 그런 느낌을 받은 이유를 알 수 있었습니다. 그의 팔꿈치가 놓여 있던 베개에는 눌린 데가 없었습니다. 그의 팔꿈치는 베개의 표면에 놓여 있었지만, 그 모양을 전혀 바꾸지 못했습니다. 그의 몸이 누워 있는 침대에도 주름 하나 없었습니다. 무게가 없었던 겁니다.

만약 몸을 숙이고 황동 가로대 사이로 손을 뻗어 그의 팔을 잡으면, 아무것도 잡히지 않을 것임을 알 수 있었습니다. 그에겐 실체가 없었습니다. 그는 진짜 같았지만, 진짜는 아니었습니다. 그는 흐릿했습니다. 분명한 존재가 아니었습니다.

이상한 말처럼 생각되시겠지만, 이런 확신이 들자 두려움이 좀 가셨습니다. 로드피튼 부인과 걷는 동안, 저는 떨쳐 버릴 수 없는 의심 때문에 공포에 휩싸였었습니다. 하지만 그 의심이 옳다는 것이 확인되자 용기가 생겼습니다. 진짜 브랙스턴만 아니라면 뭐라도 낫다고 생각되었으니 말입니다. 그리고 얼마나 안도감을 느꼈는지, 저는 다시 의자에 앉았습니다.

그것이 착시 현상이기를 바라는 간절한 마음이 여러 번 들었습니다. 그럴 때마다 눈을 꼭 감고서 머리를 세게 흔들었습니다. 하지만 다시 눈을 떠 보면, 물론 그것이 있었습니다. 그것, 진짜 브랙스턴은 아니지만 브랙스턴과 마찬가지인 그가 함께 지내러 온 것이었습니다. 저의 모든 입자 하나하나가 팽팽하게 긴장하고 있었지만, 강력한 피로도 느껴졌습니다. 그래서 그 끔찍한 밤 내내 저는 엄청난 부러움도 느꼈습니다. 창문으로 새벽이 밝아 오기 얼마 전, 브랙스턴의 눈이 감겼기 때문입니다. 그의 머리가 조금씩 옆으로 기울더니, 팔에 기댄 채 잠들었습니다.

잠을 잘 수 없자 담배가 간절했습니다. 제겐 담배도 있었고 성냥도 있었습니다. 하지만 감히 성냥을 그을 수가 없었습니다. 그 소리에 브랙스턴이 깰 것 같았습니다. 자고 있는 그는 더 밉살스럽긴 해도, 덜 무서웠습니다. 그러자 두렵기보다는 화가 났습니다. '참을 수 없어.' 제가 혼자 중얼거렸습니다. '도저히 참을 수가 없다고!'

그럼에도 불구하고, 저는 참아야 했습니다. 그 모든 상황이 어느 정도는 자초한 일임을 저도 알고 있었습니다. 제가 껴들어 거짓말을 하지 않았더라면 진짜 브랙스턴이 키브에 와 있었을 것이고, 저는 그 순간 곤히 자고 있었을 겁니다. 그렇다고 브랙스턴이 결백하다는 뜻은 아니었습니다. 브랙스턴은 저를 시기했던 것뿐입니다.

96

그리고 질투심과 증오, 악의만으로 그는 자신의 환영을 제가 있는 곳으로 보내온 것이라고, 동틀 무렵이 되어서야 저는 깨달았습니다. 그도 저를 생각하고 있으리라는 것은 알고 있었습니다. 키브에 간 저를 떠올리면, 그의 예민한 감성이 쓰라린 상처를 입을 것임을 저는 알고 있었습니다. 하지만 그의 타고난 정열과 집중력이 어떤 결과를 나을 수 있는지는 생각지 못했던 것이었습니다.

그 강렬한 감정과 집중력 때문에 그가 공작 부인의 저택에 보이지 않는 손님으로 찾아온 것이라면, 그 놀라운 재주가 만약 전적으로 부러움과 선망에 의한 것이었다면, 저는 진심으로 그에게 미안함을 느껴야 했을 겁니다. 그리고 그 때문에 제 양심이 매우 아팠을 겁니다. 하지만 그렇지 않았습니다. 그 가련한 존재가 제게 보이지 않았더라면, 저는 브랙스턴을 생각조차 못했을 것입니다. 다만, 그가 거기 없어서 기뻤겠지요. 그가 제게, 오로지 제게만 보인다는 사실이 제 마음속의 가책을 제대로 반영해 주는 것은 아니었습니다. 그건 다만 그가 품은 악의가 얼마나 믿을 수 없을 만큼 큰지 알려 줄 뿐이었습니다.

흠, 제게는 그가 앙심을 품고 복수에 성공한 것 같았습니다. 거기서 저는 수면 부족으로 뜨거워진 머리와 시린 발, 뻣뻣해진 다리를 하고서, 내내 분노에 치를 떨며 해가 밝도록 앉아 있었습니다. 해가 밝자 더욱 꼴불견이 된, 브랙스턴의 보복을 당한 셔츠와 조끼, 그리고 새 야회복을 입고서 말이지요. 키브를 방문한 문학의 사절이었던 저는 조심스레 의자에서 일어나 거울에 비친 제 얼굴을, 브랙스턴의 보복을 당한 뺨을 보았습니다. 멀리 나무에서 지저귀는 새소리가 들렸습니다. 창밖으로 정교하고 아름다운 공작의 정원이 이른 아침 부드러운 잿빛에 휩싸인 광경을 바라보았습니다. 어린 시절 이후로 그때처럼 울고 싶었던 적은 없었던 것 같습니다. 하지만 약해진 마음을 곧 다잡았습니다. 저는 침대 위의 사람을 바라보고, 제게 있는 모든 힘을 다해 그를 사라지게 했습니다. 제 노력은 허사로 돌아가지는 않았습니다. 다만, 부적절한 결과를 낳았을 뿐이지요. 브랙스턴은 자다가 돌아누웠습니다.

저는 다시 의자에 앉았고, 그리고…… 그리고…… 붉은 머리를 한 키 큰 남자를 빤히 쳐다보다 눈을 깜빡였습니다. '잠이 들었던 모양이군요.' 제가 말했습니다. '네, 선생님.' 그가 대답했습니다. 그의 건조한 음성에 기억이 약간 되살아났습니다. 그곳은 키브였습니다. 그는 저를 돌봐 주는 하인이었고요. 하지만 왜, 저는 침대에 눕지 않았던 거죠? 제가 혹시…… 아뇨, 그것이 악몽일 리는 없었습니다. 저는 분명히 그 하얀 침대에 누운 브랙스턴을 보았으니까요.

하인은 무표정하게 제가 입지 않은 턱시도를 치웠습니다. 저는 너무 멍한 나머지 그가 저를 어떻게 생각할지 궁금해하지도 않았습니다. 잠시 후, 의자에서 몸을 돌리다가 음울한 표정으로 벽난로에 기대 선 브랙스턴을 보았을 때, 비명을 참으려 하지도 않았습니다. '몸이 불편하신가요?' 하인이 물었습니다. '아니, 건강하네.' '네, 선생님. 청색을 입으시겠습니까, 회색을 입으시겠습니까?' '회색으로.' '네, 선생님.' 그는 브랙스턴을 보지 못했다니 믿을 수가 없었습니다. 그 하인이나, 잠옷을 입고 벽난로에 기대어 하인이 물건을 내놓는 모습을 지켜보는 그 악한이나 조금도 다를 바 없이 진짜 같았으니 말입니다. '이제 목욕물을 받을까요?' '그래 주게.' '왼쪽 두 번째가 선생님의 욕실입니다.' 그는 제 수건과 스펀지를 들고 나갔고, 저는 브랙스턴과 단둘이 남았습니다.

저는 한 번 더, 남은 힘은 다해 중얼거리며 일어섰습니다. 희망을 버리지 않으려고 애쓰며, 이를 앙다물고 주먹을 쥐고서 저는 그를 마주 보았고, 제 의지를 다해, 말없이 그에게 사라지라고, 없어지라고 했습니다.

갑자기, 그는 완전히 사라졌습니다. 제가 얼마나 근사한 승리감을 느꼈을지 상상하시겠지요. 욕실로 들어가 제 욕조에 들어가 있는 그의 모습을 볼 때까지 얘기지만 말입니다.

저는 분노에 떨면서 제 침실로 돌아갔습니다. '참을 수가 없군.' 저는 다른 말을 할 줄 모르는 앵무새처럼 같은 소리만 반복하고 있었습니다. 목욕만이라도 할 수 있기를 바랐는데. 한참 동안 아주 뜨거운 물에 몸을 담그고 누웠다가 찬물을 스펀지에 적셔 몸을 닦을 수 있다면, 다시 진정하고 용감한 모습을 되찾았을 겁니다. 어쨌든 비교적으로는 말입니다. 퀭한 모습도 덜했을 것이고, 아침 식사를 하러 내려갔을 때 두통도 좀 가시고 식욕도 생겼을 겁니다. 간밤의 긴 테이블 대신 둥근 테이블이 대여섯 개 놓여 있었습니다. 식당 맞은편 끝에서 집사와 하인 둘이 뜨거운 음식 아래 조그만 등불을 켜데우고 있었습니다. 저는 도망치는 우스꽝스러운 꼴을 보이고 싶지 않았습니다. 하지만 제가 이 둥근 테이블 한 곳에 혼자 동그마니 앉아 식사를 시작해도 괜찮은 일인지 궁금했습니다. 괜찮을 거라고 짐작했습니다. 하지만 그 널따란 식당에서 혼자 아침을 먹고 있는 모습을, 다음번에 내려오는 사람에게 보이고 싶지 않았습니다. 저는 마른 토스트를 깨작거리며 앉아 문을 바라보고 있었습니다. 브랙스턴이 언제라도 나타날 것 같았습니다. 제가 그를 무시할 수 있었을까요?

어떤 아주 잘생긴 부부가 제일 먼저 등장했습니다. 그들은 뜨거운 음식을 가지러 가다가 저를 보고는 고개를 끄덕이며 '안녕하세요?'라고 인사했습니다. 저는 불편하게, 찔리는 마음으로 일어났다가 다시 앉았습니다. 그 부인이 지나가고, 김이 모락모락 나는 접시 두 개를 든 남편이 뒤따라 돌아가자 저는 다시 일어났습니다. 부인은 제게 참 근사한 아침 아니냐고 물었고, 저는 불안할 정도로 열렬히 그렇다고 맞장구쳤습니다. 그러자 부인은 케저리11)를 말없이 먹었습니다. '방금 드신 게?' 남편이 제 접시를 보며 물었습니다. '오, 아뇨, 아뇨, 이제 시작하는 중입니다.' 저는 큰 다짐이라도 하는 것처럼 말하고 버터를 먹었습니다. 그러자 남편도 말없이 케저리를 먹었습니다. 그는 아주 당당한 몸집의 황소 같았고, 부인은 아주 당당한 체구의 암소 같았습니다. 풀을 뜯는 소 말이지요. 저는 두 사람의 느긋하고 평온한 모습이 부러웠습니다. 만 명의 브랙스턴

---

11) 쌀, 콩, 양파와 향신료를 넣어 만드는 인도식 요리.

이 나타난다 해도 그 두 사람이 밤에 숙면을 취하고 낮에 느긋이 식사하는 것을 막을 수는 없으리라는 생각이 들었습니다. 어쩌면 그들의 둔한 태도가 제게도 약간 전염되었는지도 모르겠습니다. 아니면 진한 홍차를 많이 마신 탓에 용기가 난 것일지도 모르겠습니다. 어쨌든, 브랙스턴이 당장 들어온다 해도 안색이 바뀌거나 흔들리지 않으리라는 생각이 들기 시작했습니다.

그렇다고, 시험을 해 본 것은 아니었습니다. 많은 사람들이 차례로 흘러 들어왔지만, 브랙스턴은 없었으니까요. 로드피튼 부인은 당당히 행진해 들어오더니 근처 테이블에 앉아 카랑카랑한 음성으로 장 드 레슈케와 에두아르 드 레슈케[12]를 비교하고 있었습니다. 부인의 목소리도 제겐 에두아르와 많이 비슷하게 들렸습니다. 군악대와는 더욱 비슷했고요. 문득 정신을 차리고 보니, 저는 그 목소리의 박자에 맞추어 발을 구르고 있었습니다. 확실히 기분이 나아졌습니다. 뭐라도 대면해 이길 기분이 되었습니다. 테이블에서 일어나 문 쪽으로 걸어가는 제 발걸음은, 로드피튼 부인의 목소리에 맞추어 활기차게 움직이고 있었습니다.

하지만 들뜬 기분은 오래 지속되지 못했습니다. 잠시 후, 경치 좋은 테라스로 나갔을 때, 걸음걸이에는 힘이 빠졌습니다. 앞서 적을 다시 만났을 때, 저는 그를 물리쳐 쫓아 버렸었지요. 그를 곧, 아마 거기 테라스에서 마주칠 것이 분명해 보였습니다. 손님 둘이 기다

---

12) 폴란드 출신의 성악가 형제.

란 길에서 천천히 자전거를 타며 새롭게 느끼는 기분 좋은 진동에 자랑스레 미소 짓고 있었습니다. 발코니를 따라 자전거 여러 대가 가지런히 늘어서 있었습니다. 제 자전거도 거기 있었고요. 브랙스턴이 클리퍼드 여관집에서 자신의 자전거 모습도 투사하고 있는 것인지 궁금했습니다. 그랬을지도 모를 일이었습니다. 하지만 증거는 없었습니다. 다음번에 그가 나타났을 때 저는 자전거를 타고 있었지만, 제 기억에, 그는 걷고 있었습니다.

몇 분 뒤에 일어난 일이었습니다. 저는 친애하는 로드피튼 부인과 함께 자전거를 타고 있었습니다. 부인은 저를 정말로 좋아하는 것 같았습니다. 부인은 밖으로 나오더니 테라스에서 저를 보고 반갑게 다가와서는 반창고를 보곤 어제 이후로 누구랑 결투를 했느냐고 물었습니다. 저는 상대를 말하지 않았지만 부인은 이미 결투 전반의 문제로 화제를 옮겨 갔습니다. 영국에서 결투가 사라진 것이 아쉽다고 하면서, 부인은 그 까닭을 설득력 있게 댔습니다. 그러더니 부인은 제 다음 책은 어떤 것인지 물었습니다. 저는 일종의 속편을 쓰고 있다고 털어놓았습니다. 『메이페어로 돌아간 정령』이라고. 부인은 고개를 저으며 평소처럼 확신에 찬 말투로 속편은 매우 위험한 것이라고 하더니 제가 쓰고 있는 내용을 '간단히' 말해 달라고 청했습니다. 저는 그렇게 했습니다. 부인은 제 계획에서 취약한 부분 두세 군데를 지적해 주었습니다. 원고를 본다면 더 정확하게 판단해 줄 수 있다고도 하셨습니다. 부인은 그다음 주 금요일에 점심 식사를 함께 하자고 초대했습니다. 로드피튼 저택에서 '단둘이

서만' 식사를 하자면서, 원고를 가져오라고 하셨습니다. 제가 얼마나 기뻤는지 두말할 필요가 있을까요?

'자, 그럼, 자전거를 타도록 하죠.' 부인이 활달하게 말했습니다. 그때쯤, 여남은 명이 자전거를 타려고 테라스에 나와 모두 즐거움에 겨워 웃고 있었습니다. 우리는 자전거를 타고 함께 달렸습니다. 테라스는 저택의 두 면에 이어져 있었고, 그 끝에 도착하기 전에 제게 이런 글귀가 문득 떠올랐습니다.

> 엘리노어
> 로드피튼 백작 부인께
> 부인의 현명한 조언과
> 지치지 않는 지도에 감사하며
> 부인의 벗 작가가
> 이 책을 바칩니다.

자전거를 타고 지나가는 사람들의 환한 미소에 마주 웃어 보이며, 저는 이후 방문 시간이 매끄럽게 지나갈 것이라고 생각하기 시작했습니다. 단지…….

'조금 더 빨리 가요. 경주를 하죠!' 로드피튼 부인이 말했습니다. 우리는 그렇게 했지요. '단둘이서' 말입니다. 저는 발코니 가까운 쪽에 있었는데, 브랙스턴이 갑자기 나타난 것이 바로 그쪽이었습니다. 바위처럼 확고부동한 표정으로, 팔짱을 끼고서, 제 앞으로 3야드도 안 되는 곳에 버티고 서 있는 그 모습을 본 저는 그만 반사적으로 방향을 홱 꺾었고, 로드피튼 부인의 자전거와 정통으로 부딪쳐 부인과 함께, 자전거를 박살 내며 쓰러졌습니다.

저는 다치지 않았습니다. 부인이 충격을 막아 주었으니까요. 차라리 죽는 편이 나았을 겁니다. 부인은 대노했습니다. 너무 화가 나 말도 못하고 앉아 있었지요. 사람들이 재빨리 모여들었습니다. 거리에서 사고가 날 때처럼 말이지요. 그러자 부인은 사람들에게 저를 비난했습니다. 제가 고의로 그랬다는 겁니다. 부인이 어찌나 저를 끔찍하게 욕하는지, 사람들의 동정심이 제 쪽으로 향했을 겁니다. 부인은 부축을 받아 일어났습니다. 저도 함께 도우려고 했습니다. '저 사람이 가까이 오지 못하게 해요!' 부인이 고함쳤습니다. 사람들 무리 가장자리에 브랙스턴이 서서 저를 보며 씩 웃고 있었습니다. '모두 저 사람 탓입니다.' 저는 그를 가리키며 미친 듯이 소리쳤습니다. 사람들은 브랙스턴 앞에 서 있던 밸푸어 씨를 쳐다보았습니다. 모두들 놀라 웅성거렸고, 밸푸어 씨 역시 거기에 동참했을 겁니다. 그는 차가운 경멸을 담은 미소를 보기 좋게 지었습니다. '아니, 제가 하려는 말은…… 설명할 수가 없군요.' 제가 신음하듯 말했습니다. 로드피튼 부인은 부축을 거절하고는 절뚝이며 저택 쪽으로 갔습니다. 사람들도 염려하는 표정으로 부인을 뒤따랐습니다. 저는 절망적인 심정으로, 어쩔 줄 모르고 그 자리에 서 있었습니다.

추방당한 저는 텅 빈 테라스의 점 하나가 되어 서 있었습니다. 저는 멍하니 밀짚모자를 집어 들고서, 망가진 자전거 두 대를 발코니 쪽으로 끌고 갔습니다. 밸푸어 씨는 성격이 좋은 사람이었던 모양입니다. 제 짐작으로는, 제 비참한 기분을 달래 주기 위해 일부러 다시 나왔기 때문입니다. 그는 제게 로드피튼 부인은 다치지 않았다고 알려 주었습니다. 그리고 저를 데리고 테라스를 거닐며 사려 깊고 매혹적인 말투로 이런저런 이야기를 해 주었습니다. 그러더니 자비를 베풀고 난 그 선한 사마리아인은 다시 저택으로 돌아갔습니다. 저는 감사하는 눈빛으로 그를 바라보았습니다. 하지만 그의 기술에도 불구하고 제 상처에서는 아직 피가 멎지 않았습니다. 저는 정원으로 달아났습니다. 아무도 만나고 싶지 않았습니다. 그보다, 아무에게도 제 모습을 보이고 싶지 않았습니다. 그 사람들 사이에 제가 다시 등장한다고 생각하니 온몸의 신경이 곤두서도록 두려웠습니다. 생각을 막아 보려고 점점 더 빨리 걸었습니다. 하지만 소용없었습니다. 어째서 브랙스턴을 치고 자전거를 달릴 수 없었던 걸까요? 그때 정신을 차리고 보니 커다란 나무들과 굽이치는 풀들이 자라는 넓은 정원에 와 있었습니다. 하지만 밸푸어 씨가 시도했던 일은 자연의 여신도 이룰 수 없었습니다. 제 고뇌는 가시지 않았으니까요.

　저는 걸음을 멈추고서, 거대하고 밉살스러운 저택으로 향하는 큰 가로수 길의 나무에 몸을 기댔습니다. 거기 기대어 서서 그 저택에 다시 들어가기 싫은 것이 다른 손님들을 마주해야 하기 때문인지, 아니면 브랙스턴을 마주해야 하기 때문인지 생각해 보았습니다. 어디선가 교회 종이 울리기 시작했습니다. 그리고 곧, 다른 소리가 들려왔습니다. 사람들의 목소리였습니다. 모자와 양산을 쓴 숙녀들이 빠르게 그 길을 걸어오고 있었습니다. 제가 처음 느낀 충동은 나무 뒤에 숨는 것이었습니다. 하지만 그러다 눈에 띌까 두려웠습니다. 그래서 마지막 남은 자존심 탓에 저는 그들을 만났습니다.

그중에는 공작 부인도 계셨습니다. 아침 식사 때 멀찍이서 부인을 보았지만, 그 후로 처음이었습니다. 부인은 기도서를 들고 있다가 다가가는 제게 흔들었습니다. 저는 재난이나 다름없는 손님이었지만, 그래도 손님이었으니, 부인은 비할 데 없이 예쁜 미소를 지어 주셨습니다. '이번 주 남자 손님들은 대부분 이교도로군요.' 부인이 말씀하셨습니다. '그리고 다른 분들은 모두 송달함에 온 공문서를 살펴보아야 한답니다. 스코틀랜드 교회 신도인 멀 공작만 빼고 말이에요. 물론, 선생도 이교도시죠?'

저는 진심에서 우러나오는 목소리로 교회에 꼭 가고 싶다고 했습니다. '방해가 안 된다면 말입니다.' 이렇게 덧붙이는 제 목소리는 우울했습니다. 브랙스턴이 따라오리라는 생각은 들지 않았습니다. 이유는 모르겠지만, 공작 부인을 따라 빠른 걸음으로 걷고 있을 때, 그가 저택에서 그렇게 먼 곳까지 따라오리라고는 생각할 수 없었습니다. 교회는 정원 한쪽에 있었고, 거기로 가는 길은 큰 가로수 길 끝에서 갈라지는 작은 오솔길이었습니다. 조금 가다 보니 그 오솔길에 커다란 참나무가 그림자를 드리우고 있었습니다. 우리가 거기 닿자, 바로 그 나무 뒤에서 브랙스턴이 갑자기 튀어나오더니 제 발을 걸었습니다.

단지 발처럼 보이는 환영에 발이 걸려 넘어지다니 말도 안 된다고요? 하지만 저는 빠르게 걷고 있었고, 모든 일은 눈 깜빡할 새 벌어졌단 말입니다. 어쩔 수 없이 저는 양손을 앞으로 휘저으며 고꾸라졌습니다. 정말로 발에 걸려 넘어진 것처럼 말입니다. 바닥을 짚고 무릎을 꿇었던 저는 크게 다치고 당황한 상태로 비틀비틀 일어나며 사과했습니다. '가엾은 몰트비 씨! 정말이지!' 공작 부인은 제가 마지막 겪은 불운에 탄식했습니다. 아가씨 몇 명은 멀찌감치 굴러간 제 밀짚모자를 잡으러 달려갔습니다. 또 두 명은 제 옷의 흙을 털어 주었습니다. 모두 상냥하게 염려하는 태도였지만, 살짝 즐거워하는 기색도 느껴졌습니다. 저는 그제야 브랙스턴을 찾아 돌아보았지만, 보이지 않았습니다. 손바닥은 돌부리에 벗겨졌습니다. 공작 부인은 제게 절대 함께 가선 안 된다고 하셨습니다. 하지만 저는 그 피신처에 반드시 가기로 굳게 결심했습니다. 그리고 공작 부인과 함께 단호한 발걸음으로 걸었습니다. 도중에 무슨 일이 일어나더라도, 낙오하지 않을 생각이었습니다. 최소한 한 가지에서는 이길 작정이었습니다.

더 이상 괴롭힘을 당하지 않고 그 작은 교회에 다다랐습니다. 그곳에 도착하니, 너무 기뻐 믿을 수 없을 지경이었습니다. 우리가 막 들어가자 오르간이 첫 곡을 연주하기 시작했습니다. 숙녀들은 맨 앞의 신도석으로 몰려갔습니다. 저는 유일한 남자라서 신도석 맨 끝 공작 부인 곁에 앉았습니다. 제 자리가 자랑스럽다고 느끼지 않을 수 없었습니다. 하지만 너무 많은 일을 겪고 난 뒤라 바로 기뻐할 수는 없었고, 저택으로 돌아가는 길에 또 무슨 끔찍한 일이 기다리고 있을지 모른다는 생각을 떨칠 수 없었습니다. 예배가 짧지 않기를 바랐습니다. 작은 오르간이 연주하는 '독주곡'이 커졌다 작아지는 소리가 희한하게 위로가 되었습니다. 뒷줄에 앉은 소박한 마을 사람들을 한 번 보려고 고개를 돌렸다, 제 영혼을 위협하는 광경을 보았습니다.

브랙스턴이 통로를 걸어오고 있었던 겁니다. 그는 천천히, 양쪽 창문의 스테인드글라스를 관광객처럼 구경하며 다가왔습니다. 발을 쿵쿵 디디면서도 소리 없이, 그는 우리 자리에 닿았습니다. 거기서 그는 걸음을 멈추더니 자리를 내달라는 듯 우리를 노려보았습니다. 잠시 후, 그는 뚱한 표정으로 자리에 껴들었습니다. 몸이 닿기가 너무나 싫은 나머지, 저는 본능적으로 뒤로 물러나며 무릎을 옆으로 치웠습니다. 하지만 브랙스턴은 제 앞으로 지나가지 않았습니다. 그는 천천히, 확실히 제 위에 앉았습니다.

아니, 제 **위**에 앉은 것이 아니죠. 저를 **통과해서** 앉았습니다. 제가 겪은 것은 단순히 만질 수 없는 존재와의 무시무시한 접촉이 아니었습니다. 그것은 저를 포섭하여 에워싸고, 마치 일식을 일으키듯 제 빛을 가리는 짓이었습니다. 브랙스턴이 걸터앉은 것은 제가 아니라, 신도석의 그 자리였습니다. 그가 등을 기댄 것은 제 얼굴과 가슴이 아니라, 신도석의 등받이였습니다. 하지만 그 순간에는 그 사실을 깨닫지 못했습니다. 제가 안 것은 사방이 온통 까맣게 사라져 버리는 것뿐이었습니다. 도저히 꿰뚫을 수 없는 암흑이 끝없이 펼쳐졌습니다. 어렴풋이 제가 죽었다고 추측했습니다. 사실, 이상한 것은 제 눈도 마찬가지로 브랙스턴 속에 들어갔다는 것이었습니다. 브랙스턴이 얼마나 덩치가 큰 친구였는지 기억하시지요. 거기 앉아 있는 동안, 제 눈은 그의 입천장 바로 아래 닿았을 겁니다. 끔찍한 일이지요!

그 칠흑처럼 깊이를 가늠할 수 없는 어둠 속에서, '독주곡'이 커졌다 작아지는 소리는 여전히 들려왔습니다. 그 때문에 저는 죽지 않았음을 알 수 있었습니다. 그리고 아마 제가 고개를 쭉 뽑았던 모양입니다. 갑자기 뭔가 보이는 것이 있었으니까요. 슬쩍 아래를 보니 회색 조끼와 그 위에 포개 놓은 털이 북실북실한 커다란 손 두 개가 보였습니다. 그리고 다시 어둠이 에워쌌습니다. 제가 고개를 뒤로 젖혔거나, 브랙스턴이 고개를 앞으로 내밀었던 모양입니다. 어느 쪽인지는 저도 모르겠습니다. '괜찮으세요?' 공작 부인이 조그맣게 물어보신 것을 보면 제 얼굴은 잿빛이었을 겁니다. '네.' 제가 조그맣게 속삭였습니다. 하지만 그 가련한 단음절은 제게 마지막으로 남아 있던 사회적 본능이 낸 소리였습니다. 문득, '독주곡'이 끝나갈 무렵, 아주 크게 부스럭거리는 소리가 들려왔습니다. 성가대와 신부가 입장하자 신도들이 일어서는 것이었습니다. 브랙스턴도 일어났고, 제 앞이 밝아졌습니다. 저는 그의 커다란 등판을 처다보았습니다. 그 옆의 공작 부인은 저를 돌아보셨습니다. 하지만 저는 감히 그의 등을 향해, 거기서 기다리고 있는 캄캄한 어둠을 향해 일어나지 못했습니다. 저는 신도석에서 모자를 꽉 움켜쥐고 일어나 교회 통로를 급히 내달려 현관을 지나고 밖으로 나와 버렸습니다.

어디로? 무슨 목적으로? 아무 생각도 하지 않았습니다. 그저 도망쳤습니다. 신화 속의 오레스테스처럼 말이지요. 우리가 왔던 길을 되짚어, 자동인형처럼 달아났습니다. 누가 뒤따라왔냐고요? 네, 그랬습니다. 어깨 너머를 돌아보니 그 작자가 20야드쯤 떨어진 곳에서, 점점 더 빨리 따라오고 있었습니다. 저는 더 빨리 달리기 시작했습니다. 속이 메스꺼울 정도로 두려운 몇 분이 지나자, 그는 제 옆에서 저를 노려보고 있었습니다.

저는 방향을 바꾸고, 피하고, 속도를 높였지만, 그는 줄곧 저를 따라왔습니다. 이따금 제가 숨이 차서 걸음을 멈추면 그도 함께 멈췄습니다. 그러다 숨을 고르고 나면, 저는 그에게서 달아나겠다는 간절한 바람에 다시 뛰기 시작했습니다. 무작정 이리 돌고 저리 돌다 보니 그 큰길에 닿았고, 저는 숨을 헉헉거리면서 거기 서서 멀리 흐릿하게 보이는 저택을 쳐다보았습니다. 사실 저는 허트퍼드셔 공작의 저택에 묵고 있다는 사실도 잊고 있었습니다. 브랙스턴은 제 앞에 떡하니 섰습니다. 그는 저와 저택 사이를 가로막았습니다.

그렇게 지쳤는데도, 저는 웃음을 터뜨릴 뻔했습니다. 세상에! 그가 원한 것이 결국 그것이었다니. 제가 그곳으로 돌아가지 않는 것 말입니다. 그는 제가 그와 함께 거기로 돌아가고 싶어한다고 생각했을까요? 제가 공작의 포로라도 된단 말입니까? 제가 거기서 기차역으로 걸어 나가 버리는 것을 막을 자가 누구란 말입니까? 저는 돌아서서 그렇게 했습니다.

브랙스턴은 저를 따라왔습니다. 제가 대문만 지나면 그는 만족하고 사라질 거라고 생각했습니다. 하지만 그는 사라지지 않았습니다. 마치 그가 지켜보지 않으면 제가 몰래 저택으로 돌아갈지도 모른다고 의심하는 것 같았습니다. 그는 저와 함께 소리 없이 작은 기차역에 도착했습니다. 아마 저를 배웅할 생각이었던 모양입니다. 역에 혼자 있던 나이 지긋한 짐꾼이 런던행 다음 열차는 네 시 삼 분이라고 알려 주었습니다.

브랙스턴은 네 시 삼 분에 저를 배웅했습니다. 빈 객차에 올라타면서 생각해 보니 그 역에 제가, 혹은 저처럼 생긴 사람이 내린 지 스물네 시간도 채 되지 않은 시각이었습니다.

차장이 호각을 불자 엔진이 소리를 내며 열차가 앞으로 나아갔습니다. 하지만 저는 창밖으로 몸을 내밀어 사려 깊은 친구를 마지막으로 쳐다보지 않았습니다.

정말로 스물네 시간밖에 안 되었단 말입니까? 이십사 년이 아니고?"

몰트비는 이야기를 멈췄다. "흠, 제가 키브에서 겪은 수난을 과장한다고 생각하진 마십시오. 저보다 마음이 강한 사람이라면, 저보다 임기응변 재주가 뛰어난 사람이라면, 처음부터 끝까지 브랙스턴에게 잘 대처했을지도 모릅니다. 그리고 월요일까지 머무르며 그사이에 모두에게 큰 호감을 얻었을지도 모르지요. 그렇다 하더라도, 온갖 실수를 저지르고 갑자기 도망쳤음에도, 제가 도무지 어쩔 수 없는 입장이었다고 말하지는 않겠습니다. 그저 제게는 그렇게 느껴졌던 것이지요. 저보다 덜 예민하고, 허영심도 덜한 사람이라면 백작 부인께 사과 편지를 보내고 다시 기분이 좋아져 별로 큰일도 없었다는 듯 평소대로 돌아갔을지도 모릅니다. 저도 그날 밤 부인께 편지를 몇 줄 썼습니다. 하지만 영국을 떠나는 준비를 하는 사이에 쓴 것이었습니다. 다음 날 아침 저는 해협을 건넜습니다. 키브 기차역에서 브랙스턴과 보낸 일요일 오후 내내, 그와 함께 텅 빈 플랫폼을 거닐면서 저는 후회로 정신이 멍했고 네 시 삼 분 열차 외에는 아무것도 생각하지 않았습니다. 빅토리아 역으로 돌아오는 동안 머리가 다시 돌아가기 시작했고 영혼은 시들어 버렸습니다. 키브에서 지내는 동안 벌어진 모든 사건이 또렷이 기억났습니다. 끔찍하고 무시무시한 반복이었지요. 그 사람들이 관련되어 있는 한, 제 자신이 지긋지긋했습니다. 게다가 거기 모인 그 사람들을 제외하고 나면, 나머지가 다 무슨 소용이란 말입니까?

'매라고 부르기엔 너무 낮고, 말똥가리라 부르기엔 너무 높다.' 그 속담이 저를 정확히 요약해 주는 것 같았습니다. 게다가 만약 제가 예전처럼 중산층 사람들과 함께 즐겁게 지낼 수 있다 치더라도, 그 계급의 사람들이 저를 어떻게 생각하겠습니까? 입소문은 쉽게 퍼집니다. 키브에서 있었던 소동은 포스터 덕데일 부인의 응접실로 조금씩 번져 나갈 것이라고 저는 확신했습니다. 그 이야기를 조금이라도 아는 사람들과 함께 있으면, 도저히 고개를 들 수 없을 것 같았습니다. 정말로 제 이야기를 하나도 듣지 못하셨습니까?"

몰트비에게 내가 아는 것이라고는 그가 키브에 초대받아 지냈다는 확실한 사실뿐이라고 말해 주었다.

"희한한 일이군요." 그가 생각에 잠겨 말했다. "그 사람들이 서로에게 얼마나 충실한지 잘 보여 주는 사례입니다. 공작 부인을 위해 그 괴상한 손님에 대해서는 아무 말도 하지 않기로 합의가 이뤄진 모양입니다. 하지만 그때 사람들이 입을 꼭 다물어 주리라 바랐다 하더라도, 도망치지 않을 수는 없었을 겁니다. 잊어버리고 싶었습니다. 그 일을 상기시켜 주는 온갖 것들로부터 멀리 떨어진 공간으로 달아나고 싶었습니다. 라이더 스트리트에서 볼라로셰트로 곧장 달려갔습니다. 유럽에서 사람이 가장 적은 해변 휴양지라고 들은 적이 있는 곳이었습니다. 주소도 남기지 않고, 집주인에게 여행 가방 두 개가 도착하거든 가방과 내용물을 영영 가지라고 말해 두고 떠났습니다. 아마 공작 부인은 제게 친절하고 짤막한 편지를 써서 '언젠가' 또 찾아와 주기를 바란다는 막연한 소망을 밝혀 두었을 겁니다. 로드피튼 부인은 금요일에 오찬을 같이하기로 한 약속을 확인하고 『메이페어로 돌아간 정령』을 가져오라고 당부하는 편지를 보내지 않았을 겁니다. 그 책의 원고는 라이더 스트리트에 두고 왔습니다. 제 방 벽난로에, 한 줌의 재로 말이지요. 그렇다고 글쓰기를 완전히 포기한 것은 아니었습니다. 하지만 반드시 잊어야 하는 두 가지에 대해서는 절대 쓰지 않을 생각이었습니다. 영국의 귀족 사회에 대해서도, 어떤 종류의 초자연적 존재에 대해서도 쓰지 않을 생각이었습니다……. 봄에 있는 동안, 소설을 쓰기는 했습니다. 마지막 작품이었죠. 『로빈슨 씨 부부』라는 책이었습니다. 혹시 보신 적 있습니까?"

나는 엄숙한 표정으로 고개를 끄덕였다.

"아, 저는 잘 모르고 있었습니다." 몰트비가 말했다. "그 책이 출간된 적이 있는지 말이지요. 지루한 이야기였죠? 시골 사람들이 어떻게 사는지 저는 잘 알고 있었습니다. 하지만, 흠, 사랑하지 않는 것을 정말로 이해할 수는 없다고 생각합니다. 그리고 진정으로 이해하지 않는다면, 재미있는 이야기를 만들 수 없고요. 게다가 작가가 오로지 정신을 다른 데 팔기 위해 쓴 책에 무슨 좋은 점이 있겠습니까? 저는 바다와 햇빛과 고독 덕분에 마음이 낫기를 바랐습니다. 하지만 그런 것들은 소용이 없었습니다. 『로빈슨 씨 부부』를 쓰느라 노력한 것은 조금이긴 하지만 도움이 되었습니다. 원고를 완성하자, 출판사에 보내도 될 것 같은 생각이 들었습니다. 출판사 사장은 『정령』이 나온 이후에 제게 차기작에 대한 선금으로 거액을 주었습니다. 너무 큰돈이라 도로 내놓기가 싫었지요. 원고와 함께 보내는 편지에 주소를 적지 않았고, 교정은 편집실에서 봐 달라고 부탁했습니다. 그게 출판이 되든 말든 상관하지 않았습니다. 출판이 된다면 끔찍한 실패작이 되리란 걸 알고 있었으니까요. 이미 가득 차 넘치기 직전인 제 실패의 잔에 한 방울을 더 떨어뜨린들, 무슨 상관이겠습니까? 브랙스턴이 씩 웃으며 기뻐하리라는 생각이 들었습니다. 그것도 상관없었습니다."

"아, 참." 내가 말했다. "브랙스턴은 웃으며 기뻐할 기분이 아니었습니다. 『게으른 자들』이 이미 나온 이후였으니까요."

몰트비는 『게으른 자들』에 대해 들어 본 적이 없다고 했다. 나 역시 몰트비의 이야기를 듣던 중에야 비로소 그 책의 제목이 떠올랐다. 그것이 브랙스턴의 두 번째 소설이며 영국 귀족 계급을 사납게 비난한 작품이라고 설명해 주었다. 그 책은 최악의 취향을 드러냈지만, 너무나 지루하고 단조했다는 평도 덧붙였다. 브랙스턴은 그 직후 몰트비의 말마따나 "타고난 정열과 집중력"을 다해 술을 마시다가 사라져서 다시는 재기하지 못했다고도 했다.

몰트비는 절절하지는 않더라도 진심으로 슬퍼하는 기색을 내비치더니 『코츠월즈의 목신』에서 가장 훌륭한 두세 구절을 읊었다. 『게으른 자들』이 제대로 평가받지 못했을 거라는 말도 했다. 그는 야회에서 나쁜 충동에 굴복한 자신이 그 어느 때보다도 원망스럽다고 했다.

"하지만," 그가 생각에 잠긴 목소리로 말했다. "하지만 솔직히 말씀드리면 제가 굴복한 것을 진심으로 후회하는 마음이 들지는 않습니다. 저뿐만 아니라 브랙스턴에게도, 결국 모든 것이 잘되었다면 좋았을 거라고 바랄 따름입니다. 저처럼 그 사람도 영원한 행복을 찾았기를 바랍니다. 『로빈슨 씨 부부』를 마치고 1년쯤 뒤, 저는 기억을 없애려고 여기저기, 영국인들이 많이 다니는 곳을 모두 피하면서 돌아다녔습니다. 마침내 저는 루카에 오게 되었습니다. 여기라면 상처 입고 고통받는 영혼이 차츰 평화를 찾을 수 있으리라고 생각했습니다. 호텔에서 나와 오래 살 거처를 찾기로 결심했습니다. 행복을 위해서도, 자존감을 온전히 되찾기 위해서도 아니고, 오로지 평화만을 바라고 있었습니다. 어느 안내인이 저를 오래된 귀족의 저택으로 데려갔는데, 그 주인이 2층을 꼭 내놓고 싶어한다고 하더군요. 오래되고 낡은 집이었지만, 그렇다 하더라도 제게는 매우 싸게 느껴졌습니다. 루카의 소박한 기준에 따르면, 저는 부자였습니다. 저는 1년간 그 2층을 빌려 가구를 들여놓고 하인 둘을 고용했습니다. 제 '여주인'은 1층에 살았습니다. 이따금 그분은 저를 초대하곤 했습니다. 그분은 아드리아노 리촐리 백작 부인으로, 그 집안의 마지막 후손이셨습니다. 그리고 지금은 아드리아노 리촐리 몰트비 백작 부인이 되었지요. 결혼한 지 15년 되었습니다."

몰트비는 시계를 보더니 일어나 테이블에 놓아둔 장미 꽃다발을 조심스레 들었다. "아내는 하드리아누스 황제13)의 직계 후손입니다."

___

13) 로마 제국의 14대 황제.

제임스 페텔

1912년 9월 17일

그를 마지막으로 본 날로부터 7년이 지났건만, 그리고 그날은 그를 처음 만난 지 이틀째에 불과했지만, 오늘 아침 신문에서 그의 급사 소식을 보자 충격이 느껴졌다.

아련한 옛날, 나는 항상 디에프[1]에서 8월을 보내곤 했다. 그곳은 당시 지금처럼 사람들이 많지 않았다. 상냥한 영국인 몇몇이 상냥한 프랑스인 몇몇과 그곳을 함께 찾았다. 우리는 그달 셋째 주에 열리는 경주를 우리의 사적 공간을 침해하는 일이라며 싫어하기도 했다. 파리판 「뉴욕 헤럴드」에서 그 침입자들의 이름을 읽어 가며 비웃기도 했다. 우리는 밤마다 카지노 바카라 룸을 채우는 사람들

---

1) 프랑스 북서부의 항구 도시.

과 높은 판돈에 흥분을 감추지 못하는 사회자의 목소리를 싫어했다. 나는 그 주 동안에는 그곳을 꼭 피했다. 진지한 상습 도박꾼들의 모습을 보면 늘 혐오감에 가까운 우울증이 밀려들었다. 도박에 대한 열의로 대부분의 남자들은 기괴할 정도로 뚱뚱했고, 여자들은 차마 봐줄 수 없을 만큼 말랐다. 그 외의 여자들은 뇌졸중에 걸릴 운명으로, 남자들은 쇠약해져 죽을 운명으로 보인다. 그들을 향해 뭐라도 던지면 푹 박히거나 산산조각이 날 것 같은 기분이 들어서 정상적인 양의 살집을 가진 사람을 찾아보지만 허사다. 그들은 모두 겉보기에는 괴물 같다.(하지만 그중 많은 사람들이 사생활에 있어서는 매우 윤리적으로 산다고 믿는다.) 그러나 미국의 소도시에 가게 되면 결국에는 조만간 싸구려 볼거리를 찾아가게 되는 것처럼, 그러니까 올바른 판단력을 따르자면 가지 않아야 마땅하지만 결국에는 가게 되는 것처럼, 해마다 디에프의 경주 주간이 되면 꼭 하루 저녁에는 바카라 룸에 들어가 보게 되었다. 바로 그런 날 저녁, 여기서 추억하는 그 사람을 처음으로 만났던 것이다. 그에게 눈길이 닿은 것은, 어딜 가더라도 눈에 띄는 이유가 있었기 때문이다. 가장 큰 판에서 큰돈을 따고 있었다는 사실 때문만이 아니라, 전혀 이상한 점이 없다는 사실 때문에 그는 눈에 띄었다.

　그는 입에 적당한 크기의 시가를 물고 있었다. 그에 관한 모든 것이, 따고 있는 돈의 양만 제외하면, 적당해 보였다. 뚱뚱하지도 마르지도 않은 것처럼, 그의 얼굴 역시 경험 많은 도박꾼처럼 새하얗지도 새빨갛지도 않았다. 맑은 분홍빛 안색이었다. 그의 눈도 주위 사람들처럼 부자연스럽게 번득이거나 부자연스럽게 흐리멍덩하지 않았다. 평범하게 맑은, 평범한 회색 눈동자였다. 나이도 적당했다. 짐작건대 서른여섯, 그 이상은 아니었다.(그 시절엔 "그 이하도 아니었다"라고도 덧붙였을 것이다.) 그는 태연한 척하지도 않았다. 카드가 지루하다는 듯 나눠 주지도 않았다. 하지만 무섭게 집중하는 모습도 없었다. 그의 입에서 시가를 없앤다 해도 그 얼굴은 조금도 변하지 않으리라는 사실을 알아차렸다. 그의 입술은 담배를 피우지 않을 때도 내내 꼭 다문 상태였기 때문이다. 그리고 이렇게 내내 입술을 다문 표정에서 느껴지는 것은 깊은 흥미뿐이었다.

그의 판에서는 판돈이 거의 떨어진 상태였다. 카드도 몇 장 남지 않았다. 그의 맞은편에는 사회자가 미처 정리해서 쌓아 두지 못한 색색의 코인들이 굴러다니고 있었다. 상당량의 지폐와 조그만 금붙이도 더미를 이루며 쌓여 있었다. 모두 합쳐 5백 파운드가 넘을 것이 분명했다. 부러운 도박가! 내가 여러 달 걸려 고생 끝에 버는 돈을 그는 너무나도 쉽게 몇 분 만에 따 버렸다! 그처럼 되고 싶었다. 그의 재산이 내게 모욕감을 느끼게 했다. 그가 싫었다. 하지만 그가 또 판을 벌이지는 않기를 바랐다. 그가 현명하게 딴 돈을 주머니에 넣고 집에 가기를 바랐다. 그 엄청난 돈을 잃을 위험을 일부러 감수하는 행동을 보면 내가 느낀 모욕감은 더 심해질 것 같았다.

"여러분, 판돈을 걸어 주십시오!" 사회자가 새 카드 두 벌을 뜯는 사이, 도박꾼들은 열심히 돈을 걸었다. 하지만 내가 염려하던 일이 벌어졌다. 내가 미워한 남자는 자리를 지키고 있었다.

"여러분, 결정됐습니다. 한 판에 1만 5천 프랑입니다. 여러분, 카드를 돌립니다! 자, 카드를 돌립니다!"

가려고 돌아서던 나는 친구를 한 명 만났다. 경주를 보러 온 사람이긴 했지만, 어떤 의미에서는 친구라고 부를 수 있는 사람이었다.

"하려고?" 내가 물었다.

"지미 페텔이 판돈을 잡고 있는 동안엔 안 해." 그는 웃으며 대답했다.

"저 사람 이름인가?"

"응. 저 사람 몰라? 지미 페텔을 모르는 사람은 없는 줄 알았는데."

'지미 페텔'이 뭐가 그렇게 대단해서 모두가 그를 알아야 하는지 물어보았다.

"대단한 인물이거든. 운도 엄청나게 좋고. 항상 말이야."

행운이란 전생에 의식적으로 지혜로운 삶을 산 사람들이 얻게 되는 무의식적인 지혜라는 재미있는 이론을 내 친구가 알고 있었을 것 같지는 않다. 그 친구는 증권 거래소에 다니는 사람이었고, 그렇기에 그가 한 말이 희한해서 나는 미소를 지어 보였다. 행운 이외에 어떤 점이 있기에 "대단한 인물"인지 물어보았다. 아, 페텔은 스물세 살 때 증권 거래소에서 엄청난 돈을 벌었고, 곧 그 돈을 두 배로 늘린 뒤, 또 두 배로 늘렸다고 했다. 그리고 은퇴했다. 그때 페텔은 기껏해야 서른다섯이었다. 그런 다음에는? 그는 만능 스포츠맨이 되어 전 세계의 큰 게임을 찾아다니며 아슬아슬한 접전을 여러 차례 벌였다. 훌륭한 장애물 경마 선수이기도 했다. 그 무렵 그는 어느 정도 정착한 상태였다. 주로 레스터셔에서 살았다. 그곳에 큰 집을 소유하고 있었다. 일주일에 다섯 번은 사냥을 했다. 하지만 여전히 가끔은 투기도 했다. 그전 2월, 멕시코에서 8천을 벌었다. 아내는 케임브리지에서 바텐더를 하던 사람이었다. 열아홉에 그녀와 결혼했다. 모든 것이 순조로워 보였다. 즉, 한마디로 대단한 인물이라는 것이다.

그럴지도 모르지, 라고 나는 생각했다. 하지만 빠른 거래와 신용으로 매사를 받아들이는 데 익숙한 나의 피상적인 친구의 설명은 더 많은 시간을 요구하는 문학에 익숙한 나를 설득해 내지 못했다. 그러나 몇 분 뒤, 그 친구 덕분에 그 의견이 옳은지 시험해 볼 기회를 얻었다. "여러분, 판돈을 걸어 주십시오"라는 외침에 주위를 둘러보니, 우리 대화의 주제였던 장본인이 일어나고 있었다. "이제 돈을 걸 수 있겠군!"이라고 그리어슨(내 친구의 이름이다)이 말하더니 칩을 파는 곳으로 향했다. "지미 페텔이 돈을 건다면, 나도 그의 운만 따르면 되겠지." 친구가 덧붙였다. 하지만 그 길잡이는 자리를 지키지 않았다. 친구가 칩을 사고, 나도 칩을 사 볼까 생각하고 있는데 페텔이 안내소로 다가왔다. 입을 꽉 다물지 않은 그에게서는 근엄한 분위기가 사라졌고, 더 젊어 보였다. 그 뒤에는 커다란 나무 그릇을 든 수행원이 따르고 있었다. 딴 돈이 너무 많아 주머니에 넣을 수 없을 때, 도박장에서 제공하는 그 평범하지만 아름다운 그릇이었다. 그와 그리어슨은 인사를 나눴다. 그는 바로 그날 오후에 디에프에 도착했으며, 하루나 이틀 정도 지낼 예정이라고 했다. 우리는 서로 소개를 받았다. 그는 내 작품을 "매우 좋아하는 팬"이라면서 열의를 담아 말을 걸어왔다. 그러자 그가 싫지 않았다. 칩으로 무장한 그리어슨은 방금 난 빈자리를 잡으려고 재빨리 달려갔다. 페텔은 테이블을 향해 손짓하며 "이런 일은 한 번도 안 해 보셨지요?"라고 물었다.

"음······." 나는 순하게 웃어 보였다.

"끔찍한 시간 낭비죠." 페텔이 인정했다.

나는 금화와 지폐들이 뒤섞여 번쩍거리는 칩 더미가 안내소의 자그마한 사람의 재빠른 손놀림에 가지런히 정리되는 모습을 내려다보았다. 그렇게 많은 돈을 번 사람과 동등한 상대로서 이야기할 수 있고, 그런 모습을 남들에게 보일 수 있어서 기쁘다는 말을 굳이 하지는 않았다. 바로 지금 경외심과 혐오감을 느끼며 바라보고 있는 그 사람이 내 작품을 내내 매우 좋아해 왔다는 것이 얼마나 놀라운지도 말하지 않았다. 그저 바카라가 시간을 낭비하기에 좋은 방법이라고 생각한다고만 (역시 순하게) 말했을 뿐이다.

"아, 그래도 우리를 경멸하는 건 마찬가지죠!" 그는 늘 자신만의 재주를 갖고 있는 사람들이 부럽다고 덧붙였다. 나는 그런 재주를 지닌 것이 매우 즐겁지만, 자랑하고 싶지는 않다는 뜻으로 가볍게 웃어 보였다. 그리고 사실 맹세컨대, 안내소의 자그마한 남자가 엄청난 액수를 부르며 프랑 지폐로 가져갈 것인지 물었을 때보다 더 얄팍한 인간이 된 기분이었다. 그 돈이 내 돈이었다면, 나는 전부 5

프랑 동전으로 달라고 했을 것이다. 페텔은 그 돈을 가장 간소한 형태로 받더니 주머니에 구겨 넣었다. 나는 그날 밤에 도박을 더 할 것인지 물어보았다.

"아, 나중에요." 그가 말했다. "이제 바닷바람을 좀 쐬고 싶군요." 그러더니 그는 쾌활하지만 조심스럽게 나더러 함께 갈 수 있는지 물었다. 나는 기꺼이 그러고 싶었다. 저쪽 테라스에서 그가 불쑥, "저, 제가 너무 주제넘다고 생각하지 마시고 들어 보세요. 이 돈은 저한테 아무 필요도 없어요. 이 돈을 선생이 받아 주셨으면 합니다. 선생의 작품이 제게 준 기쁨에 대한 작은 보답으로 말이죠. 자, 제발! 아무 말씀도 마세요!"라는 게 아닐까 하는 생각이 들었다. 내가 도저히 거절할 수 없이 솔직하고, 고상하게, 그리고 진심 어린 열의를 담아서. 하지만 독자 여러분께 잘못된 희망을 심어드릴 수는 없으니 미리 말해 둔다. 그런 일은 일어나지 않았다. 그런 일은 한 번도 일어난 적이 없다.

테라스에 나가 오래 있지는 않았다. 천천히 산책을 다닐 수 있는 날씨가 아니었다. 바람이 너무 세서, 휘청거리며 모자를 꽉 잡고 대화를 나누려면 고함을 쳐야 하는 날씨였다. 그런 바람을 맞으면서 상대를 더 알아 갈 수는 없었다. 하지만 카지노의 카페 안에 함께 자리를 잡자, 그 바람에도 불구하고, 혹은 그 바람 때문에 페텔에 대해 좀 더 잘 알게 된 것 같았다. 힘겹게 거닐다가 벽에 기대서서 검게 파도치는 바다를 내려다본 때가 있었다. 그때 페텔은 그날 밤 배를 타고 나가면 굉장히 재미있을 거라고, 한때 자신은 보트 조종을 매우 좋아했었노라고 말했다.

　카페에서 자리를 잡는 사이 페텔은 소년처럼 즐거워하며 주위를 둘러보았다. 그러더니 작은 테이블에 팔을 괴고는 내게 무엇을 마실 것인지 물었다. 대접은 내가 하겠다고 우겼더니, 그는 돈이 아주 많은 사람답게 재빨리 그 권리를 내게 양보했다. 그가 샴페인을 시킬까 봐 걱정스러웠지만, 물을 달라고 하기에 반가웠다. "아폴리나리스2)로 하시겠어요? 생갈미에3)로 하시겠어요? 아니면 뭘로?" 내가 물었다. 그는 수돗물이면 된다고 했다. 이런 곳에서 수돗물은 '안전'하지 않다고 일러 줘야 할 것 같았다. 그는 그런 말을 자주 듣지만, 위험을 감수하겠다고 했다. 내가 충고했지만 그는 뜻을 굽히지 않았다. "여기요, 이분께는 물 한 잔을, 제게는 드미 블롱드4)를 한 잔 주세요." 내가 웨이터에게 말했다. 페텔은 거기 모인 사람들이 누구인지 알려 달라고 청했다. 별로 특별한 사람은 없다고 하면서, 나는 우리 이야기를 해 보자고 제안했다. "내가 어떤 사람인지 알고 싶다는 말씀인가요?" 그가 웃었다. 나는 그에 대한 이야기를 자주 들었다고 했다. 그 말에 그는 대놓고 기뻐했다. "하지만 본인에게 직접 듣는 편이 항상 더 재미있는 법이죠." 내가 덧붙였다. 사실 그가 딴 돈을 내게 넘기지 않았으니 어떤 점이 "대단한 인물"다운 면인지 조금이라도 알아보고 싶었다. 그는 이미 성년이었음에

---

2) 탄산이 섞인 독일산 광천수.
3) 프랑스산 광천수.
4) 반 리터들이 잔에 담긴 맥주.

124

도 불구하고, 방학을 맞은 똑똑한 학생처럼 보였다. 나는 그에 대해 더 알고 싶었다.

"그 맥주 정말 맛있어 보이는군요." 웨이터가 돌아오자 그가 말했다. 마음을 바꿨는지 물어보았다. 하지만 그는 고개를 저으며 앞에 놓인 물컵을 입에 대고서 생각에 잠긴 표정으로 쭉 들이켰다. 그러더니 이렇게 말했다. "전 알코올은 뭐든 절대 손대지 않아요." 진지한 표정이었다. 하지만 남자들이란 누구나 좋든 나쁘든, 혹은 아무리 사소한 것이든 자기 습관에 대해 말할 때는 진지한 표정을 짓는 법이다. 그래서 (비록 그가 개과천선한 술주정뱅이가 아닐 거라고 생각할 근거는 없었지만) 무슨 연유로 술을 마시지 않는지 물어보았다.

"알코올은 절대 손대지 않는다고 한 건," 그는 변명투로 급히 말했다. "어쨌든 자주 손대지 않는다는 뜻입니다. 그러니까, 도박을 할 때는 절대 손대지 않는다는 거죠. 그러면…… 무뎌지거든요."

그의 말투에 나는 정말로 의심스러워졌다. 잠시, 그가 술집 종업원과 결혼한 까닭이 그 사람을 좋아해서가 아니라 그 사람이 상징하는 바를 좋아해서가 아니었는지 궁금해졌다. 하지만 그럴 리는 없다. 그때 그는 겨우 열아홉 살이었으니까. 그때의 그가 지닌 확고하고 활발한, 맑은 눈동자를 보면 그 이후로 술에 빠져든 사람처럼 보이지 않았다. "흥이 덜해진다는 말씀인가요?" 내가 물었다.

"그렇죠! 물론 선생께 그런 흥분이란 끔찍하게 어리석어 보이겠지만 말입니다. 하지만, 부인해도 소용없겠죠. 이따금이라도 심장이 뛰는 것이 좋거든요. 그러려면 심신이 건강해야 합니다. 술에 취해 인사불성이 된 사람이 도박을 하려고 앉아 있다고 생각해 보세요. 그에게 무슨 재미가 있겠습니까? 아무 재미도 없죠. 그건 정도의 문제일 뿐입니다. 알코올로 마음을 조금이라도 안정시키려 한다면, 도박의 흥분을 모두 얻을 수 없는 거죠. 공격하기 직전의 전율을 제대로 느끼지 못하고, 공격 중에는 고통을 제대로 느끼지 못하며, 공격 후에도 짜릿한 기쁨이나 절망을 제대로 느끼지 못하니…… 어쩔 수 없는 일이잖습니까." 그는 자기가 일으킨 클라이맥스에 미소 짓는 나를 보더니 일부러 우스꽝스럽게 말을 끝맺으며 덧붙였다.

"그럼 오늘 밤엔," 판돈을 걸어 갈 때 생각에 잠긴 듯 멍하게 보였던 그를 떠올리며 내가 물었다. "그 고통과 전율을 한껏 느꼈습니까?"

그는 고개를 끄덕였다.

"또 느낄 건가요?"

"그러길 바랍니다."

"그만둘 수 있을지 모르겠네요."

"아, 한두 시간쯤 지나면 무뎌집니다. 그러면 기분 전환이 필요하죠. 제 이야기가 지루하시지 않다면……."

나는 웃으며 담뱃갑을 꺼냈다. "담배는 피우시는지 모르겠군요." 그에게 라이터를 건네고 이렇게 중얼거렸다. "니코틴은 일종의 약품입니다. 담배를 피우면 마음이 가라앉지 않나요? 전율이니 하는 것이 줄어들지 않습니까?"

그는 진지한 표정으로 나를 쳐다보았다. "세상에!" 그가 크게 외쳤다. "그 생각은 못했군요. 선생 말씀이 옳을지도 모르겠어요. 꼭 다시 생각해 보겠습니다."

그가 내심 나를 비웃고 있는 것이 아닌지 의아했다. 그는 몇 백 파운드 정도 잃거나 따는 것에는 개의치 않는(상상력을 힘껏 발휘해, 나는 그렇게 생각했다) 사람이었으니 말이다. 나는 장난으로 한 말이라고 했다. "담배를 끊는다면, 조금 가진 돈을 전부 거는 도박꾼의 유쾌한 고통은 강렬해질 수도 있겠죠. 하지만 페텔 씨 같은 경우라면, 솔직히, 그 유쾌한 고통이 어디서 일어나는 것인지도 모르겠습니다."

"제가 더럽게 부자라서요?"

"부자시잖아요."

"부자란 부르기 나름이죠. 게다가 전 3퍼센트로 만족하는 사람이 아니거든요. 이 이야긴 비밀이지만 말씀드리죠. 두어 달 전, 아르헨티나에서 제 전 재산을 걸었어요."

"그래서 잃은 겁니까?"

"아뇨. 실은 그 건으로 상당히 큰돈을 벌었어요. 지난 2월에도 일이 꽤 잘되었고요. 하지만 미래는 알 수 없는 법입니다. 여기선 전쟁이 터지고, 저기선 혁명이 일어나고, 또 다른 데서는 큰 파업이 일어나니, 판단 착오를 몇 번만 일으키면……." 그는 담배 연기를 훅 불더니, 마치 안 좋은 일이 일어났을 때 자신을 꼭 동정해 줄 사람이라고 믿는 듯 나를 쳐다보았다.

이미 공감할 구석이 별로 없어진 나는 질문의 요지만 캤다. "그런데 페텔 씨는 단순히 돈만 많은 것이 아니라 위험 부담이 큰 내기를 적극적으로 하는 분인데, 어떻게 이렇게 작은 바카라 게임에서 그렇게 흥분할 수 있나요?"

"그거 정곡을 찌르는 질문이군요." 페텔이 웃으며 말했다. "저도 종종 그런 의문이 들거든요. 제 생각에는, 상상을 많이 하는 것 같습니다. 오늘 밤 같은 게임을 할 때는 판돈이 아주 크다고 상상하고, 제겐 돈이 더는 한 푼도 없다고 상상하거든요."

"아! 그럼 항상 죽느냐 사느냐의 게임이 되는 거군요?"

그는 눈길을 피했다. "아, 아뇨. 그런 말은 아닙니다."

"어리석은 표현이었어요." 나도 인정했다. "하지만," 또 한 가지 더 하고 싶은 말이 있었다. "항상 운이 놀라우리만큼 좋으시다면……."

"운 같은 건 없어요."

"네, 엄밀히 따지면, 그런 건 없죠. 하지만 사실상 페텔 씨는 항상 이기니까요, 흠, 그렇다면 완벽한 운 덕분에 두려움이 사라지는 건가요?"

"제가 항상 이긴다고 누가 그러던가요?" 페텔이 날카로운 말투로 물었다.

나는 손을 내저으며 말했다. "아, 운이 정말 좋으시다는 평판이 자자하니까요."

"그렇다고 항상 이긴다는 뜻은 아닙니다. 게다가 제가 운이 그렇게 좋은 것도 아니에요. 그런 적은 **없었어요**. 거참." 그가 한탄했다. "만약 제가 정말로 잃을 확률보다 딸 확률이 높다고 생각했다면, 그랬다면……."

"오늘 밤 저 바카라 룸에는 다시 들어가지 않겠죠." 위로하는 말투로 이렇게 받아 주었다.

"아, 바카라 따위! 바카라는 생각도 하지 않았어요. 음, 여러 가지 떠오르는 것이 있어요. 바카라도 물론 포함되긴 합니다만."

"어떤 것 말씀인가요?" 내가 용기를 내어 물었다.

"어떤 거냐고요?" 그는 의자를 뒤로 밀었다. "자, 보세요." 그가 웃으며 말했다. "제 이야기 때문에 지루해 죽을 지경이라는 걸 숨기실 필욘 없어요. 정말 참을성이 많으시군요. 이제 가야 해요. 내일 만날까요? 내일 점심이라도 같이하시겠어요? 아내가 굉장히 기뻐할 겁니다. 저희는 로열 호텔에 묵고 있어요."

나는 기꺼이 그러겠다고 하고 웨이터를 불렀다. 웨이터가 오자 내 친구는 말을 많이 해서 목이 마르다며 물 한 잔을 더 시켰다. 그는 차를 가져왔다고도 했다. 어린 딸(이 있다는 말에 나는 바보처럼 놀라고 말았다)이 자동차 타기를 매우 좋아해서 셋이 함께 그 다음다음 날부터 "프랑스 일주"를 시작할 거라고 했다. 그다음, 그들은 "등산을 좀 하러" 스위스로 넘어간다고 했다. 그는 나더러 자동차 타기를 좋아하는지 묻고는 그렇다면 점심 식사 후 루앙 일대를 돌아보자고 했다. 그는 물을 마시고서 나와 친한 친구처럼 팔짱을 끼고 복도로 나갔다. 그는 내게 무슨 글을 쓰고 있는지 묻더니, 내가 "머지않아 크게 한 건을 올릴" 거라고, 내게 그런 "소질"이 있다고 했다. (비록 기쁜 척하긴 했지만) 그 말에 나는 매우 짜증이 났다. 여러분도 아시겠지만, 돌이켜 생각하니 그 말은 결국 나를 더욱 짜증나게 했다.

하지만 나는 그가 오찬에 불러 주어서 기뻤다. 그가 마음에 드는 사람이라서 반가웠고, 나는 궁금한 것을 못 참는 사람이니 반가웠다. 처음 만나 이야기를 나누는 동안 페텔을 철저히 이해하지 못하다니 내가 아주 둔하다고 생각할 수도 있겠지만, 사실 그에게 드러내고 싶지 않은 무엇이 있다는 막연한 느낌만은 받고 있었다. 그리어슨이 쾌활하게 "대단한 인물"이라고 불러 준 데 어울리는 자질을 감추고 있는 가면 같은 것이 있을 것 같았다. 집으로 돌아가면서, 만약 가면이 있다면 이튿날 그 속을 조금이라도 들여다보자고 다짐했다.

하지만 사람의 직관이라는 것은 적극적으로 움직일 때보다 쉬고 있을 때 항상 더 강력한 힘을 발휘하는 모양이다. 그리고 다음 날, 호텔 앞에서 나를 기다리는 페텔의 모습에 나는 자신감을 좀 잃었다. 그의 얼굴은 비록 활기에 넘쳤지만, 아무래도 중요한 이야기는 전혀 들려주지 않을 얼굴이라는 생각이 들었다. 그가 나를 만나 반가운 것만은 잘 알 수 있었지만, 그 외에는 전혀 파악할 수 없는 얼굴이었다. 게다가 어느 모로 보나 너무나 평범한 얼굴이었다. 도저히 "대단한 인물"과 연결시킬 수 없는 얼굴이었다(고 당시에는 생각했다). 분명 강한 인상을 주는 얼굴이기는 했다. 하지만 여러분과 내 얼굴도 그건 마찬가지다.

게다가 페텔이 털어놓았듯 새벽 다섯 시까지 "그 망할 바카라 룸"에 있었음에도 불구하고, 그의 얼굴은 매우 기운차 보였다. 돈을 잃었는지 물었다. 그는 네 시간 동안 연속으로(그는 자랑스레 이 점을 강조했다) 돈을 잃다가, 결국에는 그 돈과 "조금 더 많은 액수를" 다시 땄다. "참," 안으로 들어가며 그가 중얼거렸다. "집사람에게 제가 아르헨티나 거래 이야기를 했다는 말씀은 절대 말아 주세요. 집사람은 투자에 대해서 늘 예민하거든요. 그래서 그런 이야기를 하지 않아요. 유감이지만, 집사람은 전체적으로 좀 예민한 여자입니다."

이것은 내가 페텔 부인에 대해 갖고 있던 선입견과 맞지 않았다. 전통적인 이미지에 얽매여 있던 나는 그녀가 '당당하고,' 금발에, 대부분의 남자에게 잘난 체하지만, 어떤 이에게는 어깨 너머로 도발적인 미소를 보내 줄 여인으로 상상했던 것이다. 남편의 말을 미리 듣긴 했지만, 과연 머리가 잿빛도 아니고 새하얀, 아주 조그맣고 창백한 여인을 소개받았을 때 나는 내 눈이 잘못되었나 하는 의심을 떨칠 수 없었다. 그리고 그 '어린 딸'이라니! 그 예쁜 아가씨는 머리를 빗어 내렸지만, 언제라도 뻗쳐 올라갈 것만 같았다. 그 애는 아버지와 키가 거의 비슷했고, 얼굴과 생김새, 굳은 악수까지 아버지와 많이 닮았다. 머릿속으로 재빨리 계산을 한 뒤에야 나는 그 아가씨의 나이를 짐작할 수 있었다. "미리 경고하는데, 오늘 아침 이 애가 화를 많이 냈어요." 페텔이 말했다. "부탁이니 잘 달래 주세요."
딸은 얼굴을 붉히며 웃더니 아버지에게 그런 소리 말라고 했다. 나
는 왜 화를 냈는지 물었다. "제가 실망했다는 말씀이세요. 아버지도
저만큼 실망하신걸요. 그렇죠, 아빠?"

"조심하라는 뜻일 게다, 페기." 페텔이 웃으며 말했다.

"그 사람들 생각이 옳다니까." 페텔 부인은 아마 여러 차례 이렇
게 말한 모양이었다.

"그 사람들"이란, 수영 시설 관리자를 가리키는 것이었다. 페텔
은 딸과 해수욕을 하러 가기로 약속했다. 하지만 해수욕장에 도착
하자, 해수욕이 "악천후로 인해 금지"되었다는 말을 들었던 것이다.
이 금지 조치는 점심 식사를 하는 동안 우리의 화제였다. 페기 양은
프랑스인들이 겁쟁이라고 생각했다. 나는 영국의 해수욕장에서도
파도가 매우 거칠면 수영이 금지된다고 변명해 주었다. 페기 양은
오늘 파도가 그렇게 거칠지 않다고 했다. 게다가, 아주 잔잔한 파도
에서 수영을 하다니 무슨 재미냐고 물었다. 나는 감히 그렇게 잔잔
한 바닷물에만 들어가고 싶다고 말하지는 못했다. "그 사람들 생각
이 옳다니까." 페텔 부인이 한 번 더 말했다.

"맞아요, 엄마. 하지만 엄만 수영을 못하시잖아요. 아빠랑 전 수
영을 굉장히 잘하니까요."

부인이 수영을 못한다는 말을 못 들은 척하기 위해, 나는 페텔의
수영 능력을 열렬한 마음으로 인정한다는 듯 환한 표정으로 쳐다
보았다. 페텔은 고갯짓으로 딸을 가리켰다. 온 세상에 딸 같은 존재

는 아무도 없다는 뜻이었다. 나도 동의하며 웃어 보였다. 사실 나도 페기 양이 꽤 마음에 들었다. 그 아버지를 좋아하는 사람이(그리고 나는 그 점에서 페텔을 더욱 좋아하게 되었다) 딸을 좋아하지 않을 수는 없는 법이었다. 두 사람은 이상하리만큼 닮아 있었다. 페텔이 딸을 바라볼 때마다(그리고 그가 딸에게서 눈을 떼는 일은 드물었다), 공상을 곁들인다면 마치 매우 허영을 부리는 사람이 거울 앞에 서서 자기 모습을 보는 것 같은 효과가 발휘되었다. 그에게 풀 수 없는 미스터리가 있다면, 그 딸을 통해 풀 수 있을 거라는 생각이 들었을 것이다. 하지만 사실 나는 그 미스터리를 다 잊어버렸다. 아버지의 사랑을 공감하며 바라보다가 아마추어 탐정 노릇은 잊고 만 것이다. 페텔이 딸을 진심으로 사랑한다는 사실은 의심의 여지가 없었다. 다른 감정이 우세하다고 해서, 하나의 감정이 거짓으로 변하는 것은 아니다. 그 아버지와 딸을 함께 본 사람이라면 그가 딸을 지극히 사랑한다는 사실을 의심하지 못했을 것이다. 그리고 그 강렬한 사랑이 그가 내면에 지닌 다른 힘을 설명해 주었다.

페텔 부인의 애정은, 겉으로 드러나는 면은 적다 해도 그 깊이에 있어서는 덜하지 않았다. 하지만 제삼자의 입장에서 어머니의 사랑은 아버지의 사랑보다 당연한 것이기 때문에 눈길을 끄는 면도 덜하다. 내게 가엾은 페텔 부인이 마음에 든 점은, 아, '가엾은'이라는 수식어를 붙이지 않을 수 없다, 부인이 너무나도 그것과 동떨어져 있다는 점이었다. '그것'이라 함은 남편과 딸 사이의 강렬하고 친근한 애정을 말한다. 그렇다고 부인이 식사 중에 자신의 주장을 나름대로 표현하지 않은 것은 아니었다. 하지만 부인은 그럼에도 불구하고 자신의 의견이 결코 중요하게 받아들여지지 않는 것을 알고 있었다. 어떻게 그 옛날, 그녀가 그 케임브리지의 술집에서 페텔의 마음을 움직여 결혼까지 갔는지 의아했다. 하지만 그런 곳과 부인은 너무나 동떨어진 것처럼 보여서, 모든 면에서 완전히 변해 버린 것일지도 몰랐다. 부인은 많은 것을 없앤 뒤 그것을 대신할 것을 채워 주지 않은 사람처럼 보였다. 페텔은 나이에 비해 매우 젊어 보였던 반면, 부인은 실제 나이만큼 들어 보였다. 두 명의 천방지축 아이를 떠맡은 가정 교사를 보고 측은함을 느끼듯, 나는 그녀가 측은했다. 하지만 가정 교사라면 언제든지 사표를 쓸 수 있다. 하지만 사랑은 가엾은 페텔 부인을 그 상황에서 꼼짝달싹할 수 없이 묶어 놓은 셈이었다.

세 사람이 이튿날 프랑스 일주를 시작할 계획이었고, 우리 넷은 그날 오후 루앙을 돌아볼 계획이었으므로 화제는 주로 자동차였다. 페기 양이 열렬한 관심을 보인 덕분에 나도 그 이야기를 겨우 견딜 수 있었다. 페텔 부인에게 진심보다는 선의에서 "자동차 여행을 매우 좋아하시는" 것 같다고 했다. 부인은 그렇다고 했다.

"하지만, 엄마. 사실이 아니잖아요. 엄마는 자동차 여행을 싫어하실걸요. 항상 아빠한테 속도를 줄여 달라고 하시면서. 그렇게 내내 기어 다니면 무슨 재미가 있겠어요?"

"저런, 페기. 우리가 언제 기어 다녔다고 그러니." 아버지가 말했다.

"그럼, 그런 적은 없지." 이렇게 말하는 페기 어머니의 말투에, 내가 그날 오후 여행을 거절할지도 모르겠다고 페텔이 웃음을 섞어 말했다. 나는 빠르게 운전하는 것보다는 운전에 미숙한 것이 위험하다고, 마치 잘 아는 사람인 양 페텔 부인에게 말해 주었다. "그것 봐요, 엄마!" 페기가 외쳤다. "우리가 늘 그렇게 말했죠?"

그들 부녀는 항상 페텔 부인에게 다른 의견을 말하든가, 해수욕 건처럼 사실을 말하지 않든가, 둘 중 하나일 거라는 느낌이 들었다. '투자'에 대해서도 이야기하지 않는 것이 좋다고 페기가 조언했을지도 모른다는 생각이 들었다. 두 사람이 페텔 부인에게 스위스에서 등산을 할 계획을 이야기했는지 궁금했다.

아내를 위해 이런저런 일을 감추는 페텔의 행동 가운데, 오찬 후에 한 가지 일이 마음에 남았다. 우리는 호텔 앞으로 커피를 마시러 나갔다. 차는 이미 대기 중이었고 페기는 차를 점검하러 달려갔다. 페텔은 내게 시가 한 대를 건넸고, 부인은 남편이 담배를 피우지 않는 것을 알아차렸다. 페텔은 근래 담배를 너무 많이 피워서 잠시 "끊기로" 했다고 말했다. 그가 내 눈을 쳐다보았더라면, 나는 웃지 않았을 것이다. 하지만 그가 내 눈을 피하는 것으로 보아 간밤에 니코틴이 도박의 스릴을 경감시킬 수도 있다고 한 말을 정말로 "다시 생각해" 본 것이 분명했다.

페텔 부인은 내가 참지 못한 미소를 보고 말았다. 나는 나도 담배를 끊고 싶기에 남편의 의지력이 부럽다고 했다. 부인도 웃어 보였지만 힘없는 웃음이었고, 눈으로는 남편을 쳐다보고 있었다. "저이

만큼 의지력이 강한 사람은 없죠." 부인이 말했다.

"말도 안 돼!" 페텔은 소리 내어 웃었다. "나는 약해 빠졌다고."

"그래요." 부인이 나직이 말했다. "그 말도 맞아요, 제임스."

페텔은 다시 웃었지만, 그도 역시 얼굴을 살짝 붉혔다. 그러자 나도 같이 얼굴을 붉혀야 하는 건지, 너무나 어색해졌다. 페텔 부인이 내놓은 역설 덕분에 갑자기 모두 얼굴을 붉히며 조용해진 가운데, 페기 양이 신이 나서 달려와 언제 출발 준비를 할 거냐고 묻자 고마운 마음이 들었다.

페텔은 아내를 쳐다보았고, 부인은 나를 쳐다보면서, 진심으로 함께 가고 싶은지 약간 이상한 표정으로 물었다. 나는 물론이라고 했다. 페텔은 부인에게 정말로 함께 가고 싶은지 물었다. "여보, 어제 칼레부터 여기까지 왔잖아요. 그리고 내일부터 또 계속 달려야 하니."

"맞아요." 페기 양이 말했다. "엄만, 방에서 푹 쉬고 싶으신 게 분명해요."

"가서 짐을 실어 볼까, 페기?" 페텔 부인이 의자에서 일어나며 말했다. 부인은 남편에게 운전수를 데려가는지 물었다. 페텔은 아니라고 했다.

"와, 만세!" 페기가 외쳤다. "그럼 내가 앞에 앉을 수 있겠네."

"안 되지, 애야." 어머니가 말했다. "비어봄 씨가 앞자리에 앉으실 거야."

"선생님은 엄마랑 앉으실 거죠?" 페기 양이 사정하듯 물었다. 나

는 힘주어 페텔 부인과 함께 앉아도 좋다고 했다. 하지만 모녀가 자
동차 운전자의 모습을 하고서 나타나자, 나의 바람은 실현될 수 없
음이 드러났다. "제가 엄마랑 앉을래요." 페기가 말했다.

페텔 부인이 결국 한 가지 주장을 관철시켰다는 사실에 나는 내
심 기뻤다. 부인이 나를 싫어해서 그런 거라고 생각했다면 상처를
받았을 것이다. 하지만 나와 같이 앉지 않으려는 것은 오로지, 사고
가 났을 때 앞자리에 앉은 사람이 뒷자리보다 위험하다는 믿음 탓
이 분명했다. 물론 부인이 딸보다 내 생명을 더 중히 여기리라 기대
할 수는 없는 일이다. 가엾은 사람! 부인이 안쓰러웠다. 자동차가
해안 도로를 미끄러지듯 지나 노르망디의 아치 길을 지나 시내를
가로질러 교외를 벗어나는 동안, 나는 그 남편이 내게 그랬듯 부인
에게도 자신감을 불어넣어 주길 바랐다. 그의 깔끔하고 결연한 (운
전용 안경을 쓰지 않은) 옆얼굴을 보고 있노라니 그 자체로 믿음직
했다. 이따금 (나 역시 안경을 쓰지 않았으므로) 부인을 돌아보며
환한 미소를 지어 보였다. 부인은 항상 마주 보며 고개를 끄덕여 주
었지만, 미소를 지어 보이는 일은 딸에게 맡겼다.

페텔은 착실한 운전자답게 이야기를 하지 않고 운전에만 집중했
다. 하지만 루앙으로 향하는 도로로 접어들면서, 프랑스에 오면 영
국의 경찰들이 놓는 덫이 늘 그립다는 말을 했다. "그렇다고 제가
그 덫에 걸린 적이 있는 건 아니지만요. 하지만 경찰이 언제라도 튀
어나와 잡을 수 있다고 생각하면, 흥분이 더하지 않겠어요?" 그가
덧붙였다. 경찰의 덫이 삶의 유일한 낙이라는 듯 대답하기는 했지

만, 나는 내심 그가 한 말이 마음에 들지 않았다. 그러나 그런 찜찜함은 마음속에서 쫓아 버렸다. 태양은 눈부셨고, 바람은 잦아들었다. 자동차 여행에 이상적인 날씨였다. 고요하게 은빛으로 펼쳐진 노르망디의 풍경이 그보다 더 아름다웠던 적은 없었다.

그러다 생각해 보니, 그 경치가 아깝게 지나가고 있다는 생각이 들었다. 너무 빨리 지나쳐 버리는 것이 아닐까? "제임스!" 뒤에서 새된, 그러나 작은 목소리가 들려왔다. 그리고 이어서 "오, 엄마, 정말 이러실 거예요!"라는 목소리가 들려왔다. 그러자 경치가 지나치는 속도가 조금 줄어들었다. 하지만 잠시 후, 조금씩 경치는 또 인내심을 잃고 예의 바른 태도를 버리더니 빨리, 더 빨리 날아가 버렸다. 도로는 홍수를 만난 강물처럼 맹렬하게 내달렸다. 포플러 나무들이 늘어선 거리가 눈 깜빡할 새 지나쳤고, 양쪽의 나무 한 그루한 그루가 휙휙 성난 소리를 내면서 사라졌다. 루앙 쪽으로 가는 자동차들은 우리가 탄 차만큼 빨리 내달리는 것 같았다. 앞에 펼쳐진 풍경 속에서 성이나 다른 흥미로운 것이 나타날 때마다, 목을 길게 뽑아야 겨우 등 뒤의 지평선으로 사라지는 모습을 일견할 따름이었다. 끝없는 오르막길이 금세 산등성이가 되더니 내리막으로 변해 그 끝에 닿자마자 우리의 자동차는 반대편 오르막으로 곧장 내달렸고……. "제임스!" 그러면 자연법칙이 다시 자리 잡았다가, 또 조금씩 되돌아갔다. 나는 속도 자체로는 위험할 것이 없다고 확신했다. 하지만 길이 갑자기 꺾이는 곳에서는 페텔이 단순히 형식적으로나마 약간 속도를 낮추고, 경적을 두어 번 울려 주면 좋지 않겠나 싶긴 했다. 만약 다른 차가…… 음, 그건 상관없었다. 도로에는 아무도 없었다. 그렇지만 그다음 모퉁이에서 우리 차가 속도를 줄이지도 경적을 울리지도 않고서 한순간 반대쪽 차선에서 달리고 있었을 때 (만약……이라는 생각에) 뱃속이 얼어붙는 느낌은, 결국 아무 일도 없었지만 한참 계속됐다. 두려움을 드러내기 싫었던 나는 페텔을 쳐다보지 않았다. 시선은 전방에! 게다가 저 앞에, 건초를 가득 싣고서 길 전체를 차지하고 터덜터덜 달려가는 짐마차는 어쩔 것인가? 페텔이 이번에야말로 속도를 줄이고 경적을 울리지 않을까? 아니. 멀리서 바늘이 한 번에 휙 날아와 바느질을 하는 것을 상상해 보라. 우리가 바로 그렇게 짐마차와 길 가장자리를 지나갔다. 게다가 몇 야드 바로 앞에, 그리고 바로 몇 인치 앞에 수레 하나가 마주 오고 있었는데, 그것도 믿을 수 없을 만큼 아슬아슬하게 지나쳤다. 그제야 나는 페텔의 옆얼굴로 시선을 돌렸다. 그리고 거기서 발견한 것에, 내가 느꼈던 모든 두려움과 놀람, 온갖 감정이 가라앉았다.

그 순간, 희한하게도 내가 느낀 감정은 미움이 아니라 오로지 만족감이었다고 생각한다. 나는 그저 그날 담배를 피우지 않음으로써 페텔이 더욱 강렬한 스릴을 느낄 수 있었는지 물었을 뿐이니 말이다. 나는 그의 마음을 이해했고, 그때만큼은 그것으로 충분했다. 보통의 자동차 운전자들이 하듯 꽉 다문 입술과 전혀 달리, 쭉 내민 그의 입술에서 느껴지는 고요한 흥미에서 문득 나는 페텔에 대해 알아야 할 모든 것을 알아 버렸다. 어젯밤 다른 곳에서처럼 여기서

도 그는 자신의 욕망을 만족시킬 수 있었던 것이다. 그리고 여기서
는 '가장할' 필요가 없었다! 그의 도박이 언제나 "죽느냐 사느냐의
문제"인지 물었을 때, 그가 지어 보였던 기묘한 표정이 떠올랐다.
이것이 바로 진짜였다. 가장 큰 판돈을 건 진정한 게임이었던 것이
다! 그리고 거기서 나는 보드에 추가로 내놓은 판돈이었다. 그는
내게도 "크게 한 건"을 올릴 "소질"이 있다고 했다. 그러나 어쩌면
거기에도 그의 연기가 약간은 섞여 있었는지도 모른다. 아무래도
내 자신에 대한 생각으로 인해 나의 도덕 감각이 작동하기 시작하
고 페텔에 대한 증오가 생겨난 것이 아닐까 싶다. 하지만 나 자신은
정말이지 그의 흉악한 짓에 사소한 장식품에 지나지 않는 것처럼
느껴졌다. 다른 사안들에 대한 나의 정당한 분노 속에서도, 그에게
일말의 연민의 감정을 느끼지 않은 것은 아니었다. 모험 가득하고
금욕적인 삶을 사는 내내 그는 다름 아닌 자신의 목숨을 계속해서
걸었고, 그 점에 대해서는 나도 인정하는 바였다. 그 전날 밤, 티푸
스에 걸릴지 모르는데도 한 잔의 물을 더 청한 그의 끈기를 기억하
자 약간의 감동이 느껴지기까지 했다. "절대" 알코올에 손댄 적 없
다는 그의 말에도 감동이 느껴졌다. 사실상 그는 늘 이런저런 것에
도박을 하고 있었던 셈이다. 또한 딸에 대한 애정에 관해서도 그를
인정하는 바였다. 하지만 그 애정을 도박에서 최고의 스릴을 맛보
기 위해 냉정하게 이용하다니, 너무나도 끔찍하게 느껴졌다.

그리고 딸보다는 그 어머니 때문에 나는 더욱 화가 났다. 딸은 아
버지에 대해 잘 몰랐으므로, 아무것도 모른 채 그 지독한 도박 취미

에 동참한 셈이었다. 하지만 그 아내는 여러 해 동안, 적어도 나만큼은 남편을 알고 있었던 사람이다. 여기서 다시 한 번, 비록 그 아내를 사랑하지 않는다 할지라도, 할 수 있는 한 아내를 거기서 피할 수 있게 해 준 데 대해서는 페텔을 인정할 수밖에 없었다. 그가 아내를 사랑하지 않는다고 짐작한 것은, 이 오후의 게임에서 그녀를 제외시켜 주려 했던 것이 분명하기 때문이다. 그는 아내를 사랑한 적이 없으며, 조숙하던 젊은 시절 단순히 엄청난 내기 삼아 그 사람을 아내로 삼았을 가능성도 충분해 보였다. 그러니 그가 아내에게 사려 깊은 모습을 보여 준 것은 인정해 줄 만했다. 그가 아내를 자신의 게임 구경꾼이 되는 입장으로부터 구해 주려고 했던 것일 수도 있다. 하지만 어쨌든 그는 계속해서 게임을 해야만 했지, 멈출 수 없었다. 그가 세상에서 가장 강하면서도 약한 사람이라는 부인의 말은 확실히 옳았다. "신경이 예민한 여자"라니! 옥스퍼드의 내 방에 매달려 있던 판화 한 점이 떠올랐다. 당시에는 아직 작위를 받지 못했던 마커스 스톤 경의 작품으로, 아주 예쁘장한 아가씨가 챙 넓은 모자를 쓰고 오래된 느릅나무 아래 앉아서 울음을 터뜨릴 것 같은 표정을 짓고 있는 그 판화의 제목은 '도박꾼의 아내'였다. 페텔 부인은 그와 같지는 않았다. 페텔 부인에 관한 판화는 없었으므로, 학부생들의 마음을 아프게 할 방도도 없었다. 하지만 그 자리에는 분명 그녀를 매우 동정한 사람이 한 명은 있었다. 어떻게 하면 부인을 도와줄 수 있을까?

이런 생각을 하는 사이, 몇 차례나 아슬아슬한 죽음을 피해 냈는지 모르겠다. 나는 눈을 감고 있었다. 너무나 골똘히 생각에 잠겨 있어서 계속해서 얼굴에 와 닿는 바람만 아니었더라면 우리 집 안락의자에 편안히 앉아 있다고 생각할 수도 있었을 것이다. 한참 뒤 속도가 줄어든 것을 느꼈다. 눈을 떠 보니 낯익은 루앙의 거리가 보였다. 우리는 앙글테르 호텔에서 차를 마실 계획이었다. 어떻게 하면 좋을까? 페텔을 한쪽으로 데려가 "신사로서 명예를 걸고 맹세하시오. 다시는 자동차 운전대를 잡지 않겠다고. 그러지 않으면 당신의 비밀을 세상에 폭로하겠소. 그리고 기차로 디에프에 돌아갑시다"라고 할 것인가? 그는 얼굴을 붉히며(내가 알기로 그는 얼굴을 붉힐 줄 알았으므로) 해명을 요구할 수도 있었다. 그러면 어쩐다? 그는 내 면전에서 웃어 댈 것이 분명했다. 내게 다시는 자동차를 타지 말라고 할 것 같았다. 어쩌면 기차처럼 위험한 교통수단으로는 절대 디에프로 돌아가지 말라고 경고할 수도 있는 일이었다. 영국에서 안전한 휠체어를 보내올 때까지 꼼짝도 하지 말라고 할지도 모른다.

누군가의 목소리(자세히 들어 보니 내 목소리였다, 이런!)가 명랑하게 말하는 소리가 들려왔다. "오, 다 왔군요!" 나는 여인들이 차에서 내리는 것을 도와주었다. 차를 시켰다. 페텔은 신경을 자극하는 음료를 거절하고 물을 마셨다. 나는 브랜디를 마셨다. 페텔 부인에게 차가 큰 힘이 되어 주는 것이 분명했다. 부인은 차를 두 잔 마시더니 더 강해진 것 같았고, 세 잔 마시더니 더 젊어진 것 같았다. 그래도 할 수만 있다면 부인을 돕는 것이 내가 할 일이었다. 웃고 이야기를 나누는 동안에도 그건 잊지 않았다. 하지만 대체 무슨 일을 할 수 있을까? 나는 영웅이 아니다. 엉뚱한 짓을 하는 것도 싫어한다. 종류 불문 소동을 일으키는 것에는 병적인 혐오감을 느낀다. 게다가 돌아가는 자동차 여행이 두려운 것이 페텔과 겨루고 싶은 의도와 무관하다고 어떻게 확신할 수 있단 말인가? 두 가지 문제는 분명 관련이 있다고 생각되었다. 부인이 어머니이기에 날마다 겪고 사는 일을, 나는 한 번도 겪어 낼 수 없단 말인가? 나는 페텔이 항상 운이 좋다는 사실을 기억하려 했다. 그가 대단히 솜씨 좋은 운전자임을 기억하려 했다. 그 기술과 운을 믿기로 했다…….

스스로를 어떻게 생각하는지 궁금하신가?

하지만 그 질문에 대한 답은 앞에서 이미 했다. 나의 믿음도 그 정도의 보답은 받았다. 우리는 디에프에 무사히 돌아왔다. 지금도 그 사실이 놀랍다.

그날 저녁, 카지노의 대기실에서 그리어슨이 나를 보더니 다가왔다. "지미 페텔 만났어? 자네가 어디 있는지 묻던데. 자네를 만나고 싶다고. 그 사람은 바카라 룸에 있어. 물론, 엄청나게 따고 있지. 자네처럼 마음에 드는 사람을 만나기가 쉽지 않다더군. 대단한 인물이라던가?" 누가 좋아한다는 말을 들으면 항상 반갑기 마련이고, 페텔이 나를 좋아한다는 말에 잠시 흡족했음을 고백하는 바이다. 하지만 바카라 룸으로 그를 만나러 가지는 않았다. 그는 분명 대단한 인물이었다. 하지만 그는 (내 비록 전혀 완전하지 못하여 남을 비판할 입장은 아니지만) 어울리고 싶지 않은 부류였다.

그가 나를 특별히 만나고 싶어한 까닭은 그다음 날 아침 일찍 내 방에 전해진 편지를 통해 분명히 알 수 있었다. 그는 내가 가족 여행에 함께할 수 있는지 물어 왔다. 그는 그렇게 묻는 것을 너무 뻔뻔하게 여기지 말아 달라고 했다. 내가 함께 간다면 즐거울 것 같다고 했다. 부인도 매우 반가워할 거라고 했다. 내가 거절하지 않을 거라고도 했다. 편지를 전해 준 사람에게 답장을 달라고도 했다. 그들은 세 시에 출발할 거라고 했다. 예의 바른 인사도 함께였다.

그때 그와 담판을 벌였어도 늦지 않았다. 그의 호텔로 찾아가야 할 것인가? 나는 망설였고, 앞에서 말한 것처럼 그와의 마지막 만남은 바로 이틀째 만남이었다. 답장을 무엇이라 썼는지 기억나지 않지만, 여행을 함께할 수 없는 까닭을 충분히 예의 바르게 알렸으며, 페텔 부인에게 안부 인사까지 정중히 전했다. (역시 확신하건대) 부인은 자신이 내가 동행하기를 바란다는 말을 남편이 전하지 못하게 했다. 만약 그랬다면 부인에 대한 생각이 그처럼 오랫동안 씁쓸하게 남아 있지 않았을 것이다. 부인이 아직 생존해 있는지 모르겠다. 이 기억을 떠오르게 한 부고에 부인에 대해서는 아무 말이 없었다. 하지만 부고 내용은 (비록 어휘 사용이 조잡하지만) 반복과 부연 설명으로서 꽤 흥미로우므로 여기 그대로 적어 두겠다. 제목은 '부유한 비행사의 죽음'이다. 내용은 이러했다.

제임스 페텔 씨의 비극적인 죽음에 레스터셔 지역 주민들이 깊은 조의를 표하고 있다. 페텔 씨는 이곳에 오랫동안 거주했으며 만능 스포츠맨으로 매우 유명했다. 최근 그는 비행에 비상한 관심을 갖게 되어, 매우 열성적인 아마추어 비행사로 활동했다. 어제 오후 페텔 씨는 평소처럼 건강하고 활기찬 모습으로 귀가하던 중 급사했다. 강풍 속에서 새로 사들인 복엽 비행기에 결혼한 딸과 어린 손자를 태우고 짧은 비행을 한 후 벌어진 일이었다. 그의 담당 의사인 손더스 박사가 사인은 지병인 심장병이라고 밝혔으므로 조사는 없을 것이다. 손더스 박사는 고인에게 신경계에 무리를 주면 치명적일 수 있음을 여러 차례 경고했다고 덧붙이고 있다.

지병이 그의 습관에 따른 것이라 생각되므로, 제임스 페텔은 늘 신중한 표정을 짓고 있었음에도 불구하고, 무사히 천수를 누리지는 못한 셈이다. 그리고 그렇게 살았기 때문에 그는 사망했다. 그가 죽음을 맞은 과정에 대해서는, 죽었다는 사실만으로 충분하다. 그의 엄청난 행운이 마지막까지 함께했다는 사실에 괴로워하지 말도록 하자.

A. V. 레이더

1914년

나는 짐을 풀고 내려가서 점심을 기다렸다.

바닷가의 이 작고 낡고 졸린 호스텔에 이렇게 다시 와 있으니 좋았다. 호스텔이라고 했지만 간판에는 '스'가 없을 뿐 아니라 심지어 '호'에 강조까지 되어 있다. 다른 허세는 부리지 않았다. 아늑하기는 몹시 아늑했다.

나는 꼭 1년 전인 2월 중순, 심한 독감을 앓고 난 후 여기 왔었다. 그리고 지금도 심한 독감을 앓고 나서 이리 돌아온 것이었다. 변한 건 하나도 없었다. 내가 떠날 때는 비가 내리고 있었는데 웨이터는 ― 웨이터라고 해 봤자 딱 한 사람, 아주 늙은 웨이터뿐이었다 ― 그냥 소나기라고 했었다. 그 웨이터는 여전히 여기 있다. 그때보다 하루도 늙지 않은 모습으로. 그리고 소나기는 아직 그치지 않았다.

빗방울이 꾸준히 모래밭에 떨어져 철회색 바다로 흘러 들어갔다. 나는 복도 창가에 서서 밖을 내다보며 아름다운 풍광에 감탄하고 있었다. 달리 별로 할 일도 없었다. 할 만한 일이 있으면 다 했다. 빅토리아 여왕의 대관식이 부조로 새겨진 액자 아래 핀으로 벽에 고정되어 있는 파란 광고지 내용은 이미 숙지했다. 타운홀에서 구명보트 펀드를 위한 자선 모금 음악회가 열릴 것이라는, 아니 몇 주 전에 열렸다는 증거였다. 기압계를 한참 바라보다 톡톡 두드려 보았지만, 새로 알게 된 건 전혀 없었다. 나는 '죽어 가는 우리 산업'(조지프 체임벌린[1] 씨가 당시 우리의 경각심을 불러일으키려 했던 주제였다)에 관한 팸플릿을 흘끗 쳐다보았다. 그러다 하릴없이 우편물 게시판으로 향했다.

이런 게시판들은 언제나 내 흥미를 잡아끌었다. 대개 그물눈 사이에 끼어 있는 봉투 두세 개에서는 새롭고 신선한 분위기가 풍기기 마련이었다. 이 봉투들은 수취인들이 곧 나타나 자기네들을 가져갈 거라 믿어 의심치 않는 것처럼 보인다. 어째서 안 가져간 걸까? 어째서 존 도 귀하나 리처드 로 씨는 지금이라도 당장 나타나지 않는 걸까? 나는 모른다. 그저 어쩐지 그런 일은 결코 일어나지 않을 것만 같다는 말을 할 수 있을 뿐. 그래서 이 젊고 환한 봉투들은 먼지 슬고 누렇게 변한 선배들보다 훨씬 더 내 마음에 짠하게 다가온다. 쓰디쓴 체념은 이루어지지 않을 일을 조급하게 기다리는 것만큼 애처롭지는 않다. 끝내 시들어 사그라질 열망만큼 안타깝

____

1) Joseph Chamberlain(1836~1914). 영국의 정치가.

지는 않다. 이 낡은 봉투들은 이미 가늠할 수 없으리만큼 비뚤어졌다. 그래서 젊은 봉투들에게도 결코 친절을 베풀지 않는다. 비웃고 기를 꺾을 기회가 있으면 결코 놓치지 않는다. 그래서 다음과 같은 대화는 허구한 날 들을 수 있다.

아주 어린 봉투 : 내 마음속에서 어쩐지 오늘 그분이 오실 거라는 속삭임이 들리는데!

아주 늙은 봉투 : 그분? 글쎄, 잘됐구나! 하하하! 그분은 지난주에 네가 왔는데 왜 그때 안 오셨다니? 지금 와서 그 사람이 올 거라 생각하는 이유가 대체 뭐냐? 그 사람이 여기 자주 오는 것도 아니잖아. 여기엔 한 번도 온 적이 없다고. 여기서 그런 이름은 다들 들어 본 적도 없고. 설마 너를 찾게 될까 하는 마음에 올 거라는 생각을 하진 않겠지?

아.어.봉 : 바보 같은 소린지는 몰라도, 내 마음속에서 속삭이는 소리가…….

아.늙.봉 : 네 마음속 속삭임? 딱 보기만 해도 네 속에는 어떤 친척이 그 사람에게 끼적거린 쪽지밖에 든 게 없다는 걸 알 수 있어. 날 보라고! 내 안에는 빽빽하게 적힌 편지지가 세 장이나 들어 있어. 내 수취인인 숙녀분은…….

아.어.봉 : 그래요. 알아요, 어르신. 어제 그분 말씀을 다 해 주셨잖아요.

아.늙.봉 : 그리고 오늘도 내일도 날마다 하루 종일 그 얘기를 해 줄 테다. 그 젊은 숙녀분은 미망인이셔. 여기 아주 여러 번 묵으셨지. 연약한 분이라 여기 공기가 잘 맞았거든. 가난한 분이라 여기 숙박비가 딱 감당할 선이었지. 그분은 외로워서 사랑이 필요했어. 난 그분을 위한 열정적 고백과 명예로운 청혼을 품고 있다고. 바로 이 지붕 밑에서 그녀와 친분을 맺게 된 신사분이 여러 번 초고를 망친 끝에 쓴 편지야. 그분은 부유하고 매력적이고 삶의 전성기를 누리는 나이지. 이분은 숙녀분에게 혹시 편지를 써도 좋겠냐고 물었어. 그녀는 벅차고 두근대는 마음으로 그의 청을 수락했어. 그는 런던으로 돌아간 다음 날 나를 부쳤지. 나는 그녀의 손에 뜯겨지는 날을 고대했어. 나와 내가 품은 편지를 가슴에 품고 다닐 거라 믿어 의심치 않았다고. 그녀는 떠나고 없었어. 주소도 남기지 않았어. 영영 돌아오지 않았지……. 내 이 말만은 확실히 해 두는데, 그리고 앞으로도 계속 주지시키겠지만, 그건 네 무딘 연민을 구걸하려는 게 아니라ー암, 천만의 말씀!ー너란 놈이 주인을 찾을 확률이 얼마나 적은지 스스로 판단해 보라는 뜻에서…….

그러나 독자 여러분도 이런 대화는 나만큼이나 많이 들으셨을 터이다. 그러니 내가 서 있는 이 특정한 우편물 게시판이 뭐가 그리 유별난지 알고 싶을 것이다. 나도 처음 봤을 때는 이상한 점을 전혀 찾지 못했다. 그러나 얼마 후 어쩐지 낯익은 느낌의 서체가 눈에 띄는 게 아닌가. 내 글씨였다. 나는 뚫어져라 바라보며 의아해했다. 일단 부치고 난 뒤에 자기가 쓴 편지 봉투를 보게 되면 늘 약간은 충격을 받게 된다. 산전수전 온갖 고생을 다 한 몰골로 보이기 때문이다. 하지만 내가 쓴 편지가 우편물 게시판에 묶인 채 제 심장을 갉아먹고 있는 모습을 본 건 나도 처음이었다. 격분해 마땅한 일이었다. 차마 믿기도 힘들었다. A. V. 레이더 씨에게 서한을 보낸 것도 순전한 호의에서였는데, 그 대가가 이거라니! 답장을 받지 못한 건 전혀 개의치 않았었다. 답장을 못 받았다는 것도 지금에야 깨달

왔으니까. 사람들이 바글바글한 런던에서 A. V. 레이더 씨와 그의
고초에 대한 기억은 금세 내 마음을 스쳐 사라졌다. 그러나 뭐, 어
쩌다 알게 된 사람에게 굳이 수고스럽게 편지를 쓸 필요가 없다는
교훈 치고는 참 대단하지 않은가!

내 봉투는 필자인 나를 알아보지도 못하는 것 같았다. 그 눈길은
공허했기에 더욱 불쌍했다. 한때 개를 잃어버렸다가 몇 날 며칠이
지난 후에 배터시 유기견 보호소에서 찾은 적이 있었는데, 그때 나
를 바라보던 눈빛이 딱 그랬다. "누구신지는 모르지만, 누구시든 저
좀 데려가 주세요. 여기서 빼내 주세요!" 그게 내 개의 호소였다.
이건 내 봉투의 호소였다.

나는 법이고 뭐고 재빨리 내 봉투를 구출하려고 우편물 게시판
으로 손을 뻗었지만, 뒤에서 발소리가 들리는 바람에 멈칫했다. 늙
은 웨이터가 점심 식사가 준비되었다는 말을 해 주러 온 것이었다.
나는 그를 따라 복도에서 나갔지만, 그 와중에도 어깨 너머로 환한
눈빛을 보내며 작은 포로에게 꼭 다시 돌아오겠다는 다짐을 했다.

환자답게 나는 식욕이 왕성했고 바닷바람은 입맛을 더욱 날카롭
게 벼렸다. 여남은 개의 굴을 먹고 흑맥주를 마시다 보니, 나는 곧
A. V. 레이더에게 느꼈던 비합리적인 분노를 털어 버릴 수 있었다.
위로가 될 수도 있었던 내 편지를 받지 못한 그에게 딱한 마음이 남
았을 뿐이다. 커틀릿을 영접한 나는 그에게 얼마나 절실하게 위로
가 필요했던가를 깊이 느꼈다. 그리고 얼마 후 나는 1년 전 마지막
으로 여기 묵었던 날 밤 마침내 그와 대화를 나누었던 작고 어두운

끽연실의 크고 환한 난롯불 가에서 그가 내게 들려주었던 비극적 경험을 세세히 되짚어 보았다. 그리고 회상 속에서 그에 대한 깊은 연민에 빠져 버렸다.

A. V. 레이더. 그가 도착한 날 밤 나는 방명록에서 그의 이름을 찾아보았다. 그 전날 도착해 보니 다른 투숙객은 아무도 없어서 약간 서운하던 참이었다. 바닷가에서 요양하는 환자라면 무릇 식사 시간마다 구경하며 내막을 궁금해할 사람들이 있는 걸 좋아하는 법이다. 이튿째 되던 날 맞은편 테이블에 앉은 다른 손님을 본 나는 기뻤다. 딱 알맞은 부류의 손님이라 더욱 기쁘기도 했다. 그는 수수께끼 같은 사람이었다. 내 말뜻은, 군인처럼 보이지도 않고 금융인처럼 보이지도 않았으며, 예술가나 뭐 딱히 어떤 부류로 규정하기도 힘들어 보였다는 것이다. 상상의 나래를 마음껏 펼칠 수 있는 깨끗한 석판을 제공하는 인물이었다. 그리고 천만다행으로, 나중에 괜히 나를 대화에 끌어들여 재미를 망치는 일은 절대 하지 않을 것 같았다. 점잖고 비사교적인 사람으로, 혼자 조용히 지내길 바라는 기색이 역력했다.

건드리면 바스러질 듯 유약한 외모와 비실비실한 행동거지와 대조를 이루는 왕성한 식욕은 그 역시 독감에 걸렸다가 회복기에 들어선 환자라는 확실한 증거였다. 그래서 그가 마음에 들었다. 가끔씩 눈길이 마주칠 때면 금세 다른 곳으로 돌리곤 했다. 우리는 대체로 서로를 간접적으로 관찰하며 지냈다. 나는 그의 흥미로운 풍모

가 최근에 병을 앓은 탓만은 아니라는 확신이 있었다. 아무리 기분
이 좋을 때라도 슬픈 얼굴을 하고 있긴 해도, 영적인 멜랑콜리가 그
의 유일한 자산이라 믿지도 않았다. 내 짐작으로는 총명한 사람이
었다. 또한 상상력도 뛰어나리라 추정했다. 처음 봤을 때는 별로 신
뢰할 만한 사람이 아니라고 생각했다. 젊은 얼굴과 검은 눈썹에다
드문드문 하얀 새치가 어우러지면 남자가 어쩐지 협잡꾼처럼 보인
다. 그러나 우연히 뒤섞인 색깔 따위에 판단을 맡기는 건 어리석은
짓이다. 머지않아 나는 저녁 식사 시간을 함께 보내는 동료 손님에
대한 첫인상을 철회했다. 나는 그가 나와 몹시 마음이 통한다고 생
각했다.

　영국이 아닌 다른 곳이라면, 아무리 독감 때문에 몰골이 말이 아
니라도, 외로운 두 남자가 같은 호스텔에서 닷새나 엿새를 함께 지
내면서 한마디도 나누지 않는다는 건 도저히 있을 수 없는 일이리
라. 이건 영국의 매력 중 하나다. 레이더나 내가 다른 나라에서 태
어나 자랐다면 그 작은 끽연실에서 첫날 저녁 인사를 나누었을 터
이고, 나머지 투숙 기간 내내 서로 이야기를 나누어야만 하는 의무
에 돌이킬 수 없이 얽매이고 말았을 테니까. 물론 이제껏 만났던 그
누구보다 우리가 서로를 좋아했을 수도 있다. 만에 하나 있을까 말
까 한 이런 일이 우리에게 찾아왔을 수도 있다. 그러나 고요함과 자
유가 주는 확고한 보상에 비하면 아무것도 아니었다. 우리는 식당
이나 끽연실에 드나들 때나 드넓은 백사장이나 작고 빛바랜 순회
도서관이 있는 가게에서 마주치면 서로 살짝 고개 숙여 인사를 나

누었다. 그게 전부였다. 서로 멀찌감치 거리를 유지한다는 사실이 우리 사이에 호의적인 연대감을 형성했다.

그가 나보다 훨씬 나이가 많았다면, 당연히 우리 사이에 흐르는 침묵에 대한 책임은 온전히 그가 짊어져야 했을 것이다. 그러나 그는 나보다 기껏해야 대여섯 살 연상으로 보였기에, 나는 범절을 거스르지 않고도 소위 영국인들이 부르르 떨면서 하는 말대로 '얼음을 깨뜨리는'[2] 어렵고도 위험한 과업을 떠맡을 수 있었다. 그러므로 그는 내가 그에게 고마운 것만큼이나 내게 고마워할 이유가 있는 셈이다. 우리 둘 다 말은 하지 않았어도 솔직하게, 그가 떠맡게 된 의무감을 인식하고 있었다. 그래서 내가 이곳에서 지낸 마지막 날 밤 정말로 '얼음'이 깨졌을 때는, 우리 사이에 어떤 악감도 생기지 않았다. 우리 둘은 잘못이 없었으니까.

일요일 저녁이었다. 나는 기나긴 마지막 산책을 하러 나갔다가 아주 늦은 시간에 저녁 식사를 하러 갔다. 레이더는 내가 자리에 앉는 것과 거의 동시에 테이블에서 일어났다. 끽연실에 들어간 나는 그가 전날 내가 사 놓은 주간 잡지를 읽고 있는 모습을 보았다. 위기였다. 그가 6펜스를 말없이 줄 수도 없고, 내가 말없이 6펜스를 받을 수도 없는 일이었다. 그건 위기였다. 우리는 사내답게 그 위기를 똑바로 바라보았다. 그는 입을 열어 우아한 사과를 했다. 나도 손짓 발짓이 아니라 말로, 괜찮으니 계속 보시라고 권했다. 그러나

---

2) 초면의 어색한 분위기를 깨뜨린다는 의미의 관용 표현.

이는 헛되이 이상을 추구하는 일에 지나지 않았다. 사회의 윤리가 이제 우리에게 대화를 강권하고 있었다. 우리는 사나이답게 그에 따랐다. 우리 입장이 보기만큼 절망적이지 않다고 그를 안심시키기 위해, 나는 다음 날 최대한 이른 시각에 떠날 계획이라는 얘기를 기회를 보아 최대한 빨리 말해 주었다. "아, 그래요?"라는 그의 어조에는 대담하게도, 심지어 이렇게 된 지경에서도, 아쉽다는 암시를 담으려 애쓴 흔적이 역력했다. 어쩌면 어떤 면에서 그는 진심으로 아쉬웠을지도 모른다. 그와 나, 우리는 함께 너무나도 잘 지냈으니까. 그 무엇도 그 추억을 지워 버릴 수는 없다. 아니, 우리는 심지어 말을 섞게 된 그때조차도 서로 상당히 잘 통하는 것 같았다. 공통 화제가 독감밖에 없는 것도 아니었다. 우리는 독감을 거쳐 앞에서 말한 주간지 얘기로 넘어갔고, '믿음과 이성' 문제로 난리법석이 난 독자 투고 얘기까지 하게 되었다.

이 독자 투고란의 논쟁은 네 번째이자 궁극적인 단계, 즉 호주(濠洲) 단계에 이미 도달해 있었다. 이런 편지들이 왜 자꾸 튀어나오는지는 알다가도 모를 일이다. 그런 편지들이 거리의 군중처럼 갑자기 툭툭 튀어나온다는 것만 알 수 있을 뿐. 어찌 보면, 영어권 전체가 어떤 한 가지 주제에 대해서 — 분리 부정사라든가, 철새의 습성이라든가, 아니면 믿음과 이성이나 기타 등등 — 의견을 표명하고 싶어서 무의식적인 폭발을 일으키는 순간이 있는 것 같다. 하필 그런 순간에 문제의 테마를 어렴풋하게나마 건드리는 주간지가 있으면 폭풍처럼 쏟아지는 편지들을 거둬들이게 되는 것이다. 편지들

이 돌풍처럼 휘몰아치며 영국 열도 전역에서 불어닥친다. 이 돌풍
은 조만간 전속력으로 캐나다를 강타하고 더욱 기세등등해진다.
몇 주일이 지나면 인도에 거주하는 유럽인들이 무게를 보탠다. 마
땅한 수순을 밟아 우리는 호주 동포들의 도움을 받기에 이른다. 그
러나 이때쯤이면 모국에 사는 우리는 두 번째 바람 속에 휘말려 이
새로운 돌풍을 최대한 이용하겠다는 결단에 차 있기 마련이라, 결
국 편집자는 갑자기 인내심을 잃고 '이 논쟁은 이제 중단되어야 한
다. ― 편집자백'이라고 선언하게 되고, 그러고 나면 자기가 애초에
이렇게 지루하고 멍청한 논쟁을 대체 왜 진행시켰는지 의아해하게
된다.

　나는 레이더에게 내가 그 호에서 특히나 재미있게 읽은 호주의
독자 편지를 보여 주었다. 그 편지는 "멜버른의 남자"가 보낸 것으
로서, "당신네 투고들은 하나같이 깜깜한 어둠 속에서 더듬거리고
있는 격이다"라고 선언하고 나서 문제 전체를 아주 짧고 예리하게
번개처럼 조명하는 뜬금없는 부류였다. 이 경우 그 번개는 "이성은
믿음이고, 믿음은 곧 이성이다. 그게 우리가 이 지상에서 알고 있는
모든 것이며 우리가 알아야 할 전부이기도 하다"였다. 필자는 명함
을 동봉했는데 그리하여 기타 등등인 "멜버른의 남자"가 되었다. 나
는 레이더에게 독감을 심하게 앓고 난 직후에 이렇게 전혀 아무런
의미도 없는 글을 읽게 되다니 얼마나 휴식에 도움이 되는지 모르
겠다고 말했다. 레이더는 나보다는 그 편지를 좀 더 진지하게 받아
들이고 싶은 눈치로, 약간 형이상학적인 기분인 모양이었다. 나는

믿음과 이성은 내게 전혀 다른 별개의 개념이라고 말했다.(아무리 약간이고 뭐고, 나는 형이상학은 전혀 아는 바가 없었다.) 그리고 대화를 살살 꼬드겨 내가 안전하게 밟을 수 있는 땅으로 끌고 내려오기 위해 구체적인 사례를 제시했다. "예를 들어서 손금 말입니다." 내가 말했다. "내 마음속 깊은 곳에서는 손금을 믿고 있거든요."

레이더가 의자에서 돌아앉았다. "손금을 믿으신다고요?"

나는 주저했다. "네, 어쩐지 그렇게 됐습니다. 왜냐고요? 전혀 모르겠어요. 껄껄 비웃고 치워 버릴 이유들이야 수없이 많이 댈 수 있어요. 내 상식으로는 철저히 거부해 마땅하고요. 물론 손의 생김새에는 뭔가 의미가 있겠지요. 다소간 인격의 지표가 된달까요. 그러나 내 과거와 미래가 내 손바닥에 깔끔하게 지도로 그려져 있다는 생각은……." 나는 어깨를 으쓱했다.

"그런 생각이 마음에 들지 않으세요?" 레이더가 그 특유의 온화한, 어쩐지 학자 같은 목소리로 물었다.

"그저 망측한 생각이라는 얘깁니다."

"그렇지만 믿긴다, 이 말씀이죠?"

"그래요, 망측하게도 믿음을 갖고 있습니다."

"이런 생각을 '망측하다'고 하시는 이유는 단순한 반감입니까?"

"글쎄요." 나는 그가 말도 안 되는 헛소리를 함께 나눌 수 있는 사람일지 모른다는 가슴 설레는 희망을 품고 말했다. "선생님 보시기에는 '망측하지' 않습니까?"

"이상해 보이기는 합니다."

"믿으십니까?"

"아, 물론."

"만세!"

그는 내가 즐거워하자 미소를 지었고, 나는 다시금 형이상학에 휘말릴 각오까지 하고서, 그렇다면 그는 나와 어깨를 나란히 하고 "멜버른의 남자"에 대적하는 대열에 합류한 거라고 주장했다. 그러자 그는 이 주장을 부드럽게 반박했다. "저를 지루하고 융통성 없는 인간이라 생각할지도 모르겠습니다만, 전 증거가 없이는 믿을 수가 없습니다."

"아니, 저 역시 융통성 없는 인간이고, 선생과 마찬가지로 불리한 입장에 있습니다. 저는 제 믿음을 증거로 삼을 수도 없고, 그렇다고 달리 기댈 수 있는 증거도 없으니까요."

그는 손금에 대해 연구를 해 본 적이 있느냐고 물었다. 수년 전에 데바롤3)의 책 한 권을 읽었고, 헤런 앨런4)의 저서도 한 권 읽었다고 대답했다. 그런데 그가 이렇게 묻는 것이었다. 나 자신의 손이나 친구들의 손을 빌려 그 이론을 시험해 본 적은 있느냐고. 나는 손금은 누구 다른 사람이 봐 준 경험이 있을 뿐이라고 솔직히 털어놓았

---

3) Adolphe Desbarrolles(1801~1886). 프랑스의 수상학자.

4) Edward Heron-Allen(1861~1943). 수상학에 관한 여러 권의 책을 쓴 영국의 작가 이자 과학자.

다. 친절하게 내 손을 '읽어' 준다는 사람이 있으면 누구에게든 재깍 손을 내밀고 잠시 몇 분 동안 내 이기주의에 비위를 맞추곤 했다고.(내심 레이더가 이렇게 해 주기를 바랐다.)

"그렇다면 의아한 생각마저 드는군요." 그는 특유의 슬픈 미소를 띠고 말했다. "그 동안 턱도 없는 헛소리들을 많이 들으셨을 텐데, 아직도 믿음을 잃지 않으셨다니 말입니다. 손금 보기에 혹하는 어린 여자애들이 얼마나 많습니까. 장담컨대 어리석은 다섯 처녀들5) 도 하나같이 '손금 보기에 흠뻑 빠져서'는 '당신은 인도하는 손길은 따르지만 억지로 채찍질하면 꿈쩍도 않는 사람'이라든가, '마흔에서 마흔다섯 살 사이에 중병을 앓을 위험이 있다'든가, '천성은 게으르지만 가끔씩 굉장히 정력적으로 일할 때가 있다'는 소리를 늘어놓았을 겁니다. 그런데 대다수의 전문가들도 제가 듣기로는 어린 소녀들이나 다름없이 멍청하다더군요."

나는 그 직업의 명예를 걸고 인격을 읽어 내는 데 특출한 능력이 있는 수상(手相) 전문가 세 명의 이름을 댔다. 그는 이들 중 과거의 일을 정확하게 맞힌 사람이 있느냐고 물었다. 그래서 솔직히 말하면 대체로는 셋 다 맞더라고 털어놓았다. 이 말에 그는 은근히 재밌어하는 눈치였다. 그러더니 그 후로 일어난 일을 제대로 예측한 사

---

5) 성서의 마태복음에 등장하는 열 명의 처녀 중 슬기로운 다섯 처녀와 대비되는 다섯 명의 처녀. 슬기로운 처녀들은 등잔과 기름을 함께 준비하여 밤이 되었을 때 무사히 신랑을 맞았으나 어리석은 처녀들은 기름을 준비하지 않아 혼인 잔치를 치르지 못하였다고 한다.

람이 하나라도 있느냐고 묻는 것이었다. 그래서 그 후 예기치 못한 몇 가지 일을 하게 되었는데 세 명 다 그런 일들을 하게 될 거라 예언했다고 말했다. 그는 이것이 일말의 증거라고 생각지 않느냐고 물었다. 그래서 나로서는 우연의 일치라고 생각할 뿐이라고 — 상당히 놀라운 우연의 일치기는 하지만 — 대답했다.

그 슬픈 미소에 배어 있는 우월감이 왠지 신경에 거슬리기 시작했다. 나는 그 역시 나만큼 부조리하다는 걸 깨닫게 해 주고 싶었다. "한번 가정해 보세요." 내가 말했다. "논증의 편의상 선생님과 제가 무력한 자동인형이라고 생각해 봅시다. 그래서 애초부터 이런저런 시키는 일만 하고, 이런저런 일들을 당하게 창조된 존재라고 말이에요. 사실상 우리에게 자유 의지라는 게 아예 **없다**고 가정해 보잔 말입니다. 우리를 빚어낸 '권능'의 존재가 우리 앞에 놓인 운명을 손에다 끼적거리는 수고를 했을 거라는 생각이 가당키나 한가요?"

레이더는 이 질문에 대답하지 않았다. 그저 짜증나게 또 다른 질문을 던졌을 뿐이다. "자유 의지를 믿어요?"

"그럼요. 물론이지요. 자동인형이라니 말도 안 되죠."

"그런데 손금이나 마찬가지로 자유 의지도 아무 이유 없이 믿으시는 겁니까?"

"아니, 설마요. 모든 지표가 우리에게 자유 의지가 있다고 가리키고 있는걸요."

"모든 지표요? 예를 들어서 어떤 것 말입니까?"

이로써 나는 다소 궁지에 몰렸다. 나는 "선생께서는 내가 자유의지를 믿는 사람이라는 것도 손금에 적혀 있다고 말씀하시겠군요?"라는 말로 최대한 가볍게 빠져나왔다.

"아, 믿어 의심치 않습니다."

나는 손바닥을 펼쳐 내밀었다. 그러나 실망스럽게도 그는 재빨리 눈길을 돌려 버렸다. 웃음기도 싹 사라졌다. 이제 사람들의 손은 절대 보지 않는다고 말하는 그 목소리에, 심히 동요하는 기색이 역력했다. "이제는 절대로 안 봅니다. 절대 다시는." 그는 마치 무슨 기억을 털어 버리듯 머리를 흔들었다.

나는 이런 무례를 범했다는 사실이 굉장히 부끄러웠다. 그래서 황급히 내가 손금을 읽을 수 있다 해도 혹시 무서운 일들을 보게 될까 봐 안 볼 거라는 말로 어색한 순간을 슬쩍 넘기려 했다.

"무서운 일들, 그렇죠." 그는 난롯불을 향해 고개를 끄덕이며 말했다.

"제가 아는 한, 제 손에 뭐 그렇게 끔찍한 게 새겨져 있다는 얘기는 물론 아니고요." 나는 자기 방어로 이렇게 말했다.

그는 난롯불을 바라보던 눈길을 돌려 나를 보았다. "예를 들어, 선생께서는 살인자가 아니라는 말씀이죠?"

"아, 암요." 나는 불안하게 웃음을 터뜨리며 대답했다.

"저는 살인잡니다."

이건 나로서는 어색한 정도가 아니라, 고통스러운 순간이었다. 그리고 아마 유감스럽게도 내가 소스라쳐 놀랐거나 움찔했던 모양이다. 그가 즉시 내게 용서를 구하기 시작했던 것이다. "알 수가 없군요. 대체 왜 그런 소리를 했는지. 저는 보통 아주 과묵한 사람입니다. 그렇지만 가끔은……." 그는 미간을 잔뜩 찌푸렸다. "선생이 저를 대체 어떤 사람으로 생각할지!"

나는 부탁이니 그런 생각은 마음에서 싹 지워 버리라고 애걸하다시피 했다.

"그렇게 말씀해 주시니 정말 감사합니다. 그렇지만 저는 선생은 물론이고 저 자신까지도 부당한 입장에 몰아넣었습니다. 부탁드립니다만 제가 경찰의 수배를 받는다거나 받은 적이 있는 범죄자라고는 생각지 말아 주십시오. 경찰서에 자수를 하더라도 아마 정중하게 인사만 받고 나올 겁니다. 저는 과격한 어의로 '살인자'는 아니니까요. 천만에요."

내 얼굴이 눈에 띄게 환해졌던 모양이다. 왜냐하면 그가 "아, 그렇다고 제가 살인자가 아예 아니라라고는 생각지 마세요. 윤리적으로는 살인자니까"라고 말했기 때문이다. 그는 시계를 보았다. 나는 아직 초저녁이라고 말했다. 그는 자기 사연은 그리 길지 않다고 했다. 나도 그러길 바란다고 맞장구를 쳤다. 그러자 날보고 아주 친절하다고 했다. 그래서 아니라고 했다. 그는 자기 이야기가 아무래도 내가 그리 내켜하지 않는 손금에 대한 믿음을 강화하고 반대로 소중하게 간직해 온 자유 의지에 대한 믿음을 흔들어 버릴 가능성이 있다고 말했다. 그래서 "걱정 말라"고 했다. 그는 깊은 생각에 잠긴 듯이 난롯불을 향해 손을 뻗었다. 나는 다시 편안하게 의자에 자리를 잡고 앉았다.

"제 손은 말입니다," 그가 자기 손등을 물끄러미 바라보며 말했다. "아주 유약한 사내의 손입니다. 선생님도 수상학을 아시니 그 정도는 볼 줄 아시겠지요. 엄지와 두 '새끼'손가락이 약한 게 보이시지요. 이런 손은 유약하고 과민한 남자의 손입니다. 확신도 없고, 다급한 사태가 닥쳐도 우유부단하게 안절부절못할 인간의 손이지요. 좀 햄릿 같은 손이랄까요." 그는 상념에 잠겼다. "그리고 저는 또 다른 면에서도 햄릿과 닮았답니다. 바보는 아니고 꽤 고결한 성품을 지녔으며 불행하다는 점에서요. 그러나 한 가지 햄릿이 저보다 운이 좋은 면이 있지요. 그는 우발적으로 살인자가 되었지만 제가 14년 전 어느 날 저지른 살인들은 ― 한 건이 아니라 여러 건의 살인을 저질렀다는 말씀을 드려야겠군요 ― 모두 저라는 한심한 인간의 한심하기 짝이 없는 천성적 유약함에 기인한 것이었거든요."

"저는 스물여섯 살이었습니다. 아니 스물일곱 살이었군요. 그리고 지금과 마찬가지로 특별히 눈에 띄는 구석이 없는 평범한 인간이었습니다. 저는 법조계로 진출할 예정이었지요. 사실, 법조계가 제 소명이었다는 생각이 듭니다. 그런데 저는 그 소명에 귀를 기울이지 않았어요. 법률가로 일할 생각도 애초에 없었거니와 한 번도 법조계에서 일하지도 않았어요. 저는 그저 세상에 내가 존재하는 이유에 대해 핑계를 대고 싶었을 뿐입니다. 그나마 법률가 노릇 비슷한 거라도 하고 있는 게 바로 지금 이 순간입니다. 살인자를 변호하고 있으니까요. 선친은 먹고살 만큼 재산을 넉넉하게 남겨 주셨

습니다. 마음 내키는 대로 이것저것 취미를 바꿔 가며 제 나름대로
변덕스럽게 살 수 있었지요. 마구간 하나는 채우고도 남을 만큼 취
미가 많았습니다. 그중 하나가 바로 손금 읽기였지요. 이 부분에 대
해서는 좀 부끄럽습니다. 선생님 보시기에 그렇듯이 제 눈에도 말
도 안 되는 엉터리 같거든요. 그렇지만 선생님처럼 저도 손금을 믿
었습니다. 선생과 다른 점이라면, 단순히 책 한두 권 읽는 정도에서
그치지 않았다는 거죠. 저는 헤아릴 수도 없이 많은 책들을 섭렵했
습니다. 제 친구들의 손을 남김없이 해독해 보려 했습니다. 시험을
해 보고 또 해 본 끝에 데바롤이 집시들과 의견을 달리한 지점까지
다다를 정도였지요. 그리고…… 그러니까, 제가 철저히 수상학을
공부했다는 말씀은 이만하면 충분히 드린 셈이겠네요. 그래서 평
생을 헌신하지 않는 사람 치고는 꽤나 믿을 만한 수상학자가 되었
다는 말씀입니다.

　손금을 읽을 수 있게 되고 나서 제 손에서 처음으로 본 건 스물여
섯 살 즈음에 죽음을, 그것도 참혹한 죽음을 가까스로 면하게 될 거
라는 사실이었습니다. 생명선이 뚜렷하게 단절된 부분이 있는 데
다 네모가, 가호의 네모가 바로 옆에 인접해 있었지요. 그 표식은
한 치도 틀림없이 양손에 똑같이 새겨져 있었습니다. 간발의 차이
로 목숨을 부지한다는 뜻이었습니다. 게다가 다친 데 하나 없이 몸
이 멀쩡할 리도 없었습니다. 생명선이 끊어진 부분을 건강선에 있
는 별과 이어 주는 희미한 선이 하나 있었습니다. 그리고 그 별 맞
은편에 또 네모가 있었습니다. 대체 어떤 부상인지는 몰라도 회복

하게 될 거라는 의미였습니다. 그렇지만 그날이 오는 게 기다려지지는 않았겠지요. 스물다섯 살이 되자 저는 곧 불안해지기 시작했습니다. 언제라도 그 불운이 닥칠지 모르니까요. 아시다시피 손금을 보면서 어떤 사건이 일어날 정확한 연도를 파악하기란 불가능합니다. 이 특정 사건은 **대략** 제 나이 스물여섯과 연관되어 있었지만, 스물일곱 살이나 스물다섯 살에 일어날 수도 있었습니다.

그래서 저는 아예 일어나지 않을지도 모른다고 스스로를 타이르기 시작했습니다. 선생과 마찬가지로 제 이성 역시 수상학이라는 관념 자체에 격하게 반발했습니다. 저도 선생처럼 손금을 믿는 걸 경멸했습니다. 길을 건널 때면 그렇게 우스꽝스러우리만큼 조심하지는 않으려 애썼지요. 당시 저는 런던에 살았습니다. 자동차들은 아직 등장하기 전이었지만, 용의주도하게 사방을 살피며 보냈던 한심하기 짝이 없는 시간들을 다 합치면 얼마나 될지 가늠도 안 되는군요! 딱히 정해진 직업이 없다는 것도 문제였던 것 같습니다. 일신의 안위에만 몰두하지 않도록 해 줄 다른 일이 없었으니까요. 저 역시 불로 소득 때문에 버린 사람이었죠. 심지어 이륜마차 대신 사륜 합승 마차를 타고 다니고, 사륜 합승 마차를 타면서도 믿지 못하는 사태가 오고 말았습니다. 아, 행태가 한심스럽기 짝이 없었지요.

철도 여행은 피할 수 있다면 무조건 피했습니다. 삼촌께서 햄프셔에 영지를 가지고 계셨습니다. 저는 삼촌과 숙모님을 아주 좋아했지요. 이제 그분 댁이 제가 유일하게 방문해 묵는 집이 되었습니다. 스물일곱 살 생일이 지나고 얼마 되지 않은 11월에 그곳에 일주일 동안 묵게 되었지요. 거기 머무는 다른 사람들도 있었기에, 주말에 우리는 다 함께 런던으로 돌아왔습니다. 객차에는 일행 여섯이 함께 타고 있었지요. 엘번 대령님과 사모님, 두 분의 따님인 열일곱 살 소녀, 그리고 브렛 씨 부부였습니다. 저는 브렛과 윈체스터를 함께 다녔지만 그 후로는 거의 만나지 못했지요. 그 친구는 인도행정 자치부에 근무하고 있었고 휴가를 받아 고향을 찾은 참이었습니다. 바로 다음 주에 인도로 가는 배를 타게 되어 있었지요. 부인은 몇 달 동안 영국에 남았다가 인도에서 남편과 합류할 예정이었습니다. 두 사람은 결혼한 지 5년 된 부부였습니다. 부인의 나이는 겨우 스물넷이었지요. 그 친구가 아내 나이가 그렇다고 말해 줬습니다.

엘번 가족은 초면이었습니다. 매력적인 사람들이었지요. 우리는 다들 매우 행복했습니다. 그 마지막 밤에 있었던 유일한 문제라면, 삼촌께서 제게 '그 집시 같은 짓'에 아직도 몰두하고 있느냐고 물었던 겁니다. 삼촌은 그걸 늘 그렇게 불렀거든요. 그러자 당연히 세 숙녀 분이 엄청나게 흥분해서 손금을 봐 달라고 조르더군요. 저는 다 엉터리라고, 예전에 좀 알았지만 이제 다 잊어버렸다고 이런저런 변명을 둘러댔습니다. 그리고 그 문제는 거기서 일단락되었지요. 손금 읽기를 그만둔 건 사실이었습니다. 제 손에 새겨져 있는 운명을 상기시킬 만한 일은 무조건 피하고 봤으니까요. 그래서 다음 날 아침 기차가 출발하고 나서 엘번 부인이 지금 손금을 봐 주지 않는 건 '너무 잔인한' 일 아니냐고 조르자 저는 마음이 무겁기 짝이 없었습니다. 따님과 브렛 부인도 '정말 너무한다'고 말하더군요. 그리고 다들 장갑을 벗는 겁니다. 그래서…… 네, 물론 저도 항복할 수밖에 없었죠.

저는 여느 때와 다름없이 정석에 따라 엘번 부인의 손금을 차근차근 읽어 나갔습니다. 그러니까 먼저 손등을 보고 성격을 대충 그려 내는 것이지요. 늘 그렇듯 다들 숨을 죽이고 가끔씩 자그맣게 탄성만 터져 나왔습니다. 남편에게서 들려오는 동의의 신음, 딸에게서 나오는 인정의 탄사. 이윽고 저는 손금을 보여 달라고 청했고, 거기서부터 엘번 부인의 성격을 상세하게 설명해 준 후 인생사로 넘어가게 되었지요. 그러나 설을 풀면서 저는 한편으로 부인의 나이를 가늠하고 있었습니다. 손금을 보자마자 저는 부인이 결혼했을 때 나이가 스물다섯을 넘지 않았을 거라는 걸 알았습니다. 따님은 열일곱이었지요. 딸이 1년 후에 태어났다고 하면…… 어머니가 몇 살이나 되겠습니까? 마흔셋, 그렇지요. 그보다 더 어릴 리가 없지 않습니까, 불쌍한 여자죠!"

레이더가 나를 보았다. "어째서 '불쌍한 여자'냐고요? 글쎄요, 첫눈에 저는 결혼선 말고도 다른 것들을 보았습니다. 생명선과 운명선이 아주 완전히 잘린 걸 보았거든요. 참혹한 죽음을 읽은 겁니다. 몇 살에? 늦어도, 아무리 늦어도 마흔셋은 절대 넘길 수 없었습니다. 소녀 시절에 일어났던 일에 대해 이야기를 하면서도 머릿속으로는 그 참사의 표식을 두고 열심히 생각을 하고 있었지요. 끔찍하게도 어떻게 아직 살아 있을까 생각하고 있었습니다. 그 참사가 일어날 때까지 남은 시간은 길어야 몇 달의 짧은 시간뿐이었습니다.

166

그런데도 내내 저는 말을 하고 있었지요. 아마도 꽤 잘 둘러댔던 모양입니다. 말을 끝내자 엘번 가족들이 저를 향해 일종의 기립 박수를 보내 주었으니까요.

다른 손금을 보게 되자 마음마저 놓였습니다. 브렛 부인은 재기 넘치는 젊은 숙녀였고, 손은 그 성격을 잘 반영해서 형태가 어여쁘면서도 독특하더군요. 타고난 성격에 대해서는 저도 좀 변덕을 부려 보았고, 기왕 그런 쪽으로 시작했으니 손을 뒤집은 후에도 그 방면으로 계속 분석했지요. 그리고 그 손바닥엔 엘번 부인에게서 보았던 바로 그 표식이 똑같이 복제되어 있었습니다. 마치 깨끗하게 베껴 그린 것 같았어요. 유일한 차이는 자리였는데, 그것이 가장 무서운 점이었습니다. 브렛 부인의 손에 드러난 운명의 나이는……아무리 늦어도, 아니, 그럴 리가 없었습니다. 거기 그 자리에 그녀가 살아 있었으니까요. 그러나 스물한 살에 죽어도 이상하지 않았을 겁니다. 끝까지 늘린다 해도 스물셋을 넘을 수 없었습니다. 그런데 아시다시피, 그녀는 스물네 살이었지요.

저는 유약한 인간이라고 말씀드렸습니다. 그리고 선생께서도 곧 그 뚜렷한 증거를 보게 되실 겁니다. 그러나 그날 저는 그래도 어느 정도는 강인하게 행동했다고 생각합니다. 그래요, 남은 평생 제게 굴욕과 슬픔을 안겨 준 그날에도 말이지요. 저는 얼굴 표정으로도 목소리로도 티를 내지 않았습니다. 도로시 엘번의 손바닥에서 똑같은 표식들을 다시 맞닥뜨렸는데도 말입니다! 그 애는 미래를 알고 싶어 안달이었습니다, 불쌍하게도! 그래서 앞으로 일어나게 될 온갖 일들을 말해 주었죠. 그 애에게는 미래가 없었는데도요. 이 세상에서는 미래라곤 전혀, 전혀 없었습니다. 딱 하나 있는 미래라고는……

　그때, 이야기를 하고 있는 사이, 갑자기 한 가지 의심이 뇌리를 스쳤습니다. 그 전부터 들었던 건지도 모르겠습니다. 뭔지 아시겠습니까? 그 생각이 들자 몹시 싸늘하고, 이상한 기분이 들더군요. 저는 하던 말을 계속했습니다. 하지만 한편으로는 생각을, 완전히 별개의 생각을 이어 갔습니다. 그 의혹은 확실하지 않았습니다. 이 어머니와 딸은 항상 함께였으니까요. 한 사람에게 일이 닥치면 어디서든 ― 어디에서든 ― 나머지도 당하게 되어 있었습니다. 그렇지만 똑같은 운명이, 똑같이 임박한 미래에, 또 다른 숙녀분에게도 일어나게 되어 있었죠. 그 우연은 기이하기 짝이 없는 것이었습니다. 그것도 몹시. 여기 우리는 모두 함께 있었습니다. 바로 여기. 그들과 제가, 이제 곧 저들이 당하게 될 일을 아슬아슬하게 모면하게 될 제가 말입니다. 아, 거기서 한 가지 추론이 도출되지요. '확실한' 추론은 아니라고, 전 스스로에게 일렀습니다. 그리고 내내 저는 이야기를 하고 또 하고 있었고 기차는 흔들리며 시끄럽게 전진했습니다. 어디를 향해서였을까요? 열차는 급행이었습니다. 우리 객차는 엔진에 가까웠지요. 저는 큰 소리로 떠들어 대고 있었습니다. 대령의 손에서 무엇을 보게 될지 저는 너무나 잘 알고 있었습니다. 마음속으로는 몰랐다고 스스로에게 말했지만요. 그때에조차, 제가 두려워하는 일은 확실한 운명이 아니라고, 스스로에게 일렀습니다.

제 자신이 걱정되어 겁을 내고 있었다고 생각하지 마십시오. 그렇게까지 '한심한' 인간은 아니었습니다. 제가 생각한 건 오로지 그들, 그들의 운명뿐이었습니다. 황급히 대령님의 성격과 직업 운을 보았습니다. 기계적으로 아무렇게나 봤지요. 제가 궁금했던 건 브렛의 손금이었습니다. 그 손금들이야말로, 진짜로 중요한 의미를 지니고 있었습니다. 그 손금에 표식이 있다면 — 기억하시죠, 브렛은 다음 주 인도로 떠나게 되고 아내는 영국에 남을 예정이었다고요 — 두 사람은 헤어져 있게 됩니다. 그러니까…….

표식은 거기 있었습니다. 그런데 전 아무것도 하지 않았습니다. 그저 브렛의 성격을 시시콜콜하게 늘어놓기만 했지요. 제가 할 일이 있었습니다. 저도 하고 싶었습니다. 벌떡 일어나 창가로 가서 비상 통보선을 당기고 싶었습니다. 아주 간단한 일이었지요. 열차를 세우는 것보다 쉬운 일이 어디 있습니까. 그저 힘차게 줄을 당기기만 하면 열차가 속도를 늦추고 정차하지 않습니까. 그러면 경비원이 창가에 나타나겠지요. 그리고 경비원에게 설명을 합니다.

충돌이 일어날 거라고 말하는 게 얼마나 쉬운 일입니까. 당신도 당신 친구들도 열차의 다른 승객들도 당장 내려야 한다고 주장하는 것보다 쉬운 일이 어디 있겠습니까……. 이보다 쉬운 일이 있기나 합니까? 이만큼 별 용기가 필요치 않은 일이 또 있습니까? 감히 말하지만, 그중에는 저라도 할 수 있는 일이 있었습니다. 제가 하려던 그 일. 아, 저는 해야겠다고 결심하고 있었습니다, 곧바로.

브렛의 손금에 대해 할 말은 다 했습니다. 여흥은 끝이 났습니다.

모두에게서 감사와 찬사도 받았습니다. 이제 거칠 게 없었습니다. 저는 제가 해야 할 일을 하려고 했습니다. 결심하고 있었습니다, 네.

우리는 런던 교외에 가까이 다다랐습니다. 공기는 잿빛으로, 텁텁해지고 있었지요. 그러자 도로시 엘번이 말했습니다. '아, 이 끔찍한 런던! 늘 그렇듯 안개가 끼어 있을 게 분명해요!' 곧이어 그녀의 아버지가 '예방'과 '국회의 급박한 조치'며 '무연탄' 어쩌고 하는 말을 했습니다. 나는 앉아서 들으며 고개를 끄덕거리고 있었는데……."

레이더가 눈을 감았다. 그는 손으로 천천히 허공을 갈랐다.

"머리가 쪼개질 듯 아팠습니다. 그렇게 말했더니, 말을 하지 말라고 하더군요. 저는 침대에 누워 있었고 간호사들은 항상 말하지 말라고 했습니다. 저는 병원에 있었어요. 알고 있었습니다. 그런데 왜 거기 누워 있는지는 알 수가 없었습니다. 어느 날 이유를 알고 싶다는 생각에 물어봤습니다. 그때쯤엔 상태가 한층 회복되어 있었습니다. 차츰 그들은 제가 뇌진탕을 일으켰다는 얘기를 해 주더군요. 의식이 없는 상태로 실려 와서 48시간 동안 혼수상태였다고 했습니다. 사고를 당했다는 겁니다. 열차 사고. 저는 이상하기만 했습니다. 삼촌 댁에 무사히 도착한 이후로는 여행의 기억이 전혀 없었거든요. 아시다시피 뇌진탕의 경우에는 환자가 사고 직전에 일어난 일들을 까맣게 잊는 경우가 흔히 있지요. 몇 시간의 공백이 있을 수 있습니다. 제 경우가 바로 그러했지요. 어느 날 삼촌께서 면회 허락을 받고 저를 보러 오셨습니다. 그런데 삼촌을 뵙자, 갑자기 텅 비었던 시간의 기억이 채워지는 것이었습니다. 섬광처럼 모든 기억이 되살아났습니다. 그렇지만 저는 아주 차분했습니다. 아니면 평정심을 잃지 않은 것처럼 보이려 했는지도 모르겠습니다. 충돌 사고가 어떻게 일어났는지 알고 싶었기 때문입니다. 삼촌께서는 열차 기관사가 안개 때문에 신호를 보지 못해서 우리가 타고 있던 열차가 화물차를 들이받았다고 말씀해 주셨습니다. 저와 함께 있던 분들의 안부는 묻지 않았습니다. 사실, 물을 필요도 없었습니다. 아주 부드럽게 삼촌께서 말씀해 주려 하셨지만…… 제가 아마 이상한 소리를 늘어놓기 시작했던 모양입니다. 삼촌의 얼굴에 떠오른 겁에 질린 표정이 기억납니다. 그리고 간호사가 삼촌에게 속삭이며 꾸지람을 했지요.

그 후로는 모든 게 희미합니다. 제가 정말로 몹시 중병이 들어서, 살지 못할 거라는 진단까지 받았던 것 같습니다.

하지만 저는 살아 있지요."

긴 침묵이 흘렀다. 레이더는 나를 보지 않았고, 나 역시 그를 보지 않았다. 난롯불이 나직하게 타고 있었고, 그는 그 불빛을 바라보았다.

마침내 그가 입을 열었다. "저를 경멸하시겠지요. 당연한 일입니다. 저도 스스로를 경멸하니까요."

"아니요, 경멸하지 않습니다. 다만……."

"제 탓이라 생각하시지요." 나는 그의 눈길을 피했다. "제 탓이라고 생각하시는군요." 그가 되풀이해 말했다.

“그렇습니다.”

“그러면, 그렇게 말씀하신다면, 좀 부당한 게 아닐까 싶습니다. 약한 인간으로 태어난 건 제 탓이 아닙니다.”

“그러나 사람은 약점을 극복할 수 있습니다.”

“그래요. 그럴 힘이 있다면 말이지요.”

그의 운명론에 나는 그만 혐오스럽다는 손짓을 해 버렸다. “정말로 선생께서 줄을 당기지 못했다고 해서 애초에 당길 수 없었다, 그런 말씀을 하시는 겁니까?”

“그렇습니다.”

“못 할 거라고 손금에 쓰여 있었다는 거고요?”

그는 자기 손바닥을 들여다보았다. “아주 약한 인간의 손입니다.” 그가 말했다.

“약하다 못해 자기는 물론이고 다른 사람들의 자유 의지의 가능성조차 못 믿으신다고요?”

“증거를 가늠하고 사실을 있는 그대로 파악할 수 있는 지적인 사람의 손이기도 합니다.”

“그렇지만 대답을 해 보십시오. 선생이 줄을 당기지 못한다는 운명이 미리 정해져 있었다는 겁니까?”

“미리 예정되어 있었습니다.”

“줄을 못 당긴다는 표식이 손금에 실제로 드러나 있었습니까?”

“아, 글쎄요, 실제로 표식이 드러나 있는 건 사람들이 행하게 될 일입니다. 사람들이 하지 않을 일들은, 수행되지 않은 부정적 일들이 헤아릴 수 없이 많을 텐데, 그걸 다 어떻게 표시하겠습니까?"

"그렇지만 하지 않고 내버려 둔 일들의 결과는 긍정적으로 실재하지 않겠습니까?"

"끔찍할 정도로 실재하지요." 그는 움찔했다. "제 손은 말년에 심한 고생을 하는 사람의 손입니다."

"심한 고생을 할 운명을 타고난 사람의 손입니까?"

"아, 그럼요. 그 얘기는 아까도 하지 않았습니까."

잠시 침묵이 흘렀다.

"뭐," 나는 어색한 공감을 담아 말했다. "세상 모든 손이 고생할 운명을 타고난 사람의 손이 아니겠습니까."

"제가 겪은 만큼, 지금도 겪고 있는 만큼 이렇게 고생하지는 않을 겁니다."

그 완강한 자기 연민에 싸늘한 기분이 되어 버린 나는 그가 똑바로 대답하지 않은 질문을 다시 따졌다. "말씀해 주십시오. 그 줄을 당기지 않을 거라는 표식이 선생님 손에 있었습니까?"

그는 다시 자기 손을 들여다보더니, 잠시 그 손으로 얼굴을 꾹 눌렀다. "아주 뚜렷하게 표시되어 있었습니다." 그가 대답했다. "그들의 손에요."

거기서 이런 이야기를 나누고 이삼일 후 런던에서 내게 한 가지 생각이 떠올랐다. 기발하고도 한결 마음이 편안해지는 의심이었다. 레이더는 뇌진탕에서 회복하는 과정에서 자기 두뇌가 그 철도 여행길에서 있었던 일을 기억했다고 어떻게 확신할 수가 있단 말인가? 휴지 상태에 있던 그의 두뇌가 한마디로 이 모든 걸 **꾸며 낸** 게 아니라는 걸 어떻게 안단 말인가? 그 손의 표식을 애초에 본 적이 없을 수도 있다. 장담하지만 바로 여기에 탈출구가 환히 빛나고 있었다. 그래서 나는 바로 그 사실을 지적하는 편지를 써서 레이더에게 보냈다.

이게 바로 두 번째로 방문한 내가 여기, 이렇게 우편물 게시판에서 불쌍하게 썩어 가고 있는 걸 발견한 그 편지였다. 나는 편지를 구출해 주겠다는 약속을 기억했다. 그래서 떠나기 힘든 난롯불 가에서 일어나서 두 팔을 길게 뻗어 기지개를 켜고 하품을 한 후 기독교인답게 약속을 지키러 갔다. 복도에는 아무도 없었다. "소나기"는 마침내 그쳤다. 환하게 해가 나 있었고 해를 맞는 의미에서 호텔 정문이 활짝 열려 있었다. 바닷가를 따라 만물이 아름답게 반짝이며 물기를 말리고 은은히 빛나고 있었다. 그러나 나는 해야 할 일에서 정신을 팔지 않았다. 우편물 게시판으로 갔던 것이다. 그런데 내 편지가 거기 없었다! 재주 많고 대담한 꼬마 녀석이 탈출을 감행했다! 나는 녀석이 잡혀서 다시 끌려오지 않기를 바랐다. 어쩌면 이미 주민들에게 저 거대한 종이 우편물 게시판에서 편지가 탈출했다는 경보를 울렸는지도 모른다. 내 편지 봉투가 해안선을 따라 미친 듯 질주하고 있고 그 뒤로 늙어도 원기 왕성한 웨이터와 헐떡거리는 동네 원로들이 쫓아가고 있는 모습이 눈앞에 선히 떠올랐다. 봉투가 그들 모두를 따돌리고 해안 경비대를 지나쳐 두 배로 속력을 높여 달리며 방파제를 펄쩍펄쩍 뛰어넘다가 불행히도 부상을 입고 보속이 느려지더니 마침내 화려한 절망에 빠져 망망한 바다로 달려간다. 그러나 갑자기 또 다른 생각이 떠올랐다. 혹시 레이더가 다시 돌아온 건 아닐까?

아니나 다를까 그가 돌아왔다. 나는 저 멀리 모래사장에서, 기운 없이 축 처진 걸로 보아 틀림없이 그가 분명한 형상을 알아보았다. 기쁘면서도 아쉬웠다. 작년의 장면을 그가 완성해 주었기 때문에 약간 기쁘기도 했고, 이번에는 우리가 서로의 운명을 좌우하게 되었기 때문에 굉장히 아쉬웠다. 우리 둘 다, 이번에는 휴식 같은 정적과 자유를 누릴 수 없었다. 아마 내가 여기 있다는 얘기를 전해 듣고 할 수 있는 한 나를 피하려고 외출했던 것일지도 모른다. 아, 약하디 약한 인간 같으니! 어물쩍 넘어갈 이유가 뭐라고? 나는 모자를 쓰고 코트를 걸친 후 씩씩하게 나아가 그를 맞았다.

"당연히, 독감에 걸리신 거죠?" 우리는 동시에 물었다.

독감 병세에 대해 얘기하면서 끌 수 있는 시간에는 한계가 있다. 얼마 후 함께 모래사장을 서성이고 있다 보니 레이더가 바로 그 한계에 부딪힌 눈치였다. 나는 혹시라도 그가 말머리를 획 돌려 내 편지에 감사를 표하지 않을까 생각했다. 편지를 틀림없이 읽었을 테니까. 애초에 고맙다는 인사를 했어야 했다. 아주 좋은 편지, 특출한 편지였으니까. 아니면 분명히 우편으로 답신을 보내려는 생각이겠지? 그가 굳건히 편지에 대해 함구하는 바람에 나는 쓸데없이 결례를 저지른 듯한 황당한 기분에 사로잡히고 말았다. 이런 망할!

그는 내가 말하는 동안 불편한 기색이 역력했다. 그러나 뭔지 몰라도 그가 처한 곤경에서 꺼내 주는 건 내가 할 일이 아니었다. 이렇게 내게 부담을 지운 그가 알아서 해결해야 했다.

긴 침묵이 흐른 뒤, 그가 불쑥 이런 말을 했다. "그런 편지를 써주서서 정말 감사합니다." 그는 편지를 방금 받았다는 얘기를 하면서 쓸데없이 변명을 하느라 횡설수설했다. 나는 적어도 그가 아주 출중한 편지라는 말 정도는 해줄 수 있지 않나 생각했기 때문에, 잠시 또 말을 끊었던 그가 결국 이런 말을 했을 때 내가 얼마나 짜증이 났을지는 독자 여러분도 짐작할 수 있을 거라 믿는다. "저는 정말 깊은 감동을 받았답니다." 내가 추구했던 건 감동이 아니라 설득이었단 말이다. 감동적이었다니 그런 소리는 참을 수가 없다.

"선생께서는, 그 사고 이전에 일어났던 일들에 관한 기억들이 다 선생의 두뇌가 꾸며 낸 거짓일 가능성이 분명히 있다고 생각지 않으십니까?" 내가 물었다.

그는 날카롭게 한숨을 몰아쉬었다. "선생은 저를 정말 죄인으로 만드시네요."

"저는 바로 그런 기분이 들지 않게 해드리려 했던 건데요!"

"압니다. 그래서 이렇게 죄스러운 겁니다."

우리는 걷다가 발걸음을 멈췄다. 그는 불안하게 서서 지팡이로 단단한 젖은 모래를 쿡쿡 찌르고 있었다. "어떤 면에서, 선생의 이론은 대단히 적확합니다. 하지만 전개하다 만 게 문제지요. 제가 그 손에서 손금을 보지 못한 건 가능성이 아니라 사실입니다. 전 그 손

176

을 살펴본 적도 없습니다. 아예 존재하지도 않았으니까요. 저 역시 거기 없었습니다. 심지어 햄프셔에 사는 삼촌도 없습니다. 처음부터 없었어요."

나 역시 모래밭을 쿡쿡 쑤셔 댔다. "글쎄요." 나는 마침내 말했다. "좀 바보가 된 기분이 들긴 하네요."

"선생께 사죄할 자격도 없습니다만……."

"아, 그렇게까지 심란한 건 아닙니다. 다만 제게 이런 얘기를 아예 하지 않으셨다면 좋았을 거라는 생각이 들 뿐이죠."

"저 역시 그럴 필요가 없었다면 좋았을 거라 생각합니다. 어쩔 수 없이 그런 말씀을 드린 건, 선생의 친절 때문이었습니다. 제 양심에서 있지도 않은 짐을 내려놓으려 애쓰다 보니, 선생께 진짜로 죄를 짓게 된 거지요."

"죄송합니다. 그렇지만 작년에 제게 그렇게 양심을 맡기신 건 선생의 자유 의지였습니다. 아직도 어째서 그러셨는지 이해를 할 수가 없군요."

"네, 그러시겠지요. 전 선생의 이해를 바랄 자격도 없습니다. 그러나 이해해 주실 거라 생각합니다. 해명을 해도 될까요? 이미 제 독감에 대한 얘기는 충분히 하고도 남는다는 건 알지만, 안타깝게도 제 해명에서 독감 얘기를 뺄 수가 없을 것 같군요. 그러니까 제 가장 큰 약점은 — 작년에 말씀드렸지만 실제로도 그렇습니다 — 제 의지력입니다. 독감은 아시다시피 어김없이 사람의 약점을 파고들기 마련이지요. 상상력을 약화시키진 않는단 말입니다. 그런 건 헛된 바람일 뿐이지요. 안타깝게도, 제 상상력은 굉장히 기운이 넘칩니다! 보통 때는 상상력이 의지력의 지배를 받는답니다. 제 의지력은 상상력을 꾸준히 들볶아서 과하게 내달리지 않도록 제어하지요. 의지력이 잔소리를 할 기운마저 잃게 되면 상상력은 무서운 기세로 질주합니다. 어린아이처럼 되어 버리지요. 스스로에게 말도 안 되는 황당한 이야기들을 들려주기도 하고요. 문제는, 저도 모르게 그런 얘기들을 친구들에게 해 버리고야 만다는 겁니다. 독감 기운을 완전히 떨쳐 내기 전까지는 그 누구와도 어울려서는 안 되는 사람인 셈이지요. 저는 이 사실을 완벽하게 인지하고 있고, 그래서 몸이 완전히 나을 때까지 어딘가로 떠나 버리는 분별력을 갖고 있습니다. 대개는 여기로 오지요. 말도 안 되는 소리 같지만, 솔직히 말씀드리자면 작년에 우리가 이야기를 나누게 된 건 유감스럽게 생각하고 있습니다. 금세 제가 방심하고 기분에 휩쓸려 버릴 거라는 걸 알고 있었거든요. 선생께 경고를 드렸어야 했는지 모르지만, 저는 부끄럼을 많이 타는 사람이라서요. 게다가 선생께서 손금 얘기를 먼저 꺼내셨잖습니까. 손금을 믿으신다는 말씀을 하셨고요. 그래서 의아하게 생각했습니다. 한때 데바롤의 책을 읽기는 했습니다만, 굳이 말씀드리자면 정말이지 전부 다 아주 말도 안 되는 엉터리라고 생각했어요."

"그렇다면, 심지어 손금을 믿는다는 말씀도 사실이 아닙니까?" 나는 헉, 숨을 몰아쉬었다.

"전혀요. 그렇지만 그 말씀은 드릴 수가 없었어요. 손금을 믿는다는 말씀부터 하시고 나서 수상학을 비웃으셨잖아요. 선생께서 비웃으시는 동안에, 비웃지 못할 끔찍하게 훌륭한 이유를 갖고 있는 사내가 된 제 모습이 눈앞에 떠올랐습니다. 그리고 그 끔찍하게 훌륭한 이유가 섬광처럼 뇌리를 스치더군요. 이야기의 전말이 ─ 적어도 대략적인 윤곽은 말입니다 ─ 눈앞에 선명하게 그려졌습니다."

"그 전에는 한 번도 생각해 보지 않은 얘기란 말씀입니까?" 그는 고개를 저었다. 내 눈빛이 무섭게 번득였다. "그 모든 게 순전히 즉흥적으로 꾸며 낸 얘기라고요?"

"그렇습니다." 레이더가 겸손하게 말했다. "제가 그렇게 나쁜 사람입니다. 물론 선생께 그날 저녁 말씀드린 온갖 세세한 내용들마저 전부 그 순간 찰나적으로 떠올린 거라고 말하기는 어렵습니다. 전반적인 수상학 얘기를 하는 사이에 자세한 내용을 채워 넣었으니까요. 그리고 기다리면서 언제 들어가야 이 이야기의 효과를 극대화할 수 있을까 생각했지요. 또 당연히 실제 이야기를 하는 과정에서도 몇 가지 세부 사항을 덧붙여 넣었고요. 선생을 속이면서 제가 일말의 쾌감을 느꼈을 거라 생각지는 말아 주십시오. 독감을 앓은 후에 약해진 건 제 의지력이지, 양심이 아니었으니까요. 그저 제가 꾸며 낸 이야기를 들려주지 않고는, 그것도 최선의 능력을 다해 꾸며 내어 들려주지 않고는 못 배기는 사람일 뿐입니다. 하지만 그러면서도 마음속 깊이 부끄러움을 느낀답니다."

"부끄러운 건 선생의 능력이 아니겠지요?"

"아니요, 그것도 부끄럽지요." 그는 특유의 슬픈 미소를 띠고 말했다. "제가 처음 떠올린 아이디어를 제대로 구현하지 못한다는 느낌에 항상 시달리거든요."

"비평가로서 너무 엄격하십니다. 정말로요."

"참으로 친절한 말씀이십니다. 여러 모로 참으로 친절하신 분이세요. 선생께서 그렇게 본질적으로 세속적인 분인 줄 알았다면 — 그러니까 최선의 의미에서 말입니다 — 이렇게 만나 고백해야 하는 사태를 그토록 두려워하지 않아도 되었을 텐데. 그러나 선생의 도회적인 면면과 태평하신 태도를 저한테 유리하게 이용하진 않을 겁니다. 언젠가 독감을 앓지 않을 때 선생을 다른 곳에서 뵈면 제가 그렇게 바람직하지 못한 지인이 되진 않기를 바랍니다. 사실, 선생께서 저와 연루되는 건 제가 원치 않습니다. 제가 선생보다 나이가 많으니 저와 절교하라고 미리 경고를 해 두어도 결례가 되진 않겠지요."

물론 나는 이런 충고를 별로 대단치 않게 생각했다. 그러나 약화된 의지력을 가진 사람 치고 그는 확고한 결단을 보여 주었다. "선생께서는, 마음속 깊은 진심을 들여다보면, 언제 말도 안 되는 황당한 이야기를 늘어놓아 사람을 미혹시킬지 모를 사람과 함께 산책을 하며 계속 말을 섞고 싶지는 않으실 겁니다. 그리고 저 역시 누구든 기만하려고 들면서 저열하게 굴고 싶지 않습니다. 특히 제 실체를 꿰뚫어 볼 수 있도록 이렇게 고백까지 한 분께라면. 우리가 나누었던 두 번의 대화는 없었던 것으로 칩시다. 작년처럼 서로 고개

숙여 인사를 하되, 그것만 합시다. 모든 면에서 작년과 똑같이 지내
도록 합시다."

거의 즐겁다시피 한 미소를 띠고 그는 발굽을 축으로 빙글 돌아
서더니 거의 경쾌하다시피 한 발걸음으로 씩씩하게 멀어져 갔다.
나는 약간 기분이 심란해졌다. 그러나 적잖이 기쁘기도 했다. 휴식
같은 침묵, 매혹적인 자유 이런 것들을 어쨌든 박탈당하지 않아도
된다니. 내 심장이 레이더에게 감사를 했다. 그리고 그 주 내내 나
는 그가 우리를 위해 정해 준 체제를 충실히 따랐다. 모든 게 작년
과 꼭 같았다. 우리는 식당이나 끽연실을 드나들 때나 드넓은 백사
장 또는 작고 빛바랜 순회도서관이 있는 그 가게에서 서로 마주쳐
도 미소를 짓지 않았고, 그저 고개 숙여 인사만 했다.

그 한 주일 동안 한두 번쯤 어쩌면 레이더는 첫 번째 만남에서 단
순한 진실을 말했고 두 번째 만났을 때 기발한 거짓말을 했을지도
모르겠다는 생각이 내 뇌리를 스쳤다. 그런 가능성에 얼굴이 찌푸
려졌다. 누가 되었든 나를 귀찮아서 떨쳐 내고 싶어한다는 생각 자
체가 불쾌하기 짝이 없었다. 그러나 내 마음을 달래 줄 일이 곧 생
기게 되어 있었다. 나는 전례를 충실히 지킨다는 의미에서 내가 마
지막으로 그곳에서 묵는 날 밤 작은 끽연실에서 그와 나, 둘이서 대
화를 나누자고 제안했다. 우리는 매우 기분 좋게 대화를 나누었다.
그러다가 시간이 좀 흐른 뒤 나는 어쩌다 보니 오늘 오후 바닷가에
바짝 붙어 날아가는 무수한 갈매기들을 보았다는 이야기를 하게
되었다.

"갈매기요?" 레이더가 의자에서 돌아앉으며 말했다.

"그래요. 갈매기 날개에 빛이 반사되면 얼마나 기가 막히게 아름다운지 전에는 미처 몰랐던 것 같습니다."

"아름답다고요?" 레이더는 나를 재빨리 흘긋 보더니 시선을 돌렸다. "선생께서는 아름답다고 생각하십니까?"

"그럼요."

"글쎄요, 그럴지도 모르지요. 그래요. 아마 아름다울 겁니다. 그렇지만 저는 갈매기는 보기도 싫습니다. 늘 뭔가 떠오르거든요. 예전에 제가 겪은 굉장히 끔찍한 일 말이지요……."

그건 정말로 굉장히 끔찍한 일이었다.

'사보나롤라' 브라운

1917년

그 친구를 처음 이렇게 부른 사람이 바로 나라는 사실을 적어 두고 싶다. '사보나롤라'[1] 브라운. 이렇게 부르면 그는 늘 싫어하는 척하면서도, 은근히 즐기며 계속 그렇게 부르도록 부추기기도 했기 때문이다.

---

1) 지롤라모 사보나롤라(Girolamo Savonarola, 1452~1498)는 이탈리아 도미니코회 수도사이자 종교 개혁가이다. 메디치 가문이 지배하는 피렌체 사회를 통렬히 비판하며 교회 개혁을 역설하였고, 예언자적 설교로 시민들의 열렬한 지지를 얻었다. 특히 샤를 8세의 남하로 메디치 가문이 피렌체에서 쫓겨나자 피렌체 최고의 정치 지도자가 되었다. 그러나 이교적인 미술품 및 서적 등을 불태운 '허영의 소각' 등 과격한 방법을 취하여 반감을 샀고, 도덕적이고 금욕적인 가르침만을 강조함으로써 점차 시민들의 지지를 잃었다. 여기에 프랑스군의 철수와 함께 반대 세력이 우세해지자, 교황 알렉산데르 6세는 사사건건 비판을 일삼는 사보나롤라를 붙잡아 화형 선고를 내렸고 그는 시민들의 야유 속에 화형되었다.

여기 담긴 의미와는 전혀 별개로, 그 친구에게는 이 별명을 환영할 이유가 있었다. 본명이 그다지 훌륭하지 않았던 탓이다. 그가 태어날 무렵 그의 부모는 W의 래드브로크 크레슨트2)에 살았다. 그들은 유난히 상상력이 부족한 사람이었음에 틀림없다. 자식 이름으로 래드브로크 말고는 더 나은 이름을 생각해 낼 수 없었으니 말이다. 그래도 래드브로크가 학교에 가기 전까지는 아무 문제가 없었다. 하지만 신입생 중에 크레슨트에서 이름을 딴 아이가 있다는 것을 알고 우리 남자아이들이 얼마나 화가 나기도 하고 신나기도 했을지 쉽게 상상할 수 있을 것이다. 요즘은 어떤지 모르겠지만, 35년 전 남자아이들은 기독교식 이름은 무엇이든 남자답지 못하다고 생각했다. 우리 모두가 이런 못마땅한 이름을 가졌으니, 특이한 이름을 가진 아이라면 누구든 놀려 주려고 안간힘을 썼다. 짧지만 특이한 기독교식 이름을 가진 나는 첫 학기에 많은 고생을 겪었다. 따라서 두 번째 학기가 시작할 무렵 브라운이 입학한 것은 나로서는 매우 반가운 일이었고, 미안한 일이지만 그를 괴롭히던 아이들 가운데서 내가 열심히 앞장섰던 것 같기도 하다. 트라팔가 브라운, 토트넘 코트 브라운, 본드 브라운. 우리 장난꾸러기들은 런던 주소록에서 온갖 이름을 다 갖다 그에게 붙여 주었다. 이렇게 괴롭혀 준 것을 제외하면 당시의 그는 별로 기억에 남아 있지 않지만, 기억나는 것 중 중요한 하나는 그가 이미 문학에 우수한 통찰력을 보여 주었

____

2) 반원형으로 늘어선 주택 단지.

다는 것이다. 카르투지오 수도회 학교의 우리 대다수에게 문학이란 북쪽에는 와이트 멜빌,3) 남쪽에는 홀리 스마트,4) 동쪽으로도 멜빌, 서쪽으로도 스마트 정도가 전부였다. 하지만 어린 시절 브라운은 해리슨 에인즈워스,5) 윌키 콜린스,6) 그 밖에도 우리가 만약 읽었다면 너무 '난해'하다며 집어치웠을 다른 작가들의 책을 읽었다. 아서 사이먼스7) 씨는 "모든 예술은 도피의 방식이다"라고 말했다. 하지만 문학은 브라운이 원하는 만큼 도피처를 제공해 주지 못했다. 3학기부터 다시 나타나지 않았던 것이다. 그의 부모는 결국 그 이름을 붙여 준 보상을 해 준 셈이다. 비록 상상력은 없었지만 아들이 전하는 슬픈 이야기를 정황상 이해할 수 있었던지, 가정 교사를 채용해 주었던 것이다. 그리고 15년이 지난 뒤, 나는 그를 우연히 다시 만났다.

어떤 연극이 상연을 시작한 지 이틀째 되던 밤이었다. 나는 「새터데이 리뷰」지의 연극 비평가였고, 상연 첫날 똑같은 사람을 자꾸 만나는 것이 지겨워 극장주에게 이틀째 공연의 표를 받을 수 있을지 부탁하는 서신을 보내 두었다. 첫날 모이는 사람들만큼이나 둘째 날에 모이는 사람들도 독특하고, 일정했다. 둘째 날의 관객들

---

3) George Whyte-Melville(1821~1878). 스코틀랜드의 소설가.

4) Henry Hawley Smart(1833~1893). 영국의 군인이자 소설가.

5) William Harrison Ainsworth(1802~1882). 영국의 소설가.

6) William Wilkie Collins(1824~1889). 영국의 소설가이자 극작가.

7) Arthur Symons(1865~1945). 영국의 시인이자 비평가.

에게는 '화려함'이 덜했다. 반면 그들은 남에게 보이러 오는 것이 아니라 스스로 보러 온 것이었으므로, 진지하면서도 기대에 차 있는 분위기가 좋았다. 나는 영국 연극의 미래에 대해 많은 글을 썼는데, 그들도 나름대로 그 문제에 대해 많이 생각하고 이야기했다. 책과 그림을 좋아하는 사람들은 현재에서 흥미와 기쁨을 많이 찾는다. 하지만 뒤로 물러나(혹은 앞으로 물러난다는 표현이 맞을까?) 늘 미래를 생각하는 이들은 연극을 공부하는 학생뿐이다. 둘째 날 관객들은 공연을 보러 오는 사람들이기는 하지만, 기대를 버리지 않고 기도하는 편에 속한다. 브라운의 꿈꾸는 듯한 눈빛만 보고도, 상습적으로 둘째 날 극장을 찾는 관객임을 알아보았을 것이다.

놀라운 것은 그 친구가 브라운이라는 걸 알아보았다는 사실이다. 그사이 15년의 세월 동안 브라운은 별로 자라지 않았다. 여전히 이마는 몸집과 비례하지 않았고, 무슨 행동이든 '상습적'으로 하기에는 너무 어려 보였다. 어쨌든 지난 10년 동안 그가 한 번도 내 마음에 떠오르거나, 양심을 건드린 적이 없는 것도 사실이다.

나와 다른 아이들이 그의 악몽에 등장하기를 오래전에 그만두었기를 바란다. 악수를 청한 내 손길이 정다웠고 전체적인 태도도 매우 정중했건만, 그는 내가 언제라도 마구 뛰어다니면서 입술을 내밀고 세븐 시스터스 브라운이니 하는 별명을 부르기 시작할까 두려운 표정이었다. 둘째 날의 만남이 계속되며 막간에 연극의 미래에 관해 숱한 대화를 나누고서야 그 친구는 나를 신뢰하기 시작했다. 시간이 지나면서 우리는 늘 함께 걸어서 귀가하게 되었는데, 집으로 가는 길이 갈리는 컴버랜드 플레이스까지 그렇게 걸어갔다. 그 친구는 그때까지 부모님과 함께 살고 있다는 것을 알게 되었지만, 어딘지는 이야기해 주지 않았다. 신사 명부를 찾아보니 래드브로크 크레슨트에서 이사를 하지 않았던 탓이다.

그와 함께 있으면 기발한 생각이 떠오르기보다는 마음이 편안했다. 그는 작은 정부 사무소 한 곳에서 서기로 일했고, 둘째 날 공연을 보러 나오는 날 이외에는 밤이면 책을 읽거나 글을 썼다. 그는 사람들이 사는 이야기는 잘 알지도 못하는 것 같았고, 알려는 마음도 없는 것 같았다. 그의 관심사는 처음 나온 책과 둘째 날의 연극 공연이었다. 종교와 윤리학의 문제에 대해서는 사람에 대해 관심 없듯 무관심한 것 같았다. 그러니 (비록 그가 희곡을 쓰고 있거나, 쓸 생각을 갖고 있으리라 진작 짐작은 했지만) 사보나롤라에 대한 연극을 쓸 생각이라는 말을 듣고 놀랐다.

하지만 그가 처음 관심을 갖게 된 것은 사보나롤라라는 사람이 아니라 그 이름이었다. 그는 그 이름이 자체로 무운시(無韻詩) 형식을 맞추는 데 큰 도움이 된다고 했다. 그가 그 이름을 천천히, 평소보다 훨씬 굵은 목소리로 말하는 바람에 나는 웃음을 터뜨릴 뻔했다. 그 친구가 그 이름의 주인을 존경하는 것은 아니었고, 그를 주인공으로 삼은 것도 순전히 우연이라고 했다. 그는 사르다나팔로스[8]에 관한 비극을 쓰려고 했다. 하지만 사르다나팔로스에 관련된

---

8) 고대 아시리아의 마지막 왕 아슈르바니팔의 희랍어식 이름.

사실을 찾아보려던 『브리태니커 백과사전』의 해당 권이 펼쳐져 있던 페이지에 사보나롤라가 있었다는 것이다. 그래서 그의 마음이 갑자기, 완전히 바뀌었다. 그는 백과사전의 그 항목을 꼼꼼히 읽었고, 거기서 참고 문헌으로 언급한 책 두어 권도 보았다고 했다. 그는 그렇게 찾아본 것을 후회하는 눈치였다. "사실은 방해가 된단 말이야." 그가 불평했다. "역사와 희곡은 별개거든. 아리스토텔레스는 희곡이 사람이 한 일뿐만 아니라, 할 일을 보여 주기 때문에 역사보다 더 철학적이라고 했지. 참 맞는 말이라고 생각해. 그렇지 않나? 사보나롤라가 할 수도 있었던 일을 보여 주고 싶은데. 만약……." 그는 말을 멈췄다.

"만약 뭐?"

"뭐, 예를 들면 그렇다는 거지. 그건 아직 결정하지 않았어. 줄거리가 결정되면 곧바로 쓸 거야."

나는 그가 비극을 상연용이 아니라 연구용으로 생각하는 줄 알았다고 했다. 그 말에 그는 기분이 상한 모양이었다. 그래서 극장주들이 "여성들의 관심을 강하게 끌 요소"가 없는 연극은 항상 기피하기 때문에 한 말이라고 해명했다. 이 말에 그는 염려스러운 표정을 지었다. 나는 극장주는 신경 쓰지 말라고 조언했다. 그는 사보나롤라만 생각하겠다고 약속했다.

그가 그 약속을 정확히 지킨 것은 아님을 이제 나도 알고 있다. 몇 주 뒤, 그가 그 희곡을 쓰기 시작했다고 말했을 때 약간 어색한 기분을 느꼈을지도 모르겠다. "처음을 어떻게 할지 문득 떠올랐는데, 그거면 시작하기에는 충분할 거야." 그가 말했다. "미리 줄거리를 짜 놓겠다는 생각을 버렸어. 그건 잘못된 생각 같아. 꼭두각시 인형놀이를 원하는 게 아니니까. 사보나롤라가 나름대로 자기 운명을 헤쳐 나가야 해. 처음을 어떻게 할지 정했으니, 사보나롤라가 원하는 대로 살아가게 두면 돼. 그렇게 할 수 있었으면 좋겠어. 일단 그가 살아나면 나는 방해하지 않을 거야. 그저 지켜보기만 해야지. 그러면 재미있지 않을까? 사보나롤라는 아직 살아나지 않았어. 하지만 시간은 많으니까. 있잖아, 막이 오르면 사보나롤라가 나오는 게 아니야. 수도승 한 명이랑 교회지기 한 명이 나와서 사보나롤라 이야기를 하는 거지. 그들이 이야기를 마치면, 그가 살아날 거야. 하지만 그들의 대사는 아직 끝나지 않았어. 그렇다고 말을 아주 많이 하진 않을 테지만. 그래도 나는 글을 천천히 쓰거든."

어느 날 저녁, 그 친구가 나를 한쪽으로 데려가더니 목소리를 낮추고 "사보나롤라가 나왔네. 살아났어!"라고 말할 때 느꼈던 부드러운 전율이 기억난다. 독자 여러분과 달리 다음에 실은 원고가 내게는 관심의 대상이었으므로, 그 작가가 그것을 쓰던 아홉 해 동안의 만남을 떠올리면 가슴이 뛴다. 그 친구는 만나기만 하면 진척 내용을, 혹은 진척이 없었음을 알려 주었다. 정확히 무슨 내용이 진행되는지, 혹은 어디서 막혔는지는 알려 주지 않았다. 사보나롤라가 등장한 이후로, 그 친구는 어떤 인물이 등장하고 있는지 한 번도 알려 주지 않았다. "온갖 사람들이 나와." 한번은 어쩔 수 없다는 듯 그가 이렇게 말했다. "나오겠다고 고집을 부리는걸. 막을 수가 없어." 나는 창작이란 굉장히 재미있을 것 같다는 이야기를 여러 차례 했다. 하지만 그는 그 말에 늘 고개를 저었다. "내가 창작하는 게 아니야. 인물들이 하지. 물론, 사보나롤라가 특히 그렇고. 나는 그냥 구경하면서 기록할 뿐인걸. 다음에 무슨 일이 일어날지는 전혀 몰라." 그는 어쨌든 마지막에 일어난 일을 안다는 점에서 나보다 유리했다. 하지만 조금만이라도 알려 달라고 부탁할 때마다, 그는 다시 고개를 젓곤 했다.

"전체로 판단해야 해. 5막을 마칠 때까지 기다려 줘."

세월이 지나면서 어찌나 안달이 나던지 공연 이틀째 밤에 그 친구가 나타나는 것이 싫어졌다. 그렇게 연극을 볼 시간에 앉아서 글을 써야 할 것 같았다. 그때 나는 장래가 걱정되는 연극은 그의 작품뿐이라고 말하곤 했다. 사실 그 친구도 둘째 밤 관객의 진정한 자세를 잃고, 연극을 보러 오기보다는 남에게 자기 모습을 보이러 왔던 것 같다. 객석에 들어서면 여기저기서 "저 사람은 누구지?"라고 묻고, "아, 자네 모르나? '사보나롤라 브라운'이야"라고 대답한다는 사실을 내심 즐겼다. 하지만 그렇다고 해도, 내가 알던 겸손하고 솔직한 친구가 사라진 것은 아니었다. 속으로는 짜증도 나겠지만, 브라운은 내가 늘어놓는 조언을 늘 귀담아 들었다. 조바심 많고 상상력이 없어 결말을 정하지 않고서는 한 글자도 쓸 수 없는 나로서는 언젠가는 브라운이 방향을 잘못 잡아 끝을 내지 못하는 것이 아닐까 늘 염려스러웠다. 1909년 봄의 어느 저녁, 브라운이 4막을 마쳤다고 했을 때, 반가운 마음에 이런 두려움이 기어들었다. 과연 5막은 무사히 완성될 것인가?

그 친구는 좀 풀이 죽은 표정이었다. 그래서 극장에서 걸어 나오는 길에 내가 이렇게 말했다. "새커리가 '대령을 죽였을 때'[9]랑 비슷한 기분이 드는가 보군."

"그런 건 아니야." 브라운이 대답했다. "하지만 사보나롤라는 이제 곧 죽을 테지. 두 해쯤 지나면 말이야. 그렇게 생각하니 정말 좀 서운해. 그 사람에게 활기가 넘쳐서 그러는 것만은 아니야. 요즘은 훨씬 더 인간적이 되기도 했거든. 처음에는 그를 존경하기만 했는데. 이제는 진짜 애정을 느끼고 있어."

마침내 흥미로운 사실을 알게 되었지만, 나는 점점 두려워지는 사태에 관한 화제로 방향을 돌렸다.

"그 사람이 어떻게 죽을 건지, 생각해 둔 게 있나?" 내가 물었다.

브라운은 고개를 저었다.

"하지만 비극에서는, 단계적으로 파국에 다다라야지." 내가 말했다. "브라운, 주인공의 최후는 논리적으로 이해할 수 있어야 해."

"그걸 모르겠어." 피커딜리 서커스를 가로지르며 그가 말했다. "현실에서는 그렇지 않잖아. 지금 이 순간에 자동차 한 대가 나를 치고 지나가 죽인다면 어떻게 막을 수 있겠어?"

그 순간, 나로서는 정말 이상한 우연으로, 극작가라면 반드시 피

---

9) 윌리엄 새커리의 소설 『뉴컴가(家)』는 주인공인 토머스 뉴컴 대령의 죽음으로 끝을 맺는다.

해야 할 사건으로 여겨지는 일이 벌어졌다. 자동차 한 대가 브라운을 치는 바람에 그 친구가 죽었던 것이다.

그가 유언장에 자신의 작품을 처리할 사람으로 나를 지목해 둔 것은 나중에 알게 되었다. 그리하여 그의 별명을 지어 준 미완성 유고가 내 손에 들어왔다.

실망했다고 말하고 싶지는 않지만, 솔직히 전반적으로 실망했음을 고백하는 바이다. 브라운이 이 작품을 빨리 써서 우리가 처음 이야기를 나눈 직후에 읽어 주었더라면, 내 기대를 넘어설 수도 있었을 것이다. 하지만 그 오랜 세월 동안 말없이 꾸준히 작품에 전념했다는 이유만으로, 그는 내게 일종의 영웅이 되어 버렸다. 게다가 그가 무슨 작업을 하고 있는지 도무지 알 수 없다는 미스터리 자체가, 미지의 대상이 늘 그렇듯 장대한 작품이 될 것이라는 기대를 심어 주기도 했다.

하지만 그렇다 하더라도 이 작품이 자체로 지니는 큰 장점을 내가 모르는 바도 아니다. 시극의 작가는 극작가인 동시에 시인이 되어야 한다. 이 작품은 놀라운 사건이 줄줄이 등장하는 극이며 동시에 운율이 맞지 않는 행이 단 한 줄도 없는 시이다. 다른 곳에서라면 이런 작품에 전율을 느끼거나 안도감을 느끼지 않았을 것이다. 브라운이 부모의 끔찍한 상상력 부족을 물려받았다는 말까지는 하지 않겠다. 하지만 그가 감상에 대해 조금만 덜 예민했든가, 아니면 고전극이든 현대극이든 시극을 좀 덜 보고 덜 읽었더라면 좋았을 것 같다. 그의 꿈꾸는 듯 빛나는 눈빛을 기억하고, 나와 마찬가지로 현존하는 모든 극작가와 엘리자베스 시대의 위대한 작가들의 작품에 만족하지 못했음을 기억한다면, 그가 남의 작품을 이렇게 모방한 것이 신기할 지경이다.

또한 시나리오를 미리 정해 두지 않겠다는 결정도 철회하는 편이 나았다는 생각을 금할 수 없다. 극작가가 인물들을 먼저 살려 낸 뒤, 마음대로 하도록 내버려 두어야 한다는 가설이 틀린 것은 아니다. 하지만 브라운이 그들에게 부여한 믿음이 잘못되었다는 느낌이 강하게 든다. 그토록 오랜 세월의 노력에도 즉흥적으로 썼다는 느낌이 들 뿐이다. 1막이 지나면 사보나롤라도 완전히 일관성이 없는 인물이 된다. 그 역시 그저 햄릿처럼 복잡할 뿐이다. 4막에서는 정말로 사보나롤라에게서 햄릿의 흔적이 보인다. 그래서 브라운이 스스로 "더 인간적"이 되었다고 느낀 것이지 싶다. 내게 사보나롤라는 더 불쌍한 인간으로 보일 따름이다.

하지만 서론은 이제 그만. 가련한 브라운을 위해, 여러분이 실망하지 않기를 바라는 마음에서, 기대치를 낮추려 너무 애쓰다가 오히려 역효과를 내는 것은 아닌지 모르겠다. 자, 작품을 감상하시라.

사보나롤라

(비극)

L. 브라운 지음

제1막

장소 : 피렌체, 산마르코 수도원10)의 어느 방.
때 : 1490년의 어느 여름날.

교회지기와 수도사 입장.

교회지기 : 오늘 사보나롤라는 다른 날보다
더 우울해 보이는군요. 솔직히 말하면,
사람들의 등짝을 후려칠
새로운 채찍을 궁리하는 게 아닌가 싶어요.

수도승 : 정말 그렇군요.
필리포 형제가 어젯밤 그 사람이,
아르노 강 위로 동이 틀 때까지
혼자서 철야 기도를 드리는 걸 보았다는데,
그 얼굴은 마치 연옥에 갇힌 사람, 아니

____

10) 사보나롤라는 이 수도원 원장이었다.

194

지옥 불 한가운데 빠진 사람의 얼굴 같았다고 했지요.

교회지기 : 먼 옛날 그가 속세의 야회에서 만난
어느 여인의 얼굴이라도 어른거리는 것이 아닐지,
그 얼굴이 여기까지 따라와 피렌체 사람들에게
더 불같이 화를 내라고 부추기는 것이 아닐까요.

수도승 : 상사병에 걸린 사보나롤라라니! 하, 하, 하!
상사병? 그자가 상사병이라고? 이게 무슨 헛소리?
저 작자는 여자를 혐오하기로 유명한데, 애인이라니!
어디서 약초를 잘못 먹고 이성이 마비되었나 보군요.
내 장담하는데 사보나롤라는 여자라면 모두 경멸했을 겁니다.
쉿! 저기 오는군요. (생각에 잠긴 사보나롤라 입장.)
좋은 하룹니다, 형제여.

교회지기 : 하늘이 보우하사,
그대가 가슴속에 품은 일을 꾸미기 전까지는
나날이 좋은 하루겠지요.

사보나롤라 : 고맙지만, 형제여,
고맙지 않군요. 내게 감사하는 마음이 있다면
하늘에만 바쳐야 하니.

수도승 : (교회지기에게) 그의 말은 맞습니다.

사보나롤라가 저렇게 말하지 않았다면,

그답지 않다고 여기겠지요. 저 아펜니노 산맥에

성모 마리아의 옷자락처럼 흰 눈이 쌓여 있어도

햇빛에 녹지 않고 담금질한 무쇠보다 더 강하게 버티듯,

이 하얀 얼굴에 말라빠진 수도승은 하늘만 바라보고 살지요.

저 융통성 없고 엄격한 성품을 통제하는

가파른 생각들을 하늘에만 바치고 말입니다.

교회지기 : 그렇습죠.

(루크레치아 보르자,11) 아시시의 성 프란체스코,12) 레오나르도 다빈
치 입장. 루크레치아는 두꺼운 베일로 얼굴을 가리고 있다.)

---

11) Lucrezia Borgia(1418~1519). 교황 알렉산데르 6세와 그의 정부 반노차 카타네
   이 사이에 태어난 외딸이다. 교황인 아버지와 전제 군주인 오빠 체사레 보르
   자는 가문의 세력을 넓히기 위해 그녀를 세 번이나 정략결혼시켰다. 15세기
   이탈리아의 막강한 귀족 가문이었던 보르자 가문은 그 영향력만큼이나 정치
   적 음모, 도덕적 타락과 추문으로도 유명한데, 루크레치아 역시 생애 내내 근
   친상간의 소문이 끊이지 않았다. 매우 아름다웠다고 전해지는 그녀를 그린 것
   으로 추정되는 여러 미술 작품이 남아 있다.
12) San Francesco d'Assisi(1182~1226). 이탈리아 아시시 출신의 가톨릭교회 성인.
   프란체스코 탁발 수도회를 창립하였으며, 평생 가난하게 살면서 청빈주의 수
   도 생활의 이상을 실천하였다.

196

성 프란체스코 : 바로 여기군요.

루크레치아 : (사보나롤라를 가리키며) 그리고 이 사람이군요!
(방백으로) 그리고 나는…… 혈관에 흐르는 뜨거운 피에 대고,
어쩔 수 없이 맹세컨대, 바로 그 여자고!

사보나롤라 : 방종한 이자가 누구인가?

(루크레치아가 두건을 젖히고 얼굴을 드러낸다. 사보나롤라는 그녀
를 빤히 쳐다본다.)

성 프란체스코 : 조용하시오! 이 아가씨는 내 자매님이오.
이 아가씨가 아직 죽이지 않은 모든 자들이
사랑해 마지않는 독살자이시오. 여기까지 자매님은
또 다른 내 작은 자매님인 성장한 암말을 타고서 찾아왔소.
이 아가씨는, 루크레치아 자매님 말이오,
마음에 걸리는 일이 있다며
그대와 이야기를 나누고 싶다고 했소.

사보나롤라 : (루크레치아에게) 저리! 꺼지시오!
사보나롤라는 여인의 용모에 유혹받지 않을 거요,
제아무리 아름답다 해도. 그러니 모든 희망을 버리시오.
명령이오, 내 뒤로 물러나라, 사탄아!

레오나르도 : 이보오, 말씀이 너무 성급하시오.

수도승이 늘 그렇듯 말이오. 루크레치아의 미모는

내 생각엔 그대보다 더 똑똑한 사람들의 눈도

꼼짝없이 사로잡는단 말이오.

나는 예술가요, 기술자인지라

이 세상이 어찌 될지 꿈을 꾸는 사람이오.

언젠가는 사람들이 말이 아닌 기름이 끄는

의자에 앉아 땅을 다니는 날이 올 거요.

그리고 세상을 마치 새처럼 날아다닐 날이 올 거요.

루크레치아 : 친구여, 그럴지도 모르지요.

아닐지도 모르고요. (사보나롤라에게) 우리 용건 말인데,

수도사님이 꼭 이야기를 들어 주시길 바랍니다.

당장에.

수도승 : 오, 저기 알리기에리가 오는군요!

아직 파르마에 있는 줄 알았더니.

(단테 입장.)

성 프란체스코 : (단테에게) 우리 베아트리체 자매님은 어찌 지냅니

까?

단테 : 아아, 일주일 전에 죽었습니다.

성 프란체스코 : 그랬어요?
인간의 위로가 소용이 된다면,
내 위로를 받으세요.

단테 : 아무 소용이 없습니다.

사보나롤라 : (루크레치아에게)
듣고 싶지 않습니다.

루크레치아 : 그럼 왜 물었을 때
바로 그렇게 말하지 않았지요?

사보나롤라 : 알리기에리의 등장으로
방해받은 걸 잘 알고 있지 않습니까.
(밖에서 소음. 교황당원과 황제당원13)이 싸우며 입장.)
이건 무슨 소동이지?

루크레치아 : 이렇게 외딴 수도원에서

____

13) 중세 이탈리아에서 독일 황제 편을 들어 교황당원과 맞선 이들.

이렇게 많은 일이 벌어질지는 몰랐네요. 홀로
사보나롤라를 찾아내 적적한 독방에서
그를 유혹할 생각이었는데. 그러기는커녕
날 무시하다니? 나 루크레치아라고.
옛일을 잊었나요? 오, 이런 저주스러운 일이!
그건 뭐지? 빨리! 이건 내 노리개, 내 장신구,
요람에서, 그래, 내 어머니의 품 안에서
울면서 조르던 것들인데. 이럴 순 없어,
이럴 리는 없어, 내 눈을 믿을 수가 없어.
게다가 나는 보르자 집안의 딸이야!
그렇다고들 했어. 거짓말쟁이들, 아첨꾼들 같으니!
얼간이들! 그럼 대체 그건 어디에 있지?
이제 가 봐야겠군. 안녕히, 수도사님.
하지만 해가 지기 전에 복수하겠어요.

(루크레치아, 성 프란체스코, 레오나르도 퇴장. 단테도 퇴장. 루크레
치아가 시야에서 사라지는 것을 본 사보나롤라, 무릎을 꿇고 흐느낀
다. 수도승과 교회지기, 놀란 표정으로 그를 쳐다본다. 교황당원과
황제당원들이 계속 싸우는 가운데 막이 내린다.)

제2막

때 : 같은 날 오후.

장소 : 루크레치아의 작업실. 증류기와 시험관 등. 조그만 르네상스
식 탁자 위에 커다란 독약 그릇이 놓여 있고, 첫째 견습생이 내용물을
젓고 있다. 둘째 견습생은 옆에서 보고 있다.

둘째 견습생 : 이 약은 누구 몫인가요?

첫째 견습생 : 나도 모르지.
루크레치아 아가씨는 만드는 법만
내게 알려 주셨을 뿐이야.
나는 그 내용만 따르고. 스페치아 만에서만
찾을 수 있는 독하고 치명적인 약초로 만든 거야.
작은 병으로 한 병만 있으면
무장한 말라테스타의 용병 연대 전체를
몰살시킬 수도 있다지.
둘째 견습생 : 그건 얼마든지 믿겠어요.
저 시커멓게 미끈거리는 표면에
자주색 거품이 부글거리는 걸 좀 봐요!

(루크레치아 입장.)

루크레치아 : 다 됐나, 슬러거드?

첫째 견습생 : 아가씨, 꼭 알맞게 되었습니다.

루크레치아 : 그렇지 않았다면, 내 손으로 그걸

네놈 목구멍에다 들이부었을 게다.

자, 여기 솜씨 좋게 만든 금반지가 있다.

어느 어두운 밤, 베키오 다리의 금세공사에게서 산 것이지.

가게는 작고, 그자는 늙은이였지.

그 가게 천장 대들보에 거미들이 몇 해째 거미줄을 쳐 놓아서

요정들이 나오는 숲 속 어두운 곳에 아른거리는 거미줄 같았으나

이제는 먼지가 내려앉아 우울하게 축 처져 있었지.

자, 이 반지를 잘 봐! 여길 만지면, 그 약이

세 방울 들어갈 틈이 생겨나지.

잘 듣고 있나? 그러니 이걸 손에 끼는 자는

누구든지 죽는 거야. 그자의 영혼은 몸뚱이에서 나가

지옥이나 천국으로 가는 것이지.

이 물건을 가져가 세 방울을 넣어라.

(첫째 견습생에게 반지를 넘겨주고 앞으로 나온다.)

자, 사보나롤라여, 내가 한 말은

꼭 지킨다는 사실을 알려 주마.

오늘의 태양이 서쪽으로 지기 전에

그대는 란치 회랑14)에서 나와

시뇨리아 광장에 모인 사람들에게 설교를 할 테지.

---

14) 시뇨리아 광장 한쪽에 있는 회랑.

나, 그대의 루크레치아는 그 계단에 서서

그대의 설교를 영원히 막아 버릴 듣기 좋은 말을 건넬 거야.

오, 홀리는 말솜씨를 가졌으나 내 이 작은 입술을,

연인들이 하듯 만나지 못하는 그 입이여.

오, 그 얇고, 차갑고, 꼭 다문, 핏기 없는 입술이여.

그럼에도 내 이 도시의 모든 사람들의 입술 중에

가장 위대하다 여기는 입술이여.

(보르자 집안의 광대 입장.)

흠, 광대야, 새로운 소식은 뭐지?

광대 : 아리스토텔레스의 소식이든 제논의 소식이든 말입죠, 아가씨,

새로운 것도 마지막 것도 아니라오.

하릴없는 말장난을 하자면

구두장이가 마지막까지 구두를 지었을 때

최신 신발이 마지막이 되는 거 아니겠소.

어이쿠, 내가 헛소리만 하고 있네.

그래도 내 풍자가 찌르는 자갈돌은 또

사람들이 길에다 찔러 박아 둔 거니까.15)

루크레치아 : 식료품 장수의 조끼에 까마귀 몇 마리가 둥지를 틀었지?

---

15) 구두장이라는 뜻의 cobbler, 자갈돌의 cobble, 그리고 stick이라는 영단어의 다
   양한 의미를 사용하여 무료한 말장난을 한 것.

광대 : 새벽녘엔 열두 마리, 천랑성이 뜰 때는 이슬 때문에 그보다 적게
둥지를 틀었지요. 괴혈병에 걸린 사람들에게 잔뜩 내린 이슬 말이에요.

루크레치아 : (첫째 견습생에게) 광대가 얼간이 같아.

광대 : 비밀스러운 추론에 따르면, 쇤네는 루크레치아 아가씨와 쌍둥
입죠!
(노래.)
정원 담벼락에 풋배가 달려 있을 때,
이리 흔들, 저리 흔들, 흔들흔들.
너희 처녀 총각들은 장난을 치며,
이리 흔들, 저리 흔들, 흔들흔들.

하지만 숲에서 티티새가 날아오를 때,
이리 흔들, 저리 흔들, 흔들흔들.
물새들이 앞일을 내다볼 때지,
이리 흔들, 저리 흔들, 흔들흔들.

(문지기 입장.)

문지기 : 친애하는 아가씨, 저 아래서
아가씨를 당장 만나겠다는 자가 있습니다.

아가씨께서는 출타 중이라고 했습니다.
하지만 소용없습니다!
안 계시다는 말은 듣지 않습니다.

루크레치아 : 그래? 어떤 자인데?

문지기 : 처음 보는 자입니다.
수도사 옷을 입었고, 커다란 눈이
표범처럼 깊숙한 눈두덩에서 저를 노려보았습니다.
마치 동굴에서 튀어나오기 전에
겁내는 먹잇감을 노려보듯이.

루크레치아 : 이름이 뭐라더냐?

문지기 : (잠시 침묵.) 무슨…… 롤라라고 했습니다.

루크레치아 : 사보나?
(문지기 고개를 끄덕인다.)
들여보내라.

(문지기 퇴장.)

광대 : 그자가 별자리를 잘 본다면, 땅에서 행해지는 진정한 학문에는

더 큰 바보. 그러니 아가씨, 목청을 더 돋우는 게 좋겠지요.

(노래.)

집으로 가거라, 귀여운 것아.

울 것 없다,

목매는 밧줄은

연인의 것이 아니니,

연인의 것이 아니니,

힘차게, 힘차게, 달아나거라.

물푸레나무가 빛나는 동안에는

장작을 패지 마라,

가장 높게 자란 풀이

연인이 벨 풀,

연인이 벨 풀이니.

힘차게, 힘차게, 달아나거라.

(문지기, 사보나롤라와 함께 재입장. 문지기와 광대, 두 견습생 퇴장.)

사보나롤라 : 나는 이제 수도승이 아니오. 속세의 한 남자요.

(수도사 옷을 벗어 던지고, 르네상스 시대 귀족 복장으로 나선다. 루크레치아가 그를 위아래로 훑어본다.)

206

루크레치아 : 참 볼품없는 꼴이군요.

사보나롤라 : 그건 하찮은 일이오.
사랑합니다, 아가씨.

루크레치아 : 제 생각엔 그거야말로 하찮은 일이에요.
그렇게 차려입은 꼴을 보자 당신에 대한 사랑이 사라져 버렸으니.
가서 종아리에 천 뭉치라도 넣어요!
그러면 혹시라도, 운이 좋아서
어느 하녀라도 잡을 수 있을지 모르니까.

사보나롤라 : 내게 할 말이 그것뿐이오?

루크레치아 : 그래요.

사보나롤라 : 나를 버린 겁니까?

루크레치아 : 그래요.

사보나롤라 : 그렇군요.
(다시 수도사 옷을 입는다.)
다시 사보나롤라로 돌아왔군.

루크레치아 : 그리고 그에 대한 내 사랑도 돌아왔어요.
천 배가 되어서!

사보나롤라 : 너무 늦었소! 남자로서 자존심이
돌이킬 수 없이 상해 버렸으니. 신자들이 기다리는
광장으로 돌아가겠소.
이렇듯 인간은 큰 실수를 저지르지만
양심이 깨어나면 되돌릴 수 있다는 것을 깨닫는 법.
(퇴장.)

루크레치아 : 이제야 절반의 복수를 이루었는데. 겨우 절반까지.
반지를 써서 최후의 승자가 되어야지!
사랑이 달콤하지만, 복수는 훨씬 더 달콤하거든.
광장으로 가자! 하, 하, 하, 하!

(반지를 들고 퇴장. 막이 내려가는 동안, 열린 문을 통해 광장의 요란
한 소리가 들려온다.)

제3막

장소 : 시뇨리아 광장.
때 : 2막이 끝나는 시점에서 몇 분 뒤.
시뇨리아 광장을 모두 낮은 신분의 사람들로 이뤄진 군중이 가득 메

우고 있다. 그 가운데 눈빛을 번득거리며 머리를 산발한 여자가 몇명 있다. 남자들은 며칠째 면도를 하지 않아 덥수룩하다. 대부분은 장대나 낫, 쇠지레 같은 조잡한 무기를 들고서 여자들과 마찬가지로 흥분한 상태이다. 머리에 아무것도 쓰지 않은 이들도 있고, 원뿔 모자 같은 것을 쓴 이들도 있다.

로렌초 데 메디치와 코시모 데 메디치16) 입장. 두 사람은 주홍색 문직으로 지은 외투를 입고, 사람들 눈에 띄지 않기 위해 가면을 쓰고 있다.

코시모 : 저 추악하고 더러운 평민들이

오늘 여기서 뭘 노리는 거지?

로렌초 : 모르겠지만 관심도 없습니다.

코시모 : 너는 에피쿠로스의 철학에 몹시

빠져 있구나! 물론 나도 그렇지 않다는 건

아니지만 말이다. (어느 구두장이에게) 자, 대답해 보거라!

무슨 헛된 꿈을 안고서

네가 굶고 있던 더러운 우리에서 나온 거냐?

---

16) 코시모 데 메디치(Cosimo de' Medici, 1389~1464)는 메디치 가문의 피렌체 지배
    의 막을 연 인물이며, 그의 손자 로렌초 데 메디치(Lorenzo de' Medici, 1449~
    1492)는 메디치 가문의 전성기를 일구었다.

구두장이 : 어르신, 헛된 희망이 아닙니다.
어제처럼 오늘도 사보나롤라가 게으른 부자들의
죄악에 대해 천둥 같은 설교를 쏟아 내기를,
그리고 술로 가득 찬 잔처럼
그분에게서 차고 넘치는 어휘가
신학문과 조토17) 이후 모든 예술이 저지른
유감스러운 이단에 대해
매섭게 경멸해 주기를 확신하고 있습지요.

코시모 : 저 작자의 확신을 좀 보거라!

로렌초 : 그렇다면 앵무새가 말을 듣고 따라 한다고
이성을 가진 것인가요!
이 얼간이는 군중의 하나일 뿐이고,
군중은 달이 정하는 대로 차고 빠지는
드넓은 바다처럼 아무것도 모릅니다.
이자들을 알지만,
그럴듯한 말솜씨와 눈 굴리는 재주만 있으면
누구나 마음대로 할 수 있는 자들입니다.
(가면을 벗고 회랑의 계단을 오른다.)

____

17) Giotto di Bondone(1266/7~1337). 이탈리아의 화가로 르네상스 회화의 선구자
　　로 불린다.

210

시민들이여!

(사람들에게서 긴 고함 소리와 신음 소리가 나온다.)

그렇다, 내가 그 사람이다.

그대들이 위대한 로렌초라는 별명을 붙인 바로 그다.

(계속해서 고함 소리, 주먹질, 쇠지레 흔들기, "로렌초 죽어라!" "위대한 놈 내려와라!"라는 외침. 무리의 가장자리에 있던 구두장이들이 앞으로 나와 간질, 기침, 그 외의 질병의 징후를 보인다.)

나를 사랑하지 않는구나.

(사람들이 마구 달려든다. 로렌초는 끌려가 사지를 찢길 것 같지만, 짧은 순간 손을 들더니 계속 말한다.)

하지만 나는 그대들의 사랑을 받을 자격이 있다.

(고함 소리가 차츰 의심 섞인 중얼거림으로 변해 간다. 앞에 나와 있던 구두장이 하나가 다른 이의 얼굴에 얼굴을 갖다 대고는 쉰 목소리로 묻는다. "우리 사랑을 받을 자격?")

내가 꽃의 도시 피렌체에
여러 가지 이익을 보자고
자비를 베푼 것이 아니오,
그대들을 향해 이 삭막한 가슴에
품은 사랑 탓이오.

(고함 소리가 잦아들고, 의심에 찬 중얼거림이 뚝 끊어진다. 앞에 나와 있던 구두장이가 날카로운 목소리로 "우리에게 품은 사랑"이라고 속삭이더니, 입을 딱 벌리며 고개를 끄덕이고는 긴장 상태로 웅변가

의 다음 말을 기다린다.)

나는 속임수를 쓰는 사람이 아니오.

(의심스럽다는 중얼거림.)

그러니 내가 그대들을 몹시 사랑했다는 말을 듣고,

내 몇 가지 잘못은 용서하시오.

(찬성의 목소리.)

우리 시에 그대들도 다 알다시피

나보다 고결한 사람이 있소.

나보다 천 배는 더 똑똑한 사람 말이오.

하지만 나는 그를 시기하지 않소. 이름은 거론하지 않겠으나,

그는 그대들을 사랑하지 않기 때문이오. 이름을 말하라고?

이름을 말해 그대들의 마음을 조종하지 않겠소.

그 이름은 발설하지 않겠소.

(끊이지 않는 소란.)

그럼, 놀랄 준비를 하시오!

사보나롤라 말이오.

(잠시 군중은 소리 없이 충격에 휩싸인다. 가운데 뒤쪽에 있던 구두
장이가 가장 먼저 정신을 차리고 "사보나롤라를 죽이자!"라고 외친
다. 모두 따라서 외치기 시작한다. 로렌초가 손을 들자 차츰 조용해
진다.)

그자가 싫어하는 두 가지는
그대들, 그리고 내가 그대들을 제외하고
그 무엇보다 소중히 여기는 신학문이오.
(격렬한 흥분. 모두가 "우리가 가장 소중하다"고 속삭인다. 회랑 계단
근처에 있던 여인 한 사람은 로렌초의 옷자락에 입 맞추려 한다.)

그대들은 나와 함께
헬라의 옛 철학자들이 남긴 글을 읽지 않겠소?
그 열렬한 시인들과 차분한 역사가들이 남긴 글을.
그대들은 일어나 "다시는 그들을 폄훼하는
말을 듣지 않겠다!"고 외칠 거요.
(사람들은 이미 이 말을 힘주어 반복하고 있다.)
가령, 플라톤의 대화를 보시오.
비뚤어진 영혼을 가진
사보나롤라의 헛소리보다는
거기서 진정한 기독교의 정신을 발견할 거요.
("비뚤어진 영혼을 가진 사보나롤라를 죽여라!"라는 외침. 구두장이
몇 명이 무리에서 벗어나 플라톤의 대화를 읽으러 달려간다. 사보나
롤라 입장. 그가 헤치고 들어오자 사람들은 더 이상 감정을 통제하지
못하고 아무리 똑똑한 동물학자라도 비교 대상을 찾지 못할 소리를
질러 댄다. 무기가 폭풍 속의 나뭇가지처럼 마구 흔들린다. 사보나롤
라는 벌써 천 번은 죽었을 것 같다. 하지만 그는 다치지 않고 말쑥한
모습으로 계단 맨 위에 오른다. 로렌초는 그사이에 광장의 코시모와

합류했다.)

사보나롤라 : 진정하시오, 형제들!
(그래도 사람들의 흥분은 더할 뿐이다.)

구두장이의 목소리 : 평화가 없는데, 거짓된 입이 평화를 말한다!

사보나롤라 : 부끄러운 줄 아시오, 피렌체 사람들이여.
(다시 고함 소리가 들려오지만, 수치심을 느끼는 기미도 보인다.)
로렌초의 말을 듣고
그자의 사탕발림에
취해 버린 것이오?
(사람들이 정신을 차리려고 애쓴다.)
몇 명은 언제나 속일 수 있고,
가끔 모든 사람을 속일 수도 있지만,
모든 사람을 언제나 속일 수는 없소.
(커다란 환호. 구두장이 몇 명이 서로 등을 두드린다. "로렌초를 죽여
라!"라는 고함 소리. 모두 진정한 상태이다.)

오늘 나는 이 도시에 보이는
끔찍한 악행을 처리하기 위해
새로운 길을 택할 생각이오.
내키지 않는 마음으로 그렇게 하는 거요. 지금까지는

인신공격을 피해 왔소.

하지만 지금은 의무감에

아무 이름도 거론하지 않는 내 원칙을

포기해야 할 것 같소. 한 사람의 이름을 말해야겠소.

(모든 이들이 로렌초를 바라보고, 로렌초는 어색한 미소를 짓는다.)

아니, 로렌초의 이름을 말하지 않겠소. 그는

경멸할 가치도 없으니.

(박장대소가 이어지고, 로렌초는 밉상스럽게 인상을 찡그린다. 로렌초와 코시모 퇴장.)

여자의 이름을 대겠소.

(무리 속의 여자들이 서로를 의심스레 쳐다본다.)

그대들 모두가 아는 이름, '루'로 시작하는 다섯 글자 이름.

(팽팽한 긴장. 루크레치아가 반지를 들고 무리 가장자리에 아무도 보지 않는 곳에 서 있다. 사보나롤라가 이름을 말한다.)

루크레치아!

루크레치아 : (마찬가지로 강하게) 사보나롤라!

(사보나롤라는 흠칫 놀라며 그 목소리가 들려온 쪽을 쳐다본다.)

네, 저 여기 있어요! 여기!

(회랑 계단 쪽으로 사람들을 헤치고 다가온다. 사람들은 깜짝 놀랐고, "루크레치아 보르자를 죽여라!"라는 고함 소리가 이따금 들려온

다.)

절 왜 부르셨나요?

(사보나롤라는 당황한 표정을 짓는다.)

왜 그러시죠?

알겠어요! 잔인한 폭도들이

당신을 찢어 죽이려고 모였군요! 너무 오랜 추격으로

흐릿해진 두 눈을 돌려 게거품을 문 사냥개들을 바라보는

수사슴이 마지막 순간,

언젠가 저 높은 산꼭대기에서 보았던 우아한 암사슴을 떠올리듯,

당신, 사보나롤라도 무서운 최후의 순간

저를 생각하신 거군요.

저 여기 왔어요! 용기를 내세요! 끔찍한 사냥개들이

나를 보고는 꼬리를 내리고

슬금슬금 달아나고 있으니까요.

(군중은 루크레치아의 힘에 완전히 굴복한 것 같고, 정말로 사보나롤
라를 죽일 작정이었던 표정이다.)

자, 이제부터는 앞으로 위험을 대비해

이 조그만 반지를 부적으로 끼세요.

(사보나놀라는 어색한 몸짓으로 사양하려고 한다. 사람들이 성난 목
소리로 중얼거린다. "반지를 받아라!" "촌놈아!" "끼라니까!" 하는 소리
가 들려온다.

보르자 집안의 광대가 입장해 사람들 가장자리에 몰래 서 있다.)

마음에 들길 바라겠어요.

깔끔하지만 화려하진 않아요. 제 취향에 문제가 있나요?

너무 기다렸는데.(흐느낌.) 아뇨, 우는 건 아니에요.

그저 마음이 아파서요.

(사람들 가운데 울지 않는 사람은 아무도 없다. 다시금 사보나롤라의 목숨은 한순간도 가치가 없다는 소리가 들려온다. 사보나롤라는 어색한 몸짓으로 반지를 받아 들지만, 손가락에 끼려는 순간 광대가 류트를 연주하며 노래한다.)

광대 : 그 반지를 끼지 말아요.

거기엔 고약한 독침이 있어요.

딩, 동, 딩.

잠깐만 기다려요.

거기엔 독이 있어요.

독이 있어요.

딩동, 동, 딩.

루크레치아 : 저건 거짓말이에요.

(사람들의 의견이 갈린다. "반지를 끼지 마!" "저치는 거짓말쟁이야!" "잠깐 기다려!" "광대를 죽여라!" "광대 입을 막아라!" "딩동, 동, 딩!"하는 소리가 뒤섞여 들려온다.)

광대 : (노래한다.) 그 반지를 끼지 말아요.

사신은 도둑의 왕이니,

딩, 동, 딩.

그건 장신구가 아니에요.

착각하지 말아요.

착각하지 말아요.

딩동, 동, 딩.

(사보나롤라는 루크레치아의 얼굴에 반지를 던진다. 교황 율리우스 2
세와 교황군 입장.)

교황 : 저 남녀를 체포하라!

(교황당원과 황제당원이 싸우며 재입장. 사보나롤라와 루크레치아는
교황군에게 체포된다. 미켈란젤로 입장. 안드레아 델 사르토[18])가 창
가에 잠시 나타난다. 피파가 지나간다. 자애의 수도회 수사들이 프란
체스카 다 리미니[19])를 위한 진혼곡을 부르며 지나간다. 보카치오, 벤
베누토 첼리니[20])와 여러 명의 사람들이 입장해 각자의 특징에 맞는
말을 하지만, 피렌체에 엄청난 폭풍우가 몰아치는 바람에 그 소리가
들리지 않는다. 주위가 캄캄해지고 천둥소리가 커지는 가운데 막이

---

18) Andrea del Sarto(1486~1530). 이탈리아 르네상스 전성기의 대표적인 피렌체 화
　　파 화가.
19) Francesca da Rimini. 13세기 이탈리아의 실존 인물로, 시동생과 사랑에 빠져 비
　　극적인 죽임을 당한 것으로 유명하다. 단테의 『신곡』에도 등장한다.
20) Benvenuto Cellini(1500~1571). 이탈리아의 조각가이자 금세공가.

내린다.)

제4막

때 : 세 시간 뒤.
장소 : 시청 지하 감방.
무대는 바닥부터 천장까지 벽으로 양분되어 있는데, 한쪽은 루크레
치아의 감방이고, 다른 쪽은 사보나롤라의 감방이다.
두 사람은 상대가 옆방에 있는지 모른다. 하지만 관객은 이를 알고
있다.
(무대의 폭과 높이 때문에) 각 감방은 피렌체의 보통 감방보다 크지
만, 지푸라기 몇 개와 빵 한 조각, 돌 주전자뿐, 가혹할 정도로 텅 비
어 있다. 각 감방의 문은 관객을 향하고 있다. 흐릿한 불빛.
루크레치아는 손목에 길고 철컥거리는 사슬을 차고 있고, 사보나롤
라도 마찬가지다. 두 사람 모두 감옥 생활의 여파가 보인다. 사보나
롤라는 백발이 되었다. 전체적으로 아주 늙은이처럼 변했다. 루크레
치아는 전보다 더 늙어 보이지는 않지만 미쳐 버렸다.

사보나롤라 : 오호라, 아직 하루가 지나지 않았는데
오늘 아침이 참으로 멀게 느껴지는구나! 그때의 나와
지금의 나 사이에 영겁의 세월이 흐른다.
먼 옛날 세상이 창조된 날로부터 여기서 지내며
그사이에 산사나무가 싹트는 것도 보지 못하고,

벌들이 윙윙거리는 소리도 듣지 못하고,
피에솔레 산에서 미나리아재비를 엮지도 못한 것 같구나.
사이프러스 나무에 수액이 차오르며
힘찬 봄날을 물들이던 시절,
그 높다란 나무들도 잊어버렸고
태양의 생김새도 잊어버렸노라. 하지만 나는
자유민으로 태어나 하늘의 성자들이 나의 요람에
축복해 주었나니. 내가 대죄인의 감옥에
갇혔다고 누군가 전했을 때,
내 아버지와 어머니는 뭐라고 하셨을까!
추문과 믿을 수 없는 추락!
나는 농락당했다. '수도승 엄벌에 처하다'라는
글귀가 눈에 선하구나.
그러면? 나는 세간의 생각에 겁내지 않을
꿋꿋한 사람인 줄 알았는데.
하지만 나에 대해서 그렇게 생각했기 때문에
그렇게 생각했던 것이다.
내가 매부리코와 무서운 눈을 가졌기 때문에.
오호라! 반쯤 저은 버터처럼 물러진
내 영혼의 용기가 물러난다.
매인 줄 알았더니 비둘기요,
비둘기는 이제 죄수로다. 에잇, 그만두자!

루크레치아 : 어쩌다 이렇게 된 거지? 내 비록 왕관은 쓰지 않았으나
중국의 황태후인데.
이 일을 해결해야 해.
(조용히 지푸라기를 모으더니 왕관을 엮어 머리에 쓴다.)

사보나롤라 : 오, 이 무슨 몰락인가!
더 큰 꿈을 꾸었지만
봉오리째 잘리다니. 밖으로 나가면
어떤 삶이 기다리고 있을까? 내가 지나가면
아무것도 모르는 애송이들까지 옆으로 비켜서서
'저자가 감옥에서 나왔다!'며 쑤군거리겠지.
그러면 나는 얼굴을 찡그릴까?
형기를 마치기 전까지가 더 힘든 법.

루크레치아 : 하, 하, 하, 하! 왕관을 쓰고 고개를 끄덕이니
숱한 돼지꼬리가 벌벌 떠네.
당연히 그래야지.

사보나롤라 : 간수들이 지키는 죄수들과
술을 마시고는 마침내 술에 취해 잠들면
그때 열쇠를 낚아채 자유를 얻을 수 있다 했지.
간수! 이보게, 간수!
(자물쇠를 돌리고 빗장을 빼는 소리. 보르자 집안의 광대가 평범한

복장에 열쇠 꾸러미를 들고 입장.)
자네 얼굴이 낯익은걸.

광대 : 오늘 오후에 생명을 구해드렸습죠.

사보나롤라 : 보르자 집안의 광대인가?

광대 : 좀 전까지는 그랬지요.
불행히도 루크레치아를 배반해
쫓겨났지만 말입니다.
그래서 저도 다른 사람들처럼
운율에 맞추어 제대로 말해야 한답니다.
한 시간 전 이 감방의 간수가
뇌졸중으로 죽었답니다. 그 말을 듣고서
그자의 일자리를 맡았습지요.

사보나롤라 : 함께 마시도록 술 한 병 가져오게.
(간수 퇴장.)

자유여! 자유를 위해 한 일에
자유의 신봉자가 거리낄 것은 없네!
저 점잖은 친구가 내 탓에
내일, 술에서 깨어나

또 일자리를 잃겠군. 하지만 상관없다.

(간수가 가죽 포대와 잔 두 개를 들고 입장.)

오! 이것이 몸을 덥혀 주는 것.

이것이 바로 만병통치약.

영원한 젊음을 누리게 해 주는 불사의 묘약!

마시게, 친구여!

(간수는 술 한 잔을 마시더니 곧 취한 기색을 보인다. 사보나롤라는
그의 어깨를 두드리며 잔을 채워 준다. 간수는 다시 마시고 바닥에
쓰러져 코를 곤다. 사보나롤라는 열쇠 꾸러미를 낚아채 길게, 소리
없이 웃은 뒤 살그머니 달아나고 문을 열어 둔다.

그사이 루크레치아는 지푸라기 위에 누워 잠들어 있었다.

빗장이 열리고, 열쇠가 달그락거리는 소리가 들리더니, 루크레치아
의 감방 문이 활짝 열린다. 사보나롤라는 문턱을 지나 양팔을 뻗고,
하늘을 향한 얼굴에 기쁜 표정을 짓고서 걸어 들어간다.)

바깥세상의 공기는 참으로 신선하구나!

오 촉촉한 갈색 흙이여

다시 한 번 내 발걸음에

추억의 이슬을 적셔 주는구나!

(몇 발자국 더 걸어가며 하늘을 바라본다.)

자유다! 난 자유야! 오, 창공이여,

숱하게 반짝이는 별들이여! 아니,

별들은 없구나. 하지만 구름도 없구나!
저것은 천장인데! (아래를 내려다본다.)
이것은 바닥 같고! (주위를 둘러본다.) 그리고 저 흰 덩어리는
얄궂게도 루크레치아와 닮았구나.
(루크레치아가 이름을 듣고 깨어나 정신을 차리고 앉는다.)
착오가 있었던 거야.

루크레치아 : (일어나며.)
그렇군요!
참 멋진 감옥으로 왔군요!
조신한 여인의 감옥이
사교실 취급을 받다니!

사보나롤라 : 당신이 여기 있는 줄 몰랐군.
밖으로 나간 줄 알았는데.
설명하겠소, 하지만 우선 보상을 하겠소.
이 열쇠로 탈옥을 하시오.
문은 여기 통로 어딘가에 있으니,
이곳과는 작별을!
(사보나롤라와 루크레치아 퇴장. 잠시 후 열쇠가 열리는 소리와 문
경첩이 삐걱거리는 소리. 도망자들의 웃음소리와 철문이 닫히는 큰
소리.
사보나롤라의 감방에서 간수가 자다가 놀라더니 벽 쪽으로 고개를

돌리고 더 큰 소리로 코를 곤다. 열린 문을 통해 망토를 두른 자가 들어온다.)

망토를 두른 자 : 자거라, 사보나롤라. 그리고 이 감방이 아닌,
지옥에서 깨어나거라!
(간수를 찌르니 코 고는 소리가 뚝 끊어진다. 교황 율리우스 2세와 횃
불을 든 종자들이 입장. 살인자는 재빨리 구석으로 물러난다.)

교황 : (간수의 시체를 향해)
사보나롤라여, 비참하게 절망한
그대를 조롱하러 왔도다.
일어나 내 말을 들어라.

살인자 : (앞으로 나선다.)
율리우스 교황 성하,
공연히 애쓰지 마십시오. 사보나롤라는 죽었습니다.
제가 죽였습니다.

교황 : 그대는 그럴 권리가 없네.
대체 누군가?

살인자 : 루크레치아의 오라비,
체사레 보르자입니다. 그 애가 건넨

독약 반지를 버릇없이 냉정하게
거부한 자라면 누구라도 암살할
권리가 있는 오라비입니다.

교황 : 저런.
(간수의 시체 앞에 선다.)
이 일은 모두가 슬퍼할 것이다.
이보다 더 고귀한 시신은 없었나니.
오, 나팔수가 이 일을 알리도록 하라!
(나팔 소리.)
이 사람은 피렌체 사람 중에 가장 고귀한 자였소.
흠잡을 데 없는 성품에, 그만한 인재는
세상에 없었지. 오, 이 공국 최고의 예를 갖추어
장례를 치르시오.
용감한 성품과 어울리도록
대포 소리와 함께 매장하시오.
장례식을 준비하시오.
(시종들이 간수의 시신을 들어 올린다.)

교황의 시종 : 하지만 이건 사보나롤라가 아닙니다.
다른 자입니다.

체사레 : 이런! 이자는 두 시간 전에

내가 쫓아낸 그 광대가 아닌가!
재빨리 식탁을 차리는 재주 때문에
쫓아낸 것이 아쉬웠거늘.
이게 무슨 착각이란 말인가! 잘 자거라, 착한 광대야.
천사들이 네 영면에 노래를 불러 주길!

교황 : 성대하게 장례 치르도록 하라.
그에게 어떤 예를 갖추어도 지나치지 않다.
그가 떠난 자리가 허전하구나. 한편,
이 감옥에서 탈출한
저주받을 악당을 잡도록 하자.
말을 대령하라! 어서! 사보나롤라를 잡을 때까지
온 나라를 샅샅이 뒤져라.
그러면 바티칸의 번갯불 아래,
사람이 아닌 재만 보게 될 테니!

(나팔 소리, 종소리, 사람들의 발소리, 바티칸의 천둥소리, 북소리 등.
감방의 열린 문으로 커다랗고 새하얀 말 한 마리가 들어오고, 교황이
올라타면서 막이 내린다.)

여러분의 감상을 정리하기 전에 부디 브라운이 한 말을 기억하시라. "이 작품은 전체로 판단해야 한다"는 말을. 4막에서 엉뚱해 보이는 부분은 모두, 브라운이 죽는 바람에 완성하지 못한 5막과 함께 수정되었을 것이라고 생각하고 싶다.

또한 무대와 서재 사이의 엄청난 간극을 내 눈으로 확인해 보고 싶다. 차가운 활자가 우리의 상상력에 전하는 내용은, 조명 속에 살아 움직이는 배우들이 우리의 눈과 귀에 전하는 내용과 매우 다르다. 가득 찬 객석과 눈부시게 빛나는 무대에서 「사보나롤라」는 완벽해 보일지도 모른다. "그러면 어째서, 이 극을 극장주가 아닌 우리에게 내민 거죠?"라고 독자 여러분께서 질문할 것이다.

그 질문은 잘못된 가정을 하고 있다. 지난 8년 동안 나는 숱한 극장주에게 「사보나롤라」를 내밀어 왔다. 그들은 모두 (전문적인 표현을 쓰자면) '매우 상냥한' 반응을 보여 주었다. 모두가 그 작품에서 큰 장점을 발견해 주었다. 그렇게 발견된 온갖 장점을 모두 합치면, 「사보나롤라」는 역사상 최고의 희곡이 되었을 것이다. 모든 극장주가 만장일치로 동의한 점은, 결말이 없는 희곡은 쓸 데가 없다는 것이었다. 그런 이유에서 나는 결국 독자 여러분께 이 희곡을 선보인 것이다. 이제 여러분은 브라운의 유고 관리자로서 내가 직접 결말을 쓰지 않았는지 물을 것이다. 마치 잘못된 가정을 하지 않고는 질문을 할 수 없는 사람들처럼. 물론 나는 「사보나롤라」의 결말을 내 보려고, 열심히, 노력해 보았다.

예술적으로 보자면, 그런 시도를 하는 것은 옹호하기 힘든 일이다. 하지만 인간적으로는 그렇지 않았다. 극 전체에서, 특히 3막과 4막에서, 브라운의 마음속에는 무대 상연의 의지밖에 없었던 것이 분명하다. 내가 그의 수도승을 죽여 버린다는 사실을 알면 그 친구는 기겁을 하겠지만, 그래도 자신의 희곡이 영영 미완성으로 남는 것보다는 낫다고 여길 것이다. 그러므로 나는 힘껏 용기를 내어, 시나리오를 완성했다……

피에솔레 산꼭대기의 새벽. 그곳에서 내려다본 피렌체의 경치(두오모, 조토의 탑 등). 풀밭에서 잠든 니콜로 마키아벨리가 해가 뜨자 일어난다. 피렌체에서 추방된 일과 로렌초의 풀리지 않는 적대감 등을 한탄한다. 어떻게든 교황의 후원을 받을 수 있을지 궁리한다. 매우 회의적이다. 멈춘다. 하지만 이 가파른 산에 저게 누굴까? 사보나롤라와 루크레치아 보르자! 무대 뒤쪽 중앙의 뚜껑 문을 통해 입장한다.(뚜껑 문은 풀로 가려져 있다.)·사보나롤라와 루크레치아 모두 산을 오르느라 힘들어 숨을 몰아쉬고 있다. 마키아벨리는 사이프러스 나무 뒤에 몰래 숨어 엿듣는다. 사보나롤라는 떠오르는 해를 향해 대사를 한다. 동쪽으로부터 날마다 떠오르는 눈부신 희망이여. 반대로 그의 희망은 탈출에 있다. 서쪽, 사람들이 아메리카라 부르는 자유의 땅으로! 교황에 대한 원망. 루크레치아도 미지의 땅에서 새 출발을 하고 싶다고 한다. 정반대의 땅, 호주에서! 마키아벨리는 몰래 뚜껑 문을 통해 나가 루크레치아와 사보나롤라를 배반하려고 한다. 사보나롤라와 루크레치아의 긴 대사.

그사이에 마키아벨리는 교황에게 이 사실을 고하고, 교황은 종자들을 이끌고 피에솔레 산을 올라올 시간을 번다. 사보나롤라는 산을 오르는 이들을 내려다보고 루크레치아에게 속았소! 하며 외친다. 루크레치아는 누구한테 속은 것이냐고 묻는다. 사보나롤라는 모르지만 독사처럼 약은 니콜로 마키아벨리를 의심한다고 말한다. 사보나롤라와 루크레치아는 무대 중앙으로 달려 나오지만 각광에 포위되어 있다. 루크레치아는 살아서 잡히지 말자면서 독약을 쓰자고 한다. (오른쪽에 자라는 약초를 가리키며) 저 약초는 치명적인 독초랍니다. 어서요, 수도사님! 저걸 뽑아요! 사보나롤라와 루크레치아는 교황과 종자들이 큰 소리로 외치며 능선에 다다르는 순간 죽는다. 교황은 그들을 놓친 것이 화가 나지만, 곧 셰익스피어적인 기사도 정신과 자비심이 벅차오른다. 그는 사보나롤라에게 4막과 비슷하지만 한층 더 화려한 찬사를 담은 추도사를 바친다. 루크레치아에 대해서도 교황은 그녀의 미덕을 열거하며 그녀의 유해를 묻는 땅도 슬픔에 요동칠 것이라고 한다. 추도사는 다음과 같이 끝난다. 두 사람에 대한 우리의 슬픔을 위로하기 위해, 태양은 오늘도 내일도 빛나지 않으리라. 배경의 동쪽 지평선에서 해가 재빨리 지고, 캄캄한 가운데 막이 천천히 내린다.

그렇다, 이보다 더 나쁠 수도 있다. 골격은 가까스로 합격점이다. 하지만 여기에 피와 살을 붙여 보려다 나는 완전히 실패해 버렸다. 나와 비교하면 브라운은 거장이었던 것이다. 내 방식보다는 그의 방식대로 하면 좀 더 나아질 수 있을까 싶어, 나는 줄거리를 내버리고 앉아서 사보나롤라와 다른 이들이 무슨 일을 할지 기다렸다.

그들은 아무 일도 하지 않았다. 나는 손에 펜을 들고서 그들이 조금이라도 움직이면 기록할 태세로 앉아서 지켜보았다. 그들은 새끼손가락 하나 까딱하지 않았다. 그래도 그들은 살아 있는 것이 분명했다. 브라운은 늘 그들이 자신의 의지와 상관없이 움직인다고 했다. 그가 죽었다고 해서 그들도 숨을 쉬지 않는다니 말도 안 된다……. 이따금, 지루함에 지쳐 책상머리에서 잠이 든 나는, 깨어날 때마다 이 뻣뻣하게 굳은 인물들이 내가 눈을 감은 사이에 온갖 놀라운 일들을 벌인 것 같았다. 그들이 나를 싫어하는 것 같았다. 나도 그들을 싫어하게 되었고, 내 방에 들여놓지 않았다.

독자 여러분 중에는 나보다 운이 좋은 분들이 계실지도 모른다. 그들을 불러, 잘 달랜 뒤, 지켜보시라! 내게 최고의 5막을 써서 보낸 분께는 작품을 브라운의 작품에 붙여드리는 영광을 드리겠다. 공연 둘째 날의 무료 입장권을 얻어드릴 수도 있을 것이다.

펠릭스 아르갈로와 월터 레제트

1922년 3월 19일

나는 어제 날짜를 하얀 돌로 표시한다. 바로 어제 9백 파운드를 벌었기 때문이다.

이 위업에 대해 글을 쓰게 되어 더욱 기쁜 이유는 이 돈이 경마장이나 주식 시장에서처럼, 내가 부자라도 되었어야 벌어들일 수 있을 그런 단순하고 천박한 횡재가 아니기 때문이다. 그보다는 15년 전에 내가 조용히 조치해 둔 현명한 처사가 낳은 품위 있는 결실이었다. 그리고 그런 조치는 내가 전에 순전한 호의에서, 독자 여러분께 말씀드린다면 마땅히 칭찬받을 한 가지 선행을 하지 않았더라면 하지 못했을 일이다. 하지만 내 입장에서 이런 사연을 풀어 놓는 또 하나의 이유라고 하면, 이로써 내 이름이 아주 저명한 두 사람, 즉 펠릭스 아르갈로와 월터 레제트의 이름과 연관되기 때문이다.

요즘 젊은이들 사이에서는 아르갈로가 그저 유명한 이름으로만 통할지 모르겠다. 감히 말하지만 우리처럼 연로한 독자들 말고는 그의 저서를 잘 읽지 않으니까. 아르갈로는 뭐니 뭐니 해도 풍부한 감정의 소유자였다. 철학 전체가 그의 감정에 근거하고 있었다. 내가 듣기로는 요즘 젊은이들 사이에서 감정이 별로 높이 평가되지 못한다고 한다. 되는대로 일을 붙잡아서 잠시 살펴보다가 가볍게 휙 던져 버리는 게 요즘 유행이라고 들었다. 연민과 사랑과 기쁨과 분노 같은 건 부정확하다. 물론 기쁨이란 아르갈로의 천성에 생소한 감정일 따름이다. 그렇지만 이런 점이 그에게 좀 유리하게 작용한들 무슨 소용이랴, 천재적인 동정심에 대한 공격이 될 뿐인 것을? 연민, 심오하고 또한 근엄하게 다정한 동정심은 그의 모든 저작의 기조였다. 여러 사람이 이미 지적한 바대로 그는 자신을 슬프게 하는 것이 아니면 아예 쓰지 않았다. 가끔은 그가 무엇을 연민하는지, 용맹한 기사가 곤궁에서 구해 주려고 하는 처녀가 대관절 누군지, 그리고 대체 그녀의 곤궁은 무언지조차 파악하기 어려울 때가 있었다. 그의 문체는 난해했다. 그렇지만 그렇다고 화려함이 덜한 건 아니었다. 길게 늘어지는 운율, 한 치의 머뭇거림마저 불허하는 낭랑한 어조는 그 영혼의 목소리로서 영국 산문이 낳은 최고의 업적 중 하나다. 그러나 순전히 영국 혈통의 남자라면 과연 그런 산문을 우리에게 남겨 줄 수 있었을지 의문스럽다. 그 곁에 대면 러스킨의 문체가 다 유순하고 더듬거리는 말씨로 보인다. 그러나 달변과, 그 달변이 쏟아져 나온 원천은 이제 유행이 지났다. 다시 유행이 돌아올까? 글쎄, 그렇게 되면 아르갈로도 젊은이들의 박수가 쏟아지는 가운데 다시 돌아올 텐데.

처음에 그의 입성은 아무런 여파도 일으키지 못했다. 아는 사람도 몇 사람 되지 않았다. 그 소수의 사람들 말고 다른 사람들이 그의 존재를 알게 된 건 수년이 지난 후였다. 1894년 옥스퍼드에서 온 나는 그의 이름도 들어 본 적이 없었다. 그런 내가 어느 날 프레이드 스트리트[1]의 한 중고 서점 주인에게 3펜스를 지불하고『알로에의 벽』한 권을 샀던 건, 왠지 모르게 그 이름이 상당히 믿음직해 보였기 때문이었다. 책은 12년 된 것으로 표지는 매우 허름했으며 채 뜯지도 않은 책장이 부지기수였다. 그나마 살펴볼 만한 책장들을 좀 훑어보니 작가의 이름이 헛된 희망을 심어 주었다는 느낌이 들었다. 그러나 당대는 물론 향후의 다른 비평가들과 달리 나는 쉽게 포기하지 않았다. 그리고 얼마 지나지 않아 매혹되고 말았다. 시야에 새로운 별이 떠올랐다고 말하지는 않겠다. 그건 너무 명랑한 느낌이 드는 표현이다. 그보다는 침침한 어스름 속으로 헤매다 들어갔더니 어렴풋이 보이는 위대하고 고결한 형체들이 불현듯 눈앞에 나타났다가 그 중요성을 미처 가늠할 여유도 주지 않고 사라져 다른 형체들에게 자리를 양보하는 느낌이랄까. 다음 날 책을 다 읽은 나는 벌써 열렬한 아르갈로주의자가 되어 처음부터 다시 정독했다. 한층 명료한 이해와 함께 한층 뜨거워진 애정이 뒤따랐고, 나는 이

---

1) 런던의 패딩턴 역사가 위치한 거리.

두 감정의 날개를 타고 쏜살같이 이 미지의 신(神)이 쓴 다른 작품들을 찾는 원정길에 올라 수많은 서점들을 헤매었다. 나는 다른 작품들이 없을 리 없다고 믿었다. 그러나 내 친구들은 누구 하나 이런 심증에 믿음을 보태 주지 않았다. 그런데 내 마음이 약해지려는 찰나, 갑자기 축복처럼 『칼집 없는 비수』를 만나게 되었던 것이다.

이 작품은 당시 출간된 지 겨우 5년밖에 되지 않았기에 나는 상대적으로 작가와 한층 가까워진 느낌이 들었다. 그러나 한편으로는 오히려 거리감이 느껴지기도 했다. 어쩐지 그가 아직 살아 있는 것 같지가 않았던 탓이다. 자살이라는 관념은 흔히 나약하고 무기력한 사람들을 유혹하곤 한다. 절대 실천에 옮기지 않을 그런 부류의 사람들 말이다. 그러나 내가 『알로에의 벽』을 통해 파악한 인간 아르갈로는 과거에 행동가였으며 투사였다. 그는 자신의 이론에 저항하며 살았을까? 아니면 스스로 죽음을 택함으로써 자신의 이론을 강화했을까? 나는 그가 다른 동포들에게 그토록 아낌없이 베풀었던 연민을 자기 자신에게는 엄준하게 거부하고 금욕적으로 삶을 견디며 천수를 다했을 거라 믿으려고 애썼다. 그러나 『칼집 없는 비수』를 구매하고 나서 달포가 지났을 무렵, 그가 아직도 우리 곁에 생존해 있다는 소식을 들었을 때는, 기쁘기도 했지만 심히 놀라운 마음이 컸다.

"우리 곁에 있다"는 말은 펜지2)에 살고 있는 사람한테 쓰기에는

____

2) 런던 브롬리의 교외.

좀 어폐가 있는 표현일지 모르겠다. 게다가 펜지는 위대한 생존의 현장이었다. 그때 처음 만났던 제임스 피츠모리스 켈리 교수가 내 정보원이었다. 나는 그가 (앵글로 히스패닉 학계에서 워낙 거물이 었으므로) 스페인 작품 번역 일거리를 주선해 주어 아르갈로를 도 와주었다는 사실을 미루어 짐작했다. 그리고 영국 여인과 1차 카를 로스 전쟁3)의 참전 용사인 스페인 망명자 사이에서 태어난 아들 아 르갈로는 영국에서 태어나 자라났다는 사실도 알게 되었다. 효성 스럽게도 카를로스파가 된 그는 청년기에 스페인으로 가 참전했고 1872년에서 1876년에 이르는 내란에서 싸우며 엄청난 기사도를 발 휘하고 무수한 부상을 얻었다. 그 후 영국으로 돌아온 그는 펜으로 생계를 유지하려 했으나 이렇다 할 성공을 거두지 못했다. 그리고 그사이 영국 여인과 결혼을 했으나 지금은 상처했고 은둔자로 조 용히 살아가고 있다고 했다. 교수는 번역자로서 아르갈로의 능력 을 대단히 높이 평가했고 내가 아르갈로의 책을 좋아한다고 했더 니 ― 아니 아르갈로의 책을 좋아하는 사람이 하나라도 있다는 사 실에 ― 기뻐하는 눈치였다. 아르갈로의 책들로 말하자면 반 다스 는 족히 있을 거라는 이야기도 했다. 자기가 소장하고 있으니 내게 빌려 주겠다는 것이었다. 그는 내게 그 책들을 빌려 주었고, 내가 열렬한 호응을 보이자 아르갈로를 직접 점심 식사에서 만나면 어

____

3) 스페인 페르난도 7세의 아우인 카를로스 마리아 이시드로가 조카딸 이사벨 2세
   의 즉위에 반대하여 일으킨 내란(1834~1840).

236

떻겠느냐고 청했다. "슬픈 괴짜 늙은이를 만날 각오를 하셔야 될 겁
니다." 그가 이렇게 말해 주었지만 내겐 어차피 그런 경고는 필요가
없었다.

아르갈로와 얼굴을 맞대고 앉아 보니, 오히려 내가 미리 생각했
던 모습과 어찌나 정확히 맞아떨어지는지 의아할 정도였다. 길고
수척하고 움푹 꺼진 생김새. 넓디넓은 이마 아래 깊숙이 자리 잡은
커다랗고 우수에 젖은 검은 눈동자. 그렇게 키가 큰 사내인데도 이
마가 너무 넓어 불균형해 보이는 비율. 커다란 매부리코, 감수성을
지배해야만 하는 영혼으로 인해 짧고 탄탄한 일직선으로 압축된
작은 입술, 누렇게 뜬 안색, 허름하면서도 공들여 깔끔하게 차려입
은 옷차림, 꼿꼿한 기품과 그에 걸맞지 않게 안쓰러우리만큼 수줍
은 언행. 아르갈로 씨를 둘러싼 이 모든 것들과 또 다른 것들은 내
가 기대했고 또 바라 마지않던 그 모습 그대로였다. 그는 제삼자가
동석할 거라는 얘기를 듣지 못하고 온 터였다. 그런 말을 들으면 아
마 안 올 거라는 게 교수의 이야기였다. 나는 카스티야의 바리케이
드를 호령하는 난폭자를 놀라게 하지 않기 위해 최대한 기척도 내
지 않았다. 시간이 지나면 그가 나를 좋아하게 되기를 바랐다. 물론
그는 나를 두려워하는 만큼이나 이미 불쌍하게 여기고 있다는 사
실이 문제였다. 하지만 나는 그가 또한 나를 좋아하기를 바랐다.

목표를 달성하기 위해 내가 얼마나 열심히 노력했던지 아르갈로
씨는 실제로 우리와 헤어지면서, 집 근처 동네에서 나를 보게 되면
아주 반갑겠다는 말까지 했다.

　연배가 좀 되는 독자 여러분들은 펜지의 그 작은 집을 나라에서 사들였을 때 이미 다들 방문한 바 있을 것이다. 그리고 가 본 사람들이라면 어민트루드 로드가 위험천만한 길이라는 데 동의할 것이다. 그 길은 1890년대에도 여전히 위험천만했다. 그리고 아르갈로의 집도 지금보다 밝지 않았다. 딱하기 짝이 없는 이달고[4]에게 어울리는 딱하기 짝이 없는 환경이었다. 그러니 내가 오랜 시간에 걸쳐 그곳을 자주 찾았고 또 방문을 즐겼다는 사실은 내 열정을 가늠할 수 있는 척도라 하겠다.

　다른 사람을 데려가도 되는지 허락을 구한 적은 단 한 번도 없다. 내 열정에 감화된 친구들이 여럿 있었기에 가고 싶어할 만한 이들은 금세 꽤 되었다. 모두 영적 통찰력과 훌륭한 문학을 알아보는 취향의 소유자였다. 그러나 그 이기주의자 모세도 시나이 산에 늘 혼자서 올라가지 않았던가. 그래서 나 역시 항상 홀로 펜지로 내려가 네 시에서 여섯 시 사이의 시간 동안 카스티야의 예의와 우울과 절망이 짙게 밴 그곳의 공기를 마시다 오곤 했다. 네 시는 아르갈로가 일을 마치는 시간이고 여섯 시는 그가 요기를 하는 시간이었다. 내가 주간 매체에 기고하는 글에서 꾸준히 그를 언급하고 작품을 인용하고 있다는 얘기는 일절 하지 않았다. 내 친구들 중에도 같은 일을 하고 있는 이들이 있다는 사실도 알리지 않았다. 그런 원조의 기미만 보여도 그의 자존심은 치명적인 상처를 입었을 것이다. 그는

---

4) 스페인의 하급 귀족.

번역 일을 통해 먹고살 만한 돈은 벌고 있었다. 그리고 현재와 미래의 작품을 책의 형태로 출간하고 싶다는 바람은, 출판사 사장들마저 예외로 하지 않는 강력한 연민의 능력으로 상쇄되었다. 그의 인생에 대망의 전기가 찾아왔을 때도 나는 나와 내 친구들과 그 친구들의 친구들 — 끝없이 늘어나고 있던 우리 같은 감식력의 소유자들 — 이 어떤 식으로든 배후에 있다는 티를 전혀 내지 않았다.

그리고 1905년 봄 『마지막 그림자』의 출간 즉시 이어진 이 변화는 너무나도 급작스럽게 그의 운명을 백팔십도 바꾸어 놓았고 우리도 혼이 쑥 빠져 제대로 공을 인정받지 못했다. 우리 불쌍한 최전방의 지뢰 매설 공병들은 엄청난 대폭발에 눈이 멀고 귀가 멀었다. 우리 손으로 해낸 일이라기보다는 맹목적인 자연의 경이로운 현상 같았다. 우리는 아르갈로가 이 세계가 낳은 유일하고 독보적인 천재라고 생각해 본 적이 한 번도 없었다. 그런데 언론은, 대다수가 그런 입장을 견지하고 있었다.

내가 기억하기에 월터 레제트는 터놓고 언론의 평가에 동의했었다. 그렇게 너그럽고 귀가 얇은 위인이 그 문제에 의심을 품었다면 이상한 일이었으리라. 처음 그와 교유하던 당시 그 또한 서평을 업으로 삼고 있었는데, 작품이 독창적이라는 진심 어린 확신이 없는 글은 거의 쓰지 않았었다. 검증된 문학의 거장들을 깊이 존경하면서도 누구든 '최신작'을 냈다 하면 열렬하게 감응하곤 했다. 레제트는 진정한 애서가였다. 그러나 나는 어떤 경우에도 그 앞에서 아르갈로의 이름을 입 밖에 내지 않았다. 어쩐지 명분에 도움이 될 것 같지가 않았다. 내가 보기에 그의 판단력은 오로지 자기 글에 대해서만 명철하게 작동했다. 그는 자신의 글을 "내 잡문"이라고 일컬었는데, 그 겸손은 그의 다른 모든 면모가 그렇듯 (재능은 예외지만) 철저히 순수했다. 그는 세상에서 가장 소탈하고 허식이 없는 작은 호인이었다. 새비지 클럽과 오서즈에서, 플레이고어즈와 요릭스에서, '월트'보다 더 인기가 좋은 사람은 없었다. 그리고 그는 항상 그 네 군데 모두에 죽치고 있으면서, 부산하게 돌아다니며 장광설을 늘어놓고 그 해맑고 동그란 얼굴에서 순진함을 발산하고 있는 것처럼 보였다. 지칠 줄 모르는 오지랖 호사가 치고 참으로 해맑기 그지없었다. 늘 누군가의 기념일을 챙겨 만찬을 주선하고 누군가의 미망인을 위해 기부금을 조성하고, 아니면 무슨 위인을 위해 빛나는 명패를 만드느라 바빴다. 아르갈로의 묵시록이 이루어지던 해에 그는 마흔에 가까운 나이였고 작품 활동으로 큰돈을 벌고 있었다. 그러나 그의 눈빛은 변함없이 해맑고 머리카락은 변함없이 곱슬거렸으며 언행도 여전히 눈에 거슬리지 않았다. 그는 전년도에 발표한 소설 『사랑스러운 변덕쟁이 숙녀』를 극화해 스트랜드 극장에서 절찬리에 상연 중이었다. 망토를 휘두르고 칼싸움이 난무하는 드라마 『베르사유의 난폭자』 역시 1년쯤 전에 공연되어 마찬가지로 성공을 거두었고 후속으로 나온 소설판도 유아적인 성향의 성인들에게 널리 읽혔다. 무대에 오른 다른 두세 편의 작품을 비롯한 이런 희곡들 덕분에 그가 취미로 쓰는 글에 대한 수요마저 높아졌다. 문학적 거장들에 대한 존경심과 매년 8월마다 하는 도보 여행이 낳은 소중한 자식들인 「워즈워스의 윈더미어」, 「스티븐슨의 세벤 산맥에서」, 「하디의 땅을 가로지르는 부랑자」, 「셸리가 배회했던 곳에서」를 비롯, 나머지 글들 모두가 굉장한 상품성을 띠게 되었다. 그러나 정작 작가 본인은 전혀 헛바람이 들지 않았다. 그리고 클럽 친구들도 그의 버릇이 나빠질 정도로 비위를 맞추지 않았다. 그는 변함없이 수많은 사기에 당하는 호구였다. 누구든 정색을 하고 가서 그에게 황당무계한 얘기를 들려주면 다 믿었다. 반면 노골적인 농담은 매우 잘 알아듣고 기분 좋게 응대하곤 했다. 어느 집 만찬에 초대되어 그가 자리에 앉아 있으면 어김없이 식탁에 앉은 누군가가 "아니, 월트, 자네가 여기서 뭐하는 건가?"라고 외치기 마련이었다. 그러면 그는 환한 웃음을 지으며 "이보게, 친구, 다른 질문을 해 보게!"라고 큰 소리로 맞받아치곤 했다.

물론 유수의 신문에 게재하기 위해 찍은 사진들에서는 엄숙함이나 지적 사고의 흔적이 설핏 비치기도 한다. 오른손으로 이마를 짚거나 살짝 가리기도 하고 왼손으로 주먹을 쥐고 턱을 다 덮기도 하면서 말이다. 어느 날인가 내가 친구 모스틴 피고트의 손님으로 새비지 클럽에서 점심을 먹고 있는데 레제트가 합석을 한 적이 있다. 피고트는 카메라를 향한 그런 사색적 포즈가 미리 계산된 게 아니냐고 그를 추궁했다. "월트, 엘리엇과 프라이에서는 자네 이마가 그리 인상적이지 못하다고 느끼는 모양이더군. 감히 드러낼 생각을 못하는 것 같았네. 러셀스에서는 턱이 약하다는 생각이 떠올랐는지 황급하게 가리더라고. 사실 옳은 생각이기도 하지! 그렇지만 하려면 철저히 해야지! 다음에 베이커 스트리트에 가게 되거든 한 손은 턱을 가리고 다른 손으로는 이마를 가리도록 하게. 내 맹세하지만 우정의 이름으로 꼭 따라가서 자네 뒤에 서서 얼굴 중간 부분을 가려 주겠다고 약속하지, 친구!" 레제트는 모스틴의 애정 어린 맹공에 정신없이 웃다가 하마터면 의자에서 굴러떨어질 뻔했다. 그는 친구가 하는 말에는 도저히 기분 나빠할 줄 모르는 사람이었던 것이다.

이런 그가 더욱 사랑스러운 이유는 둔감한 사람이 아니기 때문이었다. 1899년에 이미 나는 호기로운 우정의 영역을 벗어나면 그가 상당히 소심하고 예민한 사람이라는 사실을 일찌감치 알아챘다. 스티븐슨의 편지들이 출판된 지 얼마 되지 않아 나도 막 읽기 시작한 참이었다. 나는 스트랜드 극장에서 레제트를 만났을 때 그 책을 읽었느냐고 물었다. "그럼요, 물론이죠. 멋지죠?" 레제트한테서 나온 것 치고는 맹숭맹숭한 칭찬이었다. 게다가 그 말을 하며 얼굴을 붉혔고 꽤나 황망하게 떠나 버렸다. 나는 스티븐슨이 후기 사모아 시절 R. A. M.('보브') 스티븐슨에게 보낸 편지5) 중 하나에서 이런

---

5) 로버트 루이스 스티븐슨(Robert Louis Balfour Stevenson, 1850~1894)은 『보물섬』, 『지킬 박사와 하이드 씨』로 유명한 스코틀랜드의 소설가이자 시인이다. 좋지 못한 건강을 회복하기 위해 유럽 각지와 북아프리카, 남태평양 등지를 여행하며 지내다가 사모아에 정착하여 살던 중 사망했다. 여기서는 그의 사후 출판된 가족과 친구들에게 보낸 편지들 중 '보브'라는 애칭으로 불린 사촌이자 미술 평

구절을 보고 이 일들을 떠올렸다. "자네 레겟인가 레게트인가 하는 젊은이 혹시 알고 있나? 그 친구가 나한테 편지를 보냈는데(어찌나 악필인지 도저히 읽을 수가 없더군) 나에 대해 무슨 책을 쓰고 싶은 모양이야. 그 친구 말로는 자네를 만났다고 하던데. 혹시 아는 친구라면 제발 부탁인데 제발 그러지 말라고 그 친구한테 편지를 좀 써 주게." 불쌍한 레제트! 이게 무슨 망신인지!

그 이듬해 봄에는 『코벤트리 팻모어6)의 삶과 편지들』이 출판되었고, 나는 그중 월프리드 메늘7) 씨에게 보낸 흥미로운 편지 말미에서 다음과 같은 구절을 발견하고 몹시 안쓰러운 마음이 되었다. "부탁인데 이 L○○○ 씨라는 사람한테 매몰차게 한마디 해 주게. '두려움의 문'의 그늘 밑에서 영혼을 빚는 사람은 다이닝 클럽 손님이 되어 달라며 귀찮게 들볶이기 싫어한다고 말일세." 나는 다음에 레제트와 마주쳤을 때 팻모어의 촌철살인에 대해서 일절 함구했을 뿐 아니라 절대 입에 올리지 않으려 특별히 신경 썼다. 오서즈 클럽에서 친구들 몇이 장난스럽게 그를 L○○○ 씨라고 불렀다가 갑자기 그의 눈에 물기가 맺히는 걸 보고 회한에 휩싸였다는 얘기를 들었기에 더욱 그랬다. 직설적인 농담은 얼마든지 받아 낼 수 있는 단짝 친구들이라도 매정한 면박에 동참해서 놀려 대는 것만큼은 견

론가 로버트 앨런 모브레이 스티븐슨(Robert Alan Mowbray Stevenson, 1847~
1900)에게 보낸 편지를 일컫는 것으로 보인다.
6) Coventry Patmore(1823~1896). 영국의 시인이자 평론가.
7) Wilfrid Meynell(1852~1948). 영국의 출판업자이자 편집자.

딜 수 없었던 것이다.

그리고 몇 년 후, 브램 스토커가 쓴 『헨리 어빙의 생애』[8]가 출판
되자 나는 또 한 번 심히 안타까운 심정이 되었다. 전기 작가는 "대
장의 훌륭한 판단력과 외교술을 잘 보여 주는 사례"라면서 짧은 메
모를 인용했는데 그 내용이 다음과 같았던 것이다. "여보게 스토커,
WOOO LOOO의 희곡을 읽었다네. 확실히 영 아니지, 안 그런
가? 그 친구는 조용히 내려놓게. 그럼 이만, H. I."

이건 그나마 덜 나빴다. 친절한 구석이 있었으니까. 하지만 여전
히 충분히 나빴다. 이렇게 되니, 나는 상습적으로 불안해하거나 의
심에 빠지는 사람이 아닌데도, 레제트의 실패를 위인의 즐거움으로
삼으려고 운명의 여신들이 공모하고 있으며 이를 폭로해야 한다는
생각마저 들었다. 나는 위대한 인물들이 그만 죽었으면 좋겠다고
바랐다. 반드시 죽어야 한다면 서한은 모두 폐기하길 바랐다. 그리
고 1912년 봄 조지 메러디스[9]의 편지가 우리 손에 들어왔을 때,
1889년 레즐리 스티븐[10]에게 보낸 편지에서 다음과 같은 구절을 목

---

8) 고딕 소설 『드라큘라』로 잘 알려져 있는 아일랜드 작가 브램 스토커(Bram
   Stoker, 1847~1912)는 당대의 저명한 연극배우 헨리 어빙 경(Sir Henry Irving,
   1838~1905)을 흠모하여 그의 개인 비서이자 어빙이 소유한 라이시엄 극장의 매
   니저로 일했다.

9) George Meredith(1828~1909). 영국의 소설가이자 시인.

10) Leslie Stephen(1832~1904). 영국의 문학가이자 철학자. 버지니아 울프의 아버
    지이기도 하다.

격한 나는 깊은 신음을 내뱉지 않을 수 없었다. "어제 LOOO라는 열혈 난쟁이가 이 문턱에 발을 턱 올려놓고 침을 튀기고 아첨을 떨며 킬킬거리는 걸세. 나보고 시내에서 열리는 무슨 축연에 명예 손님으로 참가해 달라고 하더군. 누군가의 존재를 영국에 알리려면 그런 표식들이 필요하다나. 평화를 빈다고 인사를 하고 떨쳐 버리려 했지만 그리 쉽게 가는 위인이 아니더군."

이건 너무 심했다. 나는 의자에서 벌떡 일어났다. 뭔가 조치를 취해야만 했다. 창문을 활짝 열어젖히고 창턱에 기대 밤공기를 마셨다. 위대한 망자들이 이처럼 집요하게 레제트를 박해하는 짓거리에 종지부를 찍어야 했다. 그러나 어떻게 한단 말인가? 내가 인맥 넓고 유능한 사람이 아니라는 게 한스러웠다. 그러나 (자랑은 아니지만) 나는 좀 스스로를 과소평가한 셈이었다. 불현듯 내가 취해야 할 행보의 아이디어가 떠올랐기 때문이다. 악의에 찬 운명의 여신들을 막을 길은 없을지 모른다. 그러나 그들이 집요하게 행하는 악행은 어느 정도 상쇄할 수 있을 터였다. 한동안 방 안에서 서성거리다가 나는 책상머리에 앉았다.

다음 날 오후 나는 일찌감치 택시를 타고 윔블던으로 향했다. 펠릭스 아르갈로가 그곳의 담장 높은 낡은 저택에 살게 된 지도 벌써 6년째였다. 묵시의 실현 이후로 펜지에서는 도저히 살 수가 없게 되어 버렸다. 『마지막 그림자』는 봄에 출간되고 — 그와 함께 이전의 작품들도 모조리 재간되었다 — 한 달도 못 되어 미국에서도 출판되었다. 이런 결정적 국면에서 미국은 영국만큼 자제력을 발휘하지 못한다. 그리하여 희한한 일들이 속출했다. 피츠버그의 저명한 문학 평론가는 이성을 잃고 구금당했다. 여기저기에서 자살자의 수가 급격히 늘어나 몇몇 주는 당국 차원에서『칼집 없는 비수』를 판금 조치했다. 그리고 여름 몇 달 동안 어민트루드 로드는 아르갈로의 노출된 은거지 밖에 서서 구경하는 미국인 관광객 무리가 너무 많아져서 견딜 수 없는 지경이 되었다. 그는 블라인드를 내린 채로 생활해야 했다. 오로지 어두워진 후에만 운동을 할 수 있었다. 건강도 나빠졌다. 그는 자신에게 닥친 이런 생소한 시련들의 근원이 바로 나라는 이야기를 어디서 들었다는 말을 전혀 하지 않았다. 그러나 어떤 심성 고약한 위인이 은근히 그런 말을 흘린 게 틀림없다고 생각된다. 그 어두컴컴한 거실에서 그가 내게 보여 준 태도가 싸늘했기 때문이다. 어둠과 양 반구에 걸친 대대적 홍보로 인한 세상의 눈 속에 갇혀 사는 삶 ─ 추잡스러울 정도로 어마어마한 재물이 쏟아져 들어오기 시작했던 참이기도 했다 ─ 은 아르갈로의 뼛속까지 밴 금욕주의로는 도저히 감내할 수 없는 것이었다. 그는 자기 자신을 연민하기 시작했다.

그의 삶에 난입한 조지 뱃퍼드도 위로가 되지 못했다. 세상을 뜬 아르갈로 부인의 조카인 이 청년은 무슨 시골 회사에서 사무원으로 일하다가 '늙은 신사분을 돌봐드려야겠다'는 몹시 자기희생적인 결단을 내리고 직장을 때려치웠다. 그는 무뚝뚝하고 분별 있는 청년으로서 엄청난 열의로 아르갈로의 '저작권'을 '다루어' 수많은 출판사들의 찬탄을 한 몸에 받았다. 윔블던의 저택을 찾아내고 구매

해 아주 매끄럽게 잘 '운영'하고 있는 장본인도 그였다. 인터뷰를 하고 사진을 찍겠다고 찾아오는 사람들을 빈손으로 돌려보내는 것도 그였다. 그는 언젠가 내게 한 눈을 찡긋하며 "사생활을 지키는 게 최고의 광고"라고 말한 적이 있다. 어쩌면 그는 사리분별을 못하고 삼촌에게도 이런 말을 했는지 모르겠다. 아르갈로는 품격 있는 은둔 생활 속에서도 압박감에 시달리는 것처럼 보였기 때문이다. 매일 정원을 산책하게 된 후로 건강은 다시 회복된 상태였다. 그러나 성공으로 인해 그의 사기는 완전히 꺾이다시피 했다. 정원을 산책하지 않을 때면 그는 번역을 했다. 조카는 심지어 이런 번역 작품들에도 기가 막히게 훌륭한 조건으로 계약하자는 청탁을 받아 왔다. 삼촌은 고개를 저었다.

그러나 봄볕을 받으며 윔블던으로 달려가던 나는 아르갈로를 설득해 내게 필요한 자필 원고를 받아 낼 수 있을 거라는 사실을 믿어 의심치 않았다. 내게 필요한 건 번역도 아니고 창작 원고도 아니었다. 그저 그가 높이 평가할 만한 목적을 위해 은근슬쩍 암시를 흘리는 정도의 글이면 되었다. 물론 그의 자기 연민은 인류를 향한 슬픔을 위협하는 강력한 경쟁자로 성장해 있었다. 그러나 내가 설명하게 될 이 특별한 안건에도 설마 꿈쩍도 않고 아무 도움을 주지 않을 리는 없었다. 그리고 그는 내게 실망을 안겨 주지 않았다. 함께 정원을 거니는 사이(무미건조한 조지는 사업상 시내로 떠나 우리를 귀찮게 굴지 않았다) 그의 마음이 움직여 내게 넘어왔다. 그리고 얼마 후 아무 말도 없이 그는 실내로 나를 인도해 서재로 데리고 갔다. 그곳에서 예의 진중한 예절을 보이며 그는 자기 책상 근처에 내가 앉을 의자를 갖다 놓았다. 나는 그 앞에 내가 그날 아침에 산 공책 종이 몇 장을 — 서로 다른 종류의 싸구려 공책 종이들이었다 — 놓았다. 그리고 자리에 앉아 전날 밤을 새어 쓴 원고를 정리했다. 그는 펜을 잉크에 적셔 내가 불러 주는 대로 다음과 같이 썼다.

> 어민트루드 로드 43번지, 펜지, S. E.
>
> 1898년 2월 27일 월요일
>
> 친애하는 비어봄 씨, 월터 레제트를 알게 해 주셔서 감사하다는 말씀을 드리고 마음의 부담을 덜고자 합니다. 그는 어제 여기서 하루를 보냈고, 그 하루는 삶이 지속되는 한 영원히 기억에 남을 것입니다. 굉장한 사람이더군요! 살아오면서 다양한 부류의 수많은 사람들을 만났습니다만, 양심을 걸고 맹세하건대 — 뭐라고 말해야 할까요? — 친구분이신 레제트 씨만큼 '베푸는' 사람은 본 적이 없습니다. 풍족하게 베푸는 사람은 있을지 모르지만, 그처럼 널리 호의를 흩뿌리는 사람은 없습니다. 그는 아침에 이륜마차를 타고 왔고, 나 역시 부족하지만 최선을 다해 환대를 베풀었으며, 어둑어둑해질 무렵까지 머물렀습니다. 오후에 W. E. 헨리[11]가 — 그 역시 아시다시피 훌륭한 달변가지요 — 나를 만나러 왔습니다.

아르갈로는 펜을 놀리다가 잠시 멈추고 나를 바라보았다. "W. E. 헨리라면 시인이자 비평가인 그 사람 말입니까?"

---

11) 윌리엄 어니스트 헨리(William Ernest Henley, 1849~1903).

"물론이지요."

"하지만 알고 지낸 적이 없는데요."

"그래요? 하지만 무슨 상관입니까, 아르갈로 씨? 레제트 씨도 전혀 모르시잖아요."

"그건 그렇지요."

그리고 레제트가 말을 하고 또 하는 사이 우리, 헨리와 나는 아리온의 노래를 듣는 물고기들처럼 경청했습니다. 레제트의 작품에 대해 제가 어떤 느낌을 받고 있는지는 잘 아시지요. 자, 지난번 선생님 덕분에 그를 만났을 때 받았던 인상은 옳았습니다. 작품보다 인품이 더 훌륭하더군요. Credo quia incredibile.12)

헨리와 단둘이 남았을 때, 내가 말했지요. "우리에게 그가 쏟아 낸 말들 중 아무것도 남지 않는다니 얼마나 끔찍한 일인가?" 그리고 얼마 후 우리는 종이로 일종의 놀이를 했습니다. 그가 했던 말 중에서 기억할 수 있는 최고의 구절들을 각자 쓰는 것이었지요. 다행히도 제 본성에는 질투심이 없습니다. 레제트가 나를 벌레로 만들었지만, 꿈틀거림조차 기쁨이었으니까요. 그는 언젠가 다시 와서 나를 만나겠다고 약속했습니다. 정말 그럴까요? 그런 사람이 이런 우리 세상에 태어났다는 게 얼마나 추잡한 아이러니인지요! 다시 한 번 감사합니다.

펠릭스 아르갈로 배상

추신. L.은 선생님과 선생님의 작품을 몹시 친절하게 평했습니다. "지극

---

12) '놀라운 일이기에 믿습니다'라는 뜻의 라틴어.

히 앞날이 창창하다"고 하더군요. 그가 쓴 표현 그대로 옮긴 겁니다. 굉장히 강조해서 말하더군요.

"첫 번째 편지는 끝입니다." 내가 말했다. "이제 다른 종이에 써 주세요. 저 노란색과 회색이 섞인 게 어떨까요."

클라크 템퍼런스 호텔

왓퍼드 스트리트, 토트넘 코트 로드

1903년 10월 23일 자정

친애하는 비어봄 씨, 오늘 아침에는 시내로 갔습니다. 아시다시피 저는 연극을 보러 가지도 않고 영국 연극을 혐오하지만 레제트의 초연은 절대 놓치지 않지요. 대단한 극이더군요! 그 3막처럼 훌륭한 작품을 그가 전에도 쓴 적이 있습니까? 앞줄의 자리를 놓치지 않으려고 저는 1층 객석 입구 바로 옆에 이른 오후부터 진을 쳤습니다. 기다리는 시간은 길었지만 워낙 흥분해 있던 터라 눈 깜짝할 사이에 흘러가더군요. 짜여진 대로 3막의 상황이 전개되고 그 여자의 성격이 차츰 밝혀지는 과정은 레제트가 이제까지 성취한 최고의 기술적 성과라고 생각됩니다. 내일 여기서 함께 점심을 할 수 있을까요? 점심 정식은 한 시부터 개시더군요. 레제트의 작품에 대해 같은 심정으로 마음을 나눌 수 있는 분과 연극 이야기를 하고 싶습니다.

펠릭스 아르갈로 배상

추신. 내 옆에 앉은 남자가 1막이 끝날 때 박수를 치지 않아서 한마디 했다가 즉시 후회했습니다. 나중에 우리는 아주 좋은 친구가 되었습니다. 개인적으로 레제트를 안다는 이야기를 하지 않을 수 없었습니다. 우리 집에 온 적이 있다고요. 참 신의 피조물이란 얼마나 유약하고 허영심이 강한지 모릅니다!

"편지는 이렇게 끝납니다. 감사합니다. 아르갈로 씨. 부탁인데 또 다른 종이를 들어 주세요. 이건 다시 펜지에서 보내는 겁니다. 제가 귀찮게 굴고 있는 건 아니겠지요? 네?"

어민트루드 로드 43번지, 펜지
1904년 5월 4일
이 편지는 철저히 비밀에 부쳐 주십시오.

친애하는 맥스 비어봄 씨, 어제는 '에이전트'를 만나러 런던에 갔었습니다. 그 불쌍한 친구는 늘 그렇듯 실망스러운 말을 늘어놓더군요. 하지만 그 친구 얘기를 하려고 편지를 쓰는 건 아닙니다.

스트랜드에서 나온 저는 정처 없이 서쪽으로 배회하다가 피커딜리를 지나쳤습니다.(그 쾌활함이 어찌나 슬픈지 어느 때보다도 제 마음을 짓누르더군요.) 그러다 보니 하이드파크로 들어서게 되었습니다. 산책로(그렇게 부르던가요?)를 따라 반쯤 가다 보니 피곤이 몰려와 거기 늘어서 있던 녹색 의자 하나에 앉아 동쪽을 바라보았습니다. 잠시 후 '유개 마차'가 달려와 내 바로 맞은편 난간이 끊어진 자리에 정차하더니 기가 막히게 아름다운 훤칠한 젊은 여성이 내리더군요. 그녀가 마부에게 뭐라고 지시를 내리자 모자를 만지며 "예, 마님"이라고 대답하고는 마차를 몰고 떠났습니다. 얼굴의 아름다움보다 더욱 인상적인 건 표정이었습니다. 희망과 절망이 범상치 않게 뒤섞여 있는 걸로 보였거든요. 그녀는 아주 빨리 오솔길을 가로질러 그 너머 잔디밭으로 들어갔는데, 어쩌다 보니 저 역시 그녀의 뒤를 좇게 되었습니다. 혹시 도움이 될지도 모른다는 믿음에 발길을 계속 재촉했지요. 그녀는 곧장 멀찍이 떨어져 있는 나무 한 그루 — 느릅나무였습니다 — 쪽으로 향했는데 나무 밑에는 의자 두 개가 놓여 있었습니다. 저는 약 20야드쯤 떨어져 있는 다른 나무 — 플라타너스였어요 — 아래 자리를 잡고 앉았습니다. 그녀는 지켜보는 이의 눈을 의식조차 하지 않고 앉아 아까 왔던 방향만 뚫어져라 쳐다보고 있었습니다. 줄곧 그 기묘하게 이중적인 표정을 하고 말입니다. 제 마음은 그녀를 향해 깊어져 가는 연민으로 가득 찼습니다. 분명 결혼한 여인인데도 십대를 채 지나지 않은 소녀에 불과했으며, 고고한 기품이며 명령하는 데 익숙한 태도에도 불구하고 '비굴'하다는 말로밖에 표현할 수 없는 어떤 느낌을 풍기고 있었기 때문이었습니다. 긴장하고 경직된 기다림 속에 20분쯤이 흘렀을 무렵, 돌연 그녀가 벌떡 일어섰습니다. 한 남자가 멀리서 다가오고 있었습니다. 그 남자는 모자를 이마에서 뒤로 젖혀 쓴 채로 허공에 지팡이를 돌리고 또 돌리며 경쾌한 걸음걸이로 다가오고 있었습니다. 다가오는 남자의 얼굴에 대한 제 첫인상은 썩 기분 좋지 못했습니다. 싸늘하고 딱딱한 얼굴로 보였거든요. 한순간 뒤, 터져 나오는 비명소리를 억누른 저는 월터 레제트의 얼굴을 알아보았습니다.

아르갈로는 책상에서 눈길을 들었다. "아무리 생각해도, 이건 친구분한테 해가 될 것 같군요."

"아, 전혀 그렇지 않습니다. 오히려 정반대죠. 그리고 물론 '월터 레제트'라는 이름은 절대 지면에 등장하지 않을 겁니다. 선생님의 서한이 공표될 때가 오면 제가 편집자에게 부탁해서 이 특정 서한에서는 '월터 레제트'라는 이름을 지우고 줄표 두 개로 대체하도록 할 테니까요."

"그렇다면 선생님이 말하는 사람이 누군지 어떻게 다들 알아본단 말입니까?"

"선생님께서 말하는 사람이겠죠, 아르갈로 씨. 선생님이 말하는 사람이, 아니 말했던 사람이 누구인지는 제게 보낸 다른 편지들과 이 편지를 대조해 보면 알게 되지요. 제게 보낸 편지들에서 선생님께서는 레제트 말고 다른 사람 얘기는 '못 하는' 것처럼 보이거든요……. 이제 계속해도 될까요?"

"그럼요, 네. 미안합니다." 아르갈로는 펜을 들었다.

저는 벌떡 일어나 재빨리 플라타너스 나무 뒤로 물러섰습니다. 그렇지만 안타깝게도 새로 온 손님은 이미 저를 보고 얼굴도 알아본 뒤였습니다. 그래서 단 한 번도 뒤돌아보지 않고 재빨리 걸어 나왔습니다. 상상이 가시겠지만 심장을 짓누르는 무거운 기분에 사로잡혔지요. 그 여인을 불쌍히 여겼지만, 이제는 그녀에 대해서는 거의 생각조차 하지 않았습니다…….

"이건 전혀 마음에 들지 않는군요." 내 말을 받아쓰던 필사가 말했다.

"왜요? 레제트를 향한 선생님의 감정이 얼마나 강렬한 것이었는지 보여 주는데요. 게다가 이 여인은 아예 존재조차 하지 않았습니다. 허구의 존재예요. 모르시겠어요? 레제트는 피와 살이 있는 멀쩡한 사람이고요."

"흠. 선생은 입심이 대단하군요. 자, 그럼 또 해 볼까요?"

……생각조차 하지 않았습니다. 우리 친구에게 그녀가 말썽의 근원이 될지 모르겠다는 생각만 들 뿐이었지요. 그 기막히게 아름다운 하얀 얼굴은 아름다움은 물론 강인한 힘으로 충만했습니다. 버림을 받으면 일종의 박해를 가해 우리 친구의 창조적 작업을 방해할 수도 있는 사람의 얼굴이었지요. 선생님도 레제트와 자주 만나고 허심탄회한 이야기를 나누는 사이시지요? 혹시 이 연애 사건을 아십니까? 사실, 그간 선생님이 흘린 실마리들로 볼 때는, 수많은 사건들 중 하나일 뿐이라 추정됩니다만. 그를 위해서, 그리고 그의 예술을 위해서, 걱정할 일은 아무것도 없다고 말해 주실 수 있다면 몹시 기쁘겠습니다.

펠릭스 아르갈로 배상

"이 글에 제 서명을 하는 건 정말 꺼림칙하군요." 서명하던 그가 투덜거렸다.

"자, 그럼, 추신을 씁시다."

추신. 저는 보기보다 둔한 사람이 아닙니다. 고뇌에 찬 그 젊은 얼굴은 영영 뇌리에서 떨칠 수 없을 겁니다.

254

"딱 하나만 더 쓰면 됩니다, 아르갈로 씨. 이 편지는 최근의 날짜로 하는 게 좋을 것 같습니다. 선생님의 믿음이 끝까지 흔들리지 않았다는 걸 보여 주기 위해서요."

윔블던
1911년 12월
친애하는 맥스,

아르갈로는 엄숙한 아이러니를 띤 얼굴로 나를 바라보았다. "그건 좀 지나치게 주제넘은 표현이 아닙니까?"

"저한테만 결례죠, 아르갈로 씨. 제게도 도움이 될 거라 생각해서 묵과하려 합니다. 저라고 해도 항상 레제트만 생각하고 있을 수는 없으니까요."

"좋소이다."

친애하는 맥스, 그 기분 좋은 편지에 대해 더 일찍 감사 인사를 하지 못해 미안하네. 몸에 심한 한기를 느껴 앓아누워 있던 와중에 받았다네. 그러나 강제로 휴식을 취했던 그 기간이 아쉽지는 않네. 레제트의 책들을 처음부터 끝까지 다시 한 번 읽을 수 있는 기회였으니까. 물론 일간지와 주간지에 실렸던 글들 중에 다시 출판되지 않은 글들을 능력이 닿는 대로 수집해 둔 그 방대한 앨범(언젠가 내가 자네에게 보여 준 적이 있지) 전체를 망라해서 말이야. 이런 일에서 통증을 덜어 주는 최고의 진통제를 찾았다네. 자네는 예로부터 레제트에 대한 내 마음을 알고 있지. 세월이 그의 천재성에 깊이를 더했듯이, 세월이 흘러감에 따라 내 열정도 강렬해졌네. 레제트의 후기작은 (겉보기뿐 아니라) 진정 최고네. 그러나 안 될 말이지! 작은 산속의 옹달샘보다 크나큰 품을 지닌 강물이 더 낫다고 누가 말할 수 있으리오?

"그만!" 아르갈로가 외치더니 마지막 문장을 큰 소리로 소리 내어 읽었다. "무운시가 두 줄이나 이어지다니! 전혀 마음에 들지 않소이다."

"저도 그렇습니다, 아르갈로 씨. 하지만 그렇게 됐네요. 설마 제가 듣는 귀가 없어서 그렇게 썼다고 생각하시는 건 아니지요? 선생님께서 이 글을 쓰는 그 순간 얼마나 흥분했는지를 보여 주기 위해 그렇게 한 겁니다. 대자연의 여신이 펜을 빼앗아 선생님 대신 글을 쓴 거죠. 그리고 여신은 우리 모두가 알다시피 아주 좋은 작가가 아니지 않습니까. 그러나 그건 하찮은 요점일 뿐이지요. 그 정도는 얼마든지 양보할 각오가 되어 있습니다. '작은'은 빼 버리고 '있으리오'를 '있겠소'로 바꿔 주세요. 됐죠! 이제 편지를 마무리합시다. 단락 사이는 띄어쓰기를 하지 말고요. 선생님께서는 흥분한 나머지 그냥 죽 써 내려가신 겁니다."

그리고 이제 한 가지 물어볼 게 있네. 혹시라도 자네가 레제트의 자필 원고를 한 쪽이라도 구해 줄 수 있는지 말해 줄 수 있겠나? 나는 늘 그에게 편지를 직접 쓰는 걸 삼가 왔네. 아니 그보다 (편지는 여러 번 쓰고 또 쓰고 했으니) 한 번도 편지를 부친 적이 없다고 해야겠군. 사람을 성가시고 귀찮게 들볶는 건 내 천성과 맞지 않아서 말이야. 안 그랬다면 당연히 나는 L.로부터 수많은 편지들을 받아서 소장하고 있었겠지. 사실 세 장 정도 수중에 갖고 있는데 가장 아끼는 자산 중 하나라네. 그러나 그 편지들은 타이프라이터로 써서 배포한 편지들일세. 아마 수많은 사람들에게 돌렸을 거라 생각되는, 몰개성적인 편지들이지. 강력하고 설득력이 있는 편지글인데다, L.의 손길이 닿는 모든 것이 그러하듯 어딘가 마법 같은 분위기를 풍긴다네.(특히 그중 한 장은 저명한 스웨덴 소설가의 미망인을 위해 홀본 레스토랑에서 개최한 정찬에 대한 것인데, 그런 유의 글 중에서는 걸작이라고 생각하네.) 그러나 그것으로는 충분치가 않아. "나는 원한다, 나는 원한다"라는 블레이크의 외침을 기억하는가? 특정한 한 사람에게 쓴 자필 편지 한 장이 있으면 좋겠네. 그러면 파는 사람이 부르는 대로 값을 치르더라도 아깝지 않을 거야.

친애하는 맥스, 미안하네, 자네를 귀찮게 해서.
애정을 담아서,

F. A.

"아니 그보다는," 나는 미소를 띠고 덧붙여 말했다. "선생님을 귀찮게 해서 정말 죄송합니다, 아르갈로 씨, 라고 해야겠지요. 그리고 제 깊은 감사의 마음을 부디 받아 주십시오."

그는 책상에서 일어나 말했다. "진심이오. 그 불쌍한 사람을 도울 수 있는 힘이라는 건 — 이 편지들이 선생 생각대로 정말 도움이 된다면 말이지만 말이요 — 내 딱한 오명이 내게 가져다준 유일한 좋은 점이오."

"아, 그럴 리가요! 하지만……." 나는 써 온 책장들을 갈가리 찢으며 말했다. "그런 일에 기쁨을 느끼신다면, 가끔 생각나실 때마다 레제트에 대해 편지를 써서 보내 주셔도 됩니다."

그는 "가끔"이라는 말을 되새기더니 난롯불을 물끄러미 내려다보며 서 있었다. 내가 편지들을 접어 지갑에 넣는 동안 침묵이 흘렀다. 갑자기 그가 나지막한 목소리로 침묵을 깨뜨렸다. "그렇다면 편지들이 많아질지도 모르겠군요." 여전히 난롯불을 물끄러미 바라보며 더욱 낮은 목소리로 그가 말했다. "어쩌면, 친구분이 아주 오래 기다려야 할지도 모릅니다. 내 건강에는 문제가 없으니까요." 내가 뭐라고 말하려 하는데 그가 갑자기 나를 바라보았다. 아니, 그시선은 나를 뚫고 지나가 내가 서 있는 곳 너머를 바라보았는데 기이하기 짝이 없었다. 그의 눈에는 내가 한 번도 본 적이 없는 빛이 깃들어 있었다. 주름 골이 깊이 팬 그 얼굴에 참된 젊음의 표정이 깃들어 있었다. 이상할 정도로 꼿꼿하게, 군인처럼 젊은 모습으로 서 있는 그를 보며 나는 한마디도 입 밖에 낼 수가 없었다. 그래서 아무 말도 하지 못하고 침묵으로 작별을 고했다.

'비극적'이라는 말은 아르갈로의 삶을 설명하는 데 몹시 어울린다. 그런데 다음 날 모든 신문들은 그의 죽음을 묘사하기 위해 바로 그 말을 썼다. 직접 본 기억을 떠올린 나는 그리 어리석게 굴지는 않았다. 그러나 신문들의 의도는 좋았다. 그들은 아르갈로의 문학적 천재에 진심에서 우러나오는 찬사를 바쳤다. 그리고 윤리적인 관점으로는, 전능하신 하느님이 자살을 금하셨으나 독자들은 아르갈로가, 물론 잘못된 생각이지만, 그 문제에 대해 정직한 자세와 또한 깊은 확신으로 자기 나름의 믿음을 견지했다는 사실을 잊어서는 안 된다고 상기시켰다. 한 열혈 신생 신문은 검시 배심에서 흔히 나오는 평결이 나온다면 나라 방방곡곡에서 분노의 울부짖음이 끓어올라 『햄릿』의 '무덤 파는 사람 1' 때부터 조롱감에 웃음거리였던 검시법 전체를 쓸어 연옥으로 보내 버리고야 말 것이고, 또한 그런 평결은 유럽의 평화를 위해 스페인과 영국이 더욱 밀접하게 친교를 다지는 일이 절대적으로 필요한 시점에 스페인의 심기를 심히 상하게 할 것이라고 주장했다. 당연히 나는 검시에 참여해 증거를 제출해야 했다. 그리고 나 역시 (유럽을 위해서라기보다는 진실과 추억을 위해서였지만) 흔한 평결이 나오지 않도록 막으려 애썼다. 아르갈로 씨가 뭔가 마음의 부담을 갖고 있었느냐는 질문을 받은 나는 그는 항상 무거운 마음의 짐을 짊어지고 있던 사람이라고 말했고, 마지막으로 보았을 때는 오히려 여느 때와 전혀 달리 홀가분하고 걱정이나 근심에서 자유로워 보였다고 답했다. 그러나 결국 그 흔한 평결은 나오고 말았다. 나는 웨스트민스터 수석 사제로서는 황급하게 밀어닥친 육중한 청원을 처리하기가 한층 수월해질 거라는 데서 그나마 위로를 찾았다.13) 하지만 웨스트민스터는 원래 늘 그런 데 아닌가. 아르갈로는, 아마 고인이 바란 바겠지만, 번지르르한 공식 절차 없이 매장되었다.

---

13) 웨스트민스터 사원에 마련된 '시인의 공간'에 고인을 안치해 달라는 청원.

그는 유언장을 남기지 않았다. 그러나 조지 뱃퍼드가 당연히 가장 가까운 인척이었고, 그는 내게 앞으로도 삼촌에게 봉사하며 평생을 바치겠노라 말했다. 나는 내심 그 결심 덕분에 아마 임박한 미래에 어마어마한 고생을 하게 될 거라 내다보았다. 저명한 작가는 자연사할 경우에도 잠시 대중의 관심을 증폭시켜 독서 열풍이 일어나기 마련이다. 아르갈로의 책들을 새로운 판본으로 출간하는 일이 특히 급박했다. 뱃퍼드는 번역 작품은 "머지않아" 모두 출간될 것이며 또한 '윔블던 에디션'이라는 제하에 4절판 양장본도 나올 거라고 했다. "그리고 물론 『삶과 편지』도 작업을 해야겠죠. 그건 제가 직접 할 생각입니다." 그는 구두쇠 같은 표정으로 말했다. "물론 저는 숙련된 인력은 아니죠. 그건 저도 압니다만 사랑하는 노신사의 '전기'를 냉혈한 타인에게 맡길 수는 없습니다. 그런데 선생님도 숙부님의 서한을 몇 통 갖고 계실 테지요?" 그래서 나는 몇 통 있다고 대답했다.

한 달도 못 되어 신문들은 수순에 따라 펠릭스 아르갈로가 쓴 편지를 소유하고 있는 분들이 계시다면 어쩌고저쩌고 하는 전기 작가의 편지를 게재했다. 나로서는 당연히 편지를 공개하기 전에 먼저 레제트의 심리에 필요한 정지 작업을 해 놓을 필요가 있었다. 원래 사람들은 껄끄러운 만남은 미루는 법이다. 레제트가 아무리 기가 막히게 순진하다 해도, 그리고 나 역시 제아무리 희랍어 의학 용어로 단단히 무장하고 있다고 해도, 앞으로 내가 해야 할 작업이 그리 쉽지 않으리라는 예감은 떨칠 수 없었다. 그러나 이제는 서둘러 일을 해치워야 할 때였다. 그가 네 개의 클럽에 상주한다는 건 안타깝게도 나의 착각이었다! 그는 새비지 클럽에 없었다. 그러나 오서즈에서는 찾을 수 있었다. 그리고 (길조였다) 그는 내가 그저 자신과 재미있게 어울리고 싶어 찾아왔다고 믿었다. 한동안 앉아서 이야기를 나누며 위스키소다를 반쯤 비웠을 때, 내가 말했다. "펠릭스 아르갈로 일은 참 안됐지, 안 그런가?"

"끔찍한 일이지! 우리 시대 최악의 손실이지. 그 사람을 다시 살려 낼 수 있다면 무엇이든 기꺼이 던질 수 있다네."

"아. 자네가 그를 좀 소홀히 대했다는 기분이 드는 건가?"

"아니, 그게 아니야. 천만의 말씀, 나는 그가 쓴 글은 한 줄도, 거의 한 줄도 남김없이 다 읽었다네. 하지만 자네 말은 내가 무슨 행사라도 주선해야……."

"아니. 그저 가끔 그를 만나러 갔을 수도 있었겠다 싶어서 그렇지. 그는 외로운 사람이었거든. 그리고 아주 오래전, 자네가 딱 한 번 찾아갔던 당시에 펜지에서……."

"내가? 몇 년 전에? 무슨 일로?"

"아, 글쎄, 자네 인생이 워낙 바쁘지 않았나. 그리고 그 시절에 아르갈로는 무명이나 다름없는 작가였으니까. 어쨌든 자네가 잊어버렸나 보군. 그 사람은 잊지 않았다네. W. E. 헨리도 잊지 않았을 테고. 내기 돈이라도 걸지. 헨리가 그날 같이 있었던 기억이 없나?"

"그럴 리가 없네. 내 말은 내가 거기 갔을 리가 없다는 거야. 한 번도 그를 만난 적이 없다네. 그 사람이 머스웰 힐에 살고 있을 때 뭔가 일이 있어서 찾아갔던 적은 있네. 하지만 외출하고 없었지."

"아마 그날 펜지에서 아르갈로가 두 사람을 인사시켜 주었을 때 이름을 잘못 알아들은 건 아닌가?"

"하지만 말이야," 레제트가 말했다. 얼굴이 벌겋게 달아올라 성을 내기 일보 직전이었다. "아르갈로는 본 적도 없단 말일세."

"희한한 일이군. 아주 희한한 일이야. 그 작은 솔페리노 레스토랑에서 나와 식사를 하다가 그를 만났던 일이 기억나지 않는단 말인가? 정확한 날짜는 나도 잊어버렸어. 그러나 1898년 2월 초순이 틀림없네. 자네하고 그 사람하고 나, 다른 사람은 없었고. 우리는 그 왼쪽 구석 자리 — 기억 안 나나? — 에 앉아 있었어. 말은 자네가 거의 다 했는데. 그날 밤 자네 아주 근사했다네. 그러나 펜지에 찾아갔을 때는 아마 훨씬 더 멋졌던 모양이지."

"하지만…… 이것 보게! 자네 무슨 환각 같은 걸 본 게 분명해!"

"아르갈로가 나와 함께 환각을 봤다는 게 이상하지 않나, 레제트." 나는 지갑을 꺼내 아르갈로의 첫 편지를 골랐다. 나는 그 편지를 건네주며 말했다. "이걸 보면 기억을 되살리는 데 도움이 될지 모르겠군."

원고를 정독하는 사이 그의 사고는 치열한 혼란에 빠져 정신없이 돌아갔다. "이것 보게!" 그는 마침내 내게 말했다. "누가 나를 사칭하고 다닌 게 틀림없어!"

"내 작품에 엄청난 가능성이 있다는 말을 자네 같으면 절대 하지 않았을 거라는 얘긴가?"

"아니…… 물론 그렇게 생각하지. 아니, 굉장히 좋아하지만……."

"누가 자네를 사칭했다면 말이야, 레제트 — 그리고 솔직히 대체 그런 짓을 누가 왜 한다는 건지 나는 모르겠네만 — 그 사람 얼굴은 자네와 똑같이 닮았던 모양이야. 아르갈로에게는 자네 사진이 여러 장 있거든, 원판은 아니더라도 말이야. 신문에서 오려서 자네가 쓴 기사와 함께 앨범에 보관했다네. 자네 얼굴 전체를 알고 있었어. 이마와 턱을 비롯한 얼굴 전체를 속속들이 알고 있었단 말일세. 나한테 앨범도 자주 보여 주었네. 자네에 대해 쓴 또 다른 편지에서 그 얘기도 직접 언급하고 있고."

"나에 대해 또 다른 편지들을 썼다고? 내 말은 그러니까……."

"두 번째 편지는 자네보다 자네 작품에 대한 거라 해야겠군." 나는 그 편지를 건넸다.

"세상에……." 그는 한참 뒤 쉰 목소리로 말했다. "그런 분이, 내 작품을……. 차마 못 믿었을 거야……."

"뭐, 그분 마음은 그렇다고 하셨네. 어디 보자고. 세 번째 편지는 좀 더 사적인 종류지만 마지막 장에서는 자네 작품 얘기를 하는 것 같더군. 맞아, 그랬어."

잠시 후 편지를 읽는 그의 관자놀이에 혈관이 불끈거리며 두드러졌다. 어찌나 어리둥절해 어쩔 줄 모르는지 나는 큰 죄를 지은 기분이 되었다. 그러나 이제 와서 물러설 수는 없었다. 한번 시작한 선행은 — 아르갈로와 내가 시작한 일을 — 끝까지 밀고 나가야 했다.

"어떤가?" 나는 짓궂게 그의 눈길을 똑바로 받으며 말했다. "또 그 수수께끼의 사기꾼인가? 아니면 뭔가?"

"설마……." 그는 헉, 하고 숨을 몰아쉬었다. "자네, 이 편지를 받았을 때, 설마 내가……."

"이런 친구, 그건 내가 상관할 일이 아니지. 그 문제는 마음속에서 싹 지워 버렸다네."

"그렇지만 진짜 그게 '나라고' 믿었다는 말인가?"

나는 웃음을 터뜨리며 담배에 불을 붙였다. 레제트는 끈질기게 나를 추궁했다.

"그 일에 대해서는 전혀 모르네, 친구. 그저 자네가 잊어버렸나 보다 생각할 뿐이지."

"어떻게 저런 일을 잊는다는 말인가?"

"글쎄, 저런 일이 얼마나 자네한테 많이 일어났는가에 따라 다르지. 자네가 여성혐오주의자는 아닌가 보다 생각하고 있네. 상당한, 아니 엄청나게 폭넓은 경험이 없다면 자네 소설에 나오는 그 매혹적인 여주인공들을 다 어떻게 그려 낼 수가 있었겠나. 과거를 돌이켜 생각해 보게. 1904년 5월 4일. 그날 오후에 자네 뭘 하고 있었나?"

"그걸 대체 내가 어떻게 안단 말인가?"

"그해에 일기 안 썼나?"

"아니. 나는 일기를 전혀 쓰지 않아."

"그 자체가 수상해 보이는데. 그렇지만 괜찮네, 친구! 그 한심한 기억력을 빨리 추슬러서 나한테 솔직히 다 털어놔 보라고! 5월의 오후, 느릅나무, 그 밑에 초록색 의자 두 개. 자네한테 뜻하는 바가 전혀 없단 말인가?"

"아, 공원에서 여자와 약속을 한 적이 전혀 없다는 얘기는 아니야. 그렇지만 절대로…… 절대로 저런 부류의 여인은 아니었다고."

"그런 부류의 여자와는 절대 약속을 '지키지' 않았을 거라고?"

"그런 말이 아니야."

"아, 레제트, 레제트!"

"내가 하는 말은 그랬다면 기억이 날 거라 이 말일세."

"솔페리노에서의 그날 저녁과 펜지에서의 기나긴 하루를 기억하듯 또렷하게 말인가?"

그는 멍한 눈으로 나를 쳐다보았다.

"걱정 말게." 내가 말했다. "자네의 정신은 괜찮아. 다른 모든 면에서는 말이야. 확신하네. 단발성 기억 상실증에 걸렸을 뿐이야."

"그게 뭔데?"

"아, 아주 흔한 병이야. 숱한 사례들이 있다고 들었네. 그 말은 '특정한 한 가지를 잊는다'는 뜻인데. 특정한 한 가지를 늘 기억하는 사람들이 있는 것처럼 특정한 한 가지를 영원히 망각하는 사람들도 있다는 거지. 의사들 말로는 뇌에 있는 아주 작은 병소 때문이라는데."

"그렇다면 당장 좋은 의사를 찾아가 봐야겠군."

"그러지 말게. 순전히 시간 낭비거든. 그런 병변은 치료할 수가 없다네. 물론 원인도 밝혀져 있지 않고 말이야. 그리고 두뇌의 나머지 부분에는 전혀 영향이 없어. 변별되어 있거든."

"변별?"

"그래, 모든 목적과 의도에서 변별되어 있지. 그렇지만 물론
……." 나는 조심스럽게 덧붙여 말했다. "소위 주변적 활동이라는
걸 하긴 하지만."

"그건 또 뭔데?"

"환자가, 아니 그 사람이 특정한 한 가지를 잊을 뿐 아니라 그와
연관된 모든 걸 잊는다는 뜻일세. 예를 들어 자네는 아르갈로와 관
련된 건 하나도 기억하지 못하지 않나."

"확실히 그래." 레제트는 위험천만하게도 희미한 일말의 지성을
번득였다. "그 사람 책들도 연관되어 있는 게 아닌가? 하지만 그 책
들은 잘 기억하고 있단 말이야."

"그렇지. 그래. 그건 참……. 하지만 그 책들은 실제 그 사람의 육
신과는 무관하지 않은가. 자네 경우에는 바로 그 특정 대상이 바로
육신의 존재인가 보군. 실제의 그와 함께 있을 때 본 건 다 지워졌
으니 말이야. 솔페리노 레스토랑에 여러 번 간 기억들은 나지 않나.
그러나 아르갈로와 함께 갔던 솔페리노는 전혀 생각이 안 나는 거
지. 그리고 그곳에서 자네를 성심껏 대접했던 나도 그렇고 말이야.
펜지의 작은 집, 귀 기울여 듣던 헨리, 공원의 늙은 느릅나무, 그 불
쌍한 숙녀분……. 그 모두가 영영 돌이킬 수 없이 사라져 버린 거
야, 레제트. 주변적 활동이 앗아가 버린 거라고."

"그렇지만……." 내 친구가 두 번째 빛을 번쩍거렸다. "정말 내가 거기 가서 그 숙녀분을 만났다면 틀림없이 그 전에 다른 데서 그녀를 만난 적이 있을 거 아닌가. 그런 건 내가 왜 잊겠나?"

"정말 잊었단 말인가, 레제트? 명예를 걸고? 뭐, 믿어 주도록 하지. 주변적 활동이 과거의 사건들을 지워 버리는 경우도 잦다고 하니. 그리고 향후의 일도 말이야. 그녀가 자네를 괴롭혔는지 아닌지도 전혀 기억 못 하겠군. 이상한데, 그렇지 않나? 자네 소설에 나오는 그 어떤 일보다 더 이상해."

"그래, 내 상상력의 범위를 벗어날 정도로 이상한 일이야."

"그리고 약간 우스꽝스럽기도 하고 말이지. 내가 자네라면 다른 사람한테는 절대 말하지 않겠네. 그러니까, 아르갈로의 편지들이 출간되면 사람들한테 꽤나 깊은 인상을 남길 텐데. 자네가 돌아다니면서 그 사람은 전혀 기억에 없다고 한다면 다들 이상하게 생각할 거야. 설마 '사실은 제가 단발성 기억 상실증이라서요'라는 말을 하고 싶지는 않겠지. 그런 해명을 하지 않는다면 사람들은 자네가 굉장히 무정한 사람이라고 믿어 버릴 거야. 아무튼, 이른바 매정하다는 얘기가 나왔으니 말인데, 그 세 번째 편지는 아예 보내지 말까?"

레제트는 한 팔을 팔걸이에 걸치고 다른 손으로 이마를 짚었다. 그런 모습은 처음 보는 것이었다. "그 자체로는 아주 훌륭한 편지일세." 그는 조심스럽게 말했다. "감정도 고아하고 표현도 훌륭해. 사장한다면 우리 친구의 기억에 충실한 행동이 되지 못할 걸세, 비어봄." 나는 그러면 그의 이름을 두 개의 줄표로 처리해 달라고 부탁하는 게 좋을까 물어보았다. 그는 단호하게 아무것도 손대지 않는 게 좋겠다고 답했다. 그는 이마에 짚은 손을 내리고 내게 내밀며 네 번째 편지를 달라는 시늉을 했다. "그 안에 뭔가 사적인 내용이 있나?" 그가 말했다.

"아니, 안타깝지만 그런 건 없네. 하지만 아주 훌륭한 편지야. 감정도 고아하고 표현도 훌륭하지. 그리고 이건 그가 생전에 마지막으로 쓴 편지라고 믿고 있네."

"이건 내 작품에 대한……." 레제트는 얼마 후 말했다. "최고의 찬사군." 그러더니 그는 턱을 매만졌다.

내가 가려고 일어섰을 때도 그는 일어나서 집 밖으로 따라 나와 인사를 하지 않았다. 의자에 앉은 채로 악수를 했을 뿐이다.

그래도 나는 그날 저녁 조지 뱃퍼드에게 편지들을 부쳤다.

다음 날 나는 갑자기 떠오른 영감에 이끌려 채링크로스 로드에 있는 중고 서점을 찾았다. 최근 작가들의 초판본에 대한 열광은 소소하게나마 이미 시작되어 있었다. 나는 그 열풍이 앞으로 차츰 더 거세질 거라는 예감이 들었다. 한동안 확전을 멈추고 있던 전쟁의 향방이 오리무중이듯 그 광풍이 결국 얼마나 어마어마한 규모로 불어닥칠지도 나는 전혀 예상하지 못하고 있었다. 서점 주인에게 주문을 넣던 당시에는 꽤 쏠쏠한 이익을 기대했을 뿐 대단히 화려한 성과를 바라지는 않고 있었다.

한편으로, 유수의 출판사들 사이에서는 『생애와 편지』의 판권을 따내려는 경쟁이 치열하게 벌어지고 있었다. 그리고 승자가 조지 뱃퍼드에게 지급한 '선계약금'은 그 치열했던 투쟁의 광기에 상응하는 금액이었다. 두 권짜리 근사한 양장본이 11월 초순 출간되었다. 승자는 영국의 전기들 중에서도 사상 최고의 작품이며, 또한 크리스마스 시즌에 선물로 이상적이라고 홍보했다. 내가 보기에는 조지가 발휘한 조카로서의 효심이 덮을 수 없는 단점들이 드러났다. 분별력도, 문체도, 명료한 순서도 찾아볼 수 없었다. 물론 조지는 심각하게 불리한 상황에서 작업을 해야 했다. 아르갈로가 스페인에서 보냈던 초기의 모험에 대해서는 알려진 바가 거의 없었다. 열풍이 불어닥치기 전 펜지에서는 일어난 일 자체가 별로 없었다. 윔블던에서는, 최후를 맞을 때까지는 사실상 아무런 사건도 일어나지 않았다. 그러나 턱맨의 『카를로스 전쟁사』와 펜지의 고적들에 대한 J. F. 코플리 목사의 저서, 그리고 윔블던의 지형학에 대한 책 몇 권들에서 조지가 헤아릴 수도 없이 많이 인용한 장황한 글들은 그 자체로 흥미롭지도 않았고, 선택이 좋지도 않았다. 그리고 일대 광풍에 대한 기록 대신 조지는 영국과 미국의 언론에서 80편에 가까운 『마지막 그림자』에 대한 평론을 글자 그대로 인용했는데, 이 또한 끔찍한 뒤죽박죽이었다. 그렇다고 사적인 내용을 다루는 솜씨가 더 나은 것도 아니었다. 마지막 장은 "이제는 내가 처음 보았을 때 삼촌의 모습을 펜화로 그려 보려 한다. 삼촌은 키가 아주 컸고 아버지 쪽의 스페인 혈통을 보여 주는 검은 스페인 피부의 소유자였다"라는 첫 구절부터 시작해서 "그러나 그의 추억은 대영 제국과 미 대륙 양쪽에서 영어를 쓰는 대중 모두의 기억 속에 살아 숨 쉴 것이다"라는 마지막 문장에 이르기까지, 죄다 참으로 놀랍도록 한심하기 짝이 없는 글솜씨로 일관했다. 아르갈로가 직접 쓴 편지들이 이 책의 유일한 강점이었다. 물론 말년에는 편지를 몇 장 쓰지 않았고, 초창기의 편지들 중에는 보존된 것이 거의 없었다. 그러나 그는 영국의 서간문 작가들 중에서도 최고의 반열에 든다는 게 비평가들의 대체적인 의견이었다. 나 역시 이러한 견해에 동의한다. 내가 보기에 아르갈로의 편지들은 몹시 탁월했다. 때문에 나를 수취인으로 하는 네 장의 편지를 그중에서도 가장 특징적이고도 훌륭한 사례로 뽑은 비평가가 여럿 된다는 사실에 놀랄 수밖에 없었다.

그리고 나를 상당히 당혹스럽게 만든 일이 또 하나 있다. 나는 아르갈로가 레제트의 작품에 대해 품은 감정이 밝혀지면 한바탕 엄청난 난리법석이 일어날 줄 알았다. 그런데 퍼덕거리기는커녕 날개 한쪽 꿈틀거리는 소리도 나지 않았다. 그저 밍밍한 잡담이 좀 들릴 뿐이었다. "그가 월터 레제트 씨의 천재를 처음으로 알아본 소수 중 한 명이라니 기분 좋은 일이지." "그는 거장-기술자에게서만 찾아볼 수 있는, 본질을 꿰뚫는 비평을 하고 있네. 젊은 시절 브라우닝에 대한 분석은 말년에 쓴 조지프 콘래드, 단눈치오, 그리고 월터 레제트에 대한 평가만큼 훌륭하지는 못하지만." "그가 이후에 이룬 작업은 레제트의 작품에 대한 관대한 평가를 금실에 꿰어 둔 검은 구슬처럼 빛나고 있지." 이상한 일이기는 하지만 사실을 알고 있는 나마저도 이 듣기 좋은 목소리에 속아 버렸고, 레제트와 마주칠 때마다 그의 태도가 너무나 자연스러워 선심 쓰려는 마음 따위는 없다고 확신했다는 것이다. 많은 사람들로부터 아르갈로의 "맥스"는 상당한 존경을 받았다. 하지만 어떻게 아르갈로의 우상이 이 중 하나가 된 것일까?

그를 문예 클럽에 추천한 주교나 거기 동조한 육군 원수 같은 사람들에게, 그는 상당히 성의를 다해 대했다고 들었다. 하지만 이듬해 봄 2조항의 규칙에 의해 선출되었을 때, 그는 문예 클럽 회원들과 별로 어울리지 않았다. 작가 클럽에서 나와 담소를 나눈 뒤, 그는 곧 다른 클럽에서 탈퇴했다. 예전처럼 행동한 옛 친구들 때문에 그는 기분이 몹시 상했으며, 특히 새비지 클럽에서는 모종의 불쾌한 소동을 벌이기도 했다. 문예 클럽에서도 그가 침착한 태도를 유지한 것은 결코 아니라고 했다. 그는 펠릭스 아르갈로 같은 사람에게 그처럼 높이 평가를 받다니 큰 기쁨일 것이라고 말한 저명한 노과학자에게 부당하게 노발대발했다. 당시 그의 책 판매고가 엄청났으며, 신랄한 젊은이들까지 그의 천재에 대해서는 동의했건만, 그는 만족하지 못하는 것 같았다. 늘 유행에 좀 뒤처지는 옥스퍼드에서는 그해 여름에 그에게 문학 박사 학위를 주지 않았다. 그는 이를 개인적인 모욕으로 간주해 버렸다. 그 대단한 명예를 사양하고자 아르갈로가 커즌 공에게 쓴 서신(1907년 5월)은 고귀하고 감동적인, 고전적인 서간문이다. 하지만 1913년의 가을 어느 날, 커즌

공이 문예 클럽의 도서관에서 악수를 청하며 다가오는데 레제트가 획 돌아서서 가 버리는 광경을 볼 수만 있다면, 나는 그 서신이 없어져도 상관없다고 여길 것이다. 여러분도 기억하듯, 1914년에 옥스퍼드는 올바른 일을 했다. 하지만 당시 옥스퍼드 창립 기념제에 참석한 모든 이들은 레제트가 붉은 학위복을 입고 매우 부루퉁한 표정으로, 몹시 험악하고 뻣뻣하게 서 있었다고 입을 모아 말했다.

나는 늘 옥스퍼드를 사랑했다. 옥스퍼드가 지니는 영원한 힘의 상징으로, 레제트의 박사 학위가 작품 초판의 시장가를 10포인트 올려 주었다는 사실이 반가웠다. 이때가 '내놓을' 순간이 아닐까 했다. 엄청난 유혹을 느꼈다. 그의 유명세가 내게 걸어 놓은 마법에도 불구하고, 레제트 책 한 권만 팔아도 내가 진심으로 원하는 것 이상을 얻을 수 있었다. 그가 낸 모든 작품의 '깨끗한' 초판을 두 권씩 감추어 두고 있다니, 괴로운 일이었다. 채링크로스의 내 사냥개는 섬뜩할 만큼 철저하게 내 명령을 실천에 옮겼다. 레제트가 군소 철도 회사니 해변 호텔 주인들, 내륙의 호텔 주인들, 그 밖에 온갖 사람들에게 젊은 시절 써 준 광고 전단을 모조리 두 장씩 갖게 되었다. 나는 그가 작사를 한 모든 노래도 모두 두 장씩 갖게 되었다. 게다가 그 가사라니! 지금 내놓을까? "아직은 때가 아니야." 마음속에서 현명한 목소리가 속삭인다. "처녀작의 시장 가격은 앞으로 엄청나게 더 오를 거야. 레제트가 한 해 더 살 때마다 레제트의 값어치는 올라갈 거라고." 두 달 뒤 전쟁이 일어났다. 그리고 다른 모든 일은 잊혔다.

레제트마저 잊혔다. 그가 젊은이를 시샘하며, 밖으로 직접 나가 "저 저주받을 카이저[14]와 맞서 싸우지" 못하는 것이 아쉽다고 쓴 소네트는 사람들의 관심 밖이었지만 전쟁이 계속되면서 그를 무겁게 짓눌렀다. 그는 전쟁을 멈추려는 시도까지 하지는 못했지만, 언젠가 폴몰에서 만났을 때 내게 이야기했듯, "이처럼 정신적인 활동을 완전히 중단하는 것"은 그 자체로 국가에 큰 위험이라고 느꼈다. 그는 공습을 사적인 모욕으로 느낀 것 같다. 어쨌든 그는 1915년이 저물기 전에 워즈워스의 윈더미어에 칩거했다. 거기 폭격이 없는 호숫가에서 그가 끊임없이 자기 책들을 읽었다고 생각하고 싶다. 전쟁이 끝난 뒤에는 정신적인 것들이 다시 기억되었다. 존 불[15]은 굶어 죽기 직전의 사람처럼 게걸스럽게 그것들을 읽어치웠다. 레제트의 이름이 오랫동안 가려져 있었던 만큼 이제는 더욱 화려하게 빛났다. 레제트의 초판들은 전쟁 전보다 값어치가 15포인트 올랐다. 이제 내놓아야 할까? 하지만 또다시, 현명한 목소리가 나를 저지했다.

종전 후 얼마 지나지 않아, 나는 전쟁 전 한동안 주로 지냈던 이탈리아로 갔다. 거기서 나는 지금 자리를 잡았다. 떠나기 며칠 전, 레제트를 마지막으로 잠깐 보았다. 그는 도서관을 향해 아주 천천

---

14) 독일 황제의 칭호.
15) 영국을 의인화해 일컫는 별명.

히, 지팡이에 의지해 걸어가고 있었다. 지난 세월 동안 그토록 식사를 제한했지만, 그는 엄청나게 뚱뚱해졌기 때문이다. 자신의 천재를 지나치게 생각한 나머지 건강을 해친 것이라고 나는 확신했다. 얼굴은 납작하고 눈은 흐리멍덩했다. 타고난 체질 덕분에 그가 그 후로도 8년이나 더 살 것이라고는 예상하지 못했다.

보름 전 이탈리아에서 돌아온 나는 물론 화요일의 웨스트민스터 미사에 참석했다. 친구와의 추억을 이렇게 마지막으로 기릴 수 있어서 기뻤다. 이튿날, 저 유명한 '1급 에이전트' 냇 하인즈 씨가 뉴욕을 떠나 정기 방문의 일환으로 런던을 찾아와 리츠 호텔에 묵는다는 소식을 듣게 되어 역시나 기뻤다. 나는 당장 그에게 예의 바르게 편지를 써서 채링크로스 호텔로 찾아와 줄 수 있다면 흥미로운 물건을 보여 주겠다고 했다. 그런 다음 레제트의 초판들을 두 점씩 넣어 둔 상자가 있는 창고로 차를 몰았다. 나는 그 물건을 호텔로 옮겨 와 개인용 응접실에 두었다. 어제 아침, 나는 그곳에서 테이블 두 개와 의자 두 개, 소파 하나에 미끼를 펼쳐 놓고서 하인즈 씨가 정한 방문 시각까지 기다렸다. 냉정하고 상대를 얕보는 태도를 예상했다. 그런 일을 하는 사람에겐 그런 태도가 필수적이니까. 하지만 하인즈 씨의 조그맣고 새카만 눈동자는 보물을 하나하나 살피는 동안 도저히 참을 수 없다는 듯 반짝였다.

책 몇 권의 낱장 사이에는 '관련 자료'라고 부르는 것이 끼워져 있었다. 다양한 날짜에 레제트에게서 받은 서신들, 연회가 끝난 뒤

274

돌려 레제트를 포함한 참석자들이 서명한 메뉴들, 필 메이[16]가 그린 레제트의 스케치 몇 점도 있었다. 하인즈 씨의 관심을 아르갈로에게서 받은 서신 네 점을 끼워 둔 책으로 돌렸다. 하지만 이것에 대해서는 지나치게 과대평가한 셈이었다. "아르, 뭐라고 하셨죠?" 하인즈 씨가 말했다. "아, 아르갈로. 네, 기억합니다. 자살한 작가죠. 한때는 아르갈로의 작품을 폭넓게 취급했지요. 요즘은 값이 아주 떨어졌어요."

하지만 더 이상 트집을 잡지는 않았다. 그는 한마디도 덧붙이지 않고서 내가 단호한 목소리로 부른 액수 그대로를 수표에 적어 주었다. 그 수표를 호주머니에 넣고서 나는 푸짐한 점심 식사를 했다. 그리고 은행에 그 수표를 가져가기 위해 호텔을 나서기 전, 안내 여직원에게 이젠 개인 응접실이 필요 없다고 말했다. 수표를 받은 은행 직원은 흡족한 듯 나른한 내 표정이 의미하는 바를 곧바로 꿰뚫어 보고는 매우 인간적인 축하 미소를 보내 주었다.

채링크로스로 돌아오는 길에 사업에 뛰어난 친구이자 동료 작가를 만났다. 나는 그를 놀라게 해 주려고 거래 이야기를 쏟아 냈다.

그는 날카로운 휘파람을 불었다. "이런 얼간이 친구야, 자넨 냇 하인즈의 주머니에 9백 파운드를 넣어 준 거야!"

"흠, 따지고 보면 그 사람이 내게 준 액수도 그거니까." 내가 그에게 말했다. "그러니 됐어. 사기를 칠 생각은 없으니까. 이번만큼은

---

16) Phil May(1864~1903). 영국의 캐리커처 화가.

유럽이 제 주장을 지켜 냈다는 사실에 만족해!"

"하지만 그렇지 않아!" 내 친구가 반박했다. "미국이 책을 가져가지 않았나!"

그 점은 생각하지 못했다고, 나는 털어놓았다. 하지만 이 글들이 선보일 무렵이면, 하인즈 씨의 고객들도 그 점은 별로 중요하게 여기지 않을지도 모른다.

작가들이 사랑한 작가,
그 행복한 사람이 부르는 마이너 찬가

소설가이자 에세이스트였으며 캐리커처 화가였고, 나중에는 방송에서도 활약했던 맥스 비어봄을 한마디로 표현한다면 바로 '재사(才士, wit)'가 아닐까 싶다. 위트(wit)를 냉철한 지성을 기반으로 한 비판적 유머라고 정의한다면, 위트로 점철된 촌철살인의 묘사와 논평, 그리고 만평의 힘이야말로 비어봄의 캐리커처와 에세이, 소설을 아우르고 있다. 비어봄에게 열렬한 찬사를 바친 후대의 작가 로베르토 볼라뇨와 존 업다이크는 그를 뭐니 뭐니 해도 "행복한 사람"이라고 평했는데, 사실 행복은 비어봄이 살았던 시대에 인기 있거나 숭배 받는 미덕도 아니었거니와 쉽게 성취할 수도 없었기에, 이 소박한 칭송에는 보기보다 훨씬 더 깊은 울림이 스며들어 있다.

1872년 런던에서 태어나 1956년 세상을 떠난 비어봄은 영국 제국 최대의 호황기였던 빅토리아 시대와 에드워드 시대를 거쳐 양차 대전을 통한 제국의 몰락까지를 모두 지켜본 격랑의 한 세대를 대표한다. 빅토리아 시대의 양적 팽창을 통해 에드워드 시대까지 전 세계 식민지의 부가 흘러 들어왔던 영국의 19세기 말은, 잉여의 부가 예술과 문학, 과학으로 스며들면서 그 어느 때보다 문화의 향유가 형식주의적이 되었고 또 보편적으로 확장되었다. 그러나 한편으로는 넘쳐흐르는 국부의 어두운 면, 즉 유한계급의 도덕적 타락, 불공평한 부의 분배 문제, 그리고 유럽 전역의 불안한 정치적 기류로 인해 다양한 형태의 종말론이 대두되는 비관적인 세계관과 냉소적 태도가 퍼져 있기도 했다. 그리고 이 불길한 파국의 예감은 1차 세계 대전의 발발로 결국 현실이 되었다. 이상과 환멸이 롤러코스터처럼 번갈아 가며 덮쳐 온 이 힘겨운 시대에 비어봄의 관용과 위트와 유머는 '행복'이라는 소중한 가치를 지켜 내며 많은 이들에게 세기말에는 휴식을, 세계 대전 이후에는 위로를 주었다.

맥스 비어봄의 여유로운 위트는 투신하기보다는 '거리'를 두고 관찰하는 시선에 그 뿌리를 두고 있는데, 당대의 분위기를 살펴보면 이런 관조적 시선은 돌연변이에 가깝다. 옥스퍼드 재학 시절부터 호인다운 성품과 빛나는 재기로 당대의 문인, 예술가들과 우정을 나눴던 비어봄은 세기말의 유미주의자들, '예술을 위한 예술'의 주창자인 작가 오스카 와일드, 극작가 버나드 쇼, 화가 오브리 비어즐리 등과 활발하게 교유했고, 훗날에는 열렬한 유토피아 사회주의자였던 H. G. 웰스, 모더니즘 소설가인 헨리 제임스나 조지프 콘래드, 서머싯 몸 등 여러 작가들과 꾸준히 우정을 쌓았다. 잠시 열거한 작가들의 이름만 설핏 봐도 알 수 있듯, 맥스 비어봄의 시대는 오스카 와일드의 유명한 희곡 제목처럼 대의명분에 대한 투철한 헌신, 곧 '진지한 열의의 중요성(The Importance of Being Earnest)'으로 규정되었다 해도 과언이 아니다. 빅토리아 시대와 에드워드 시대의 영국에서 누군가는 와일드나 로세티, 비어즐리처럼 탐미주의와 예술의 순수성을 위해 삶을 바쳤고, 다른 누군가는 웰스처럼 유토피아를 꿈꾸며 사회 개혁에 헌신했으며, 또 누군가는 남극 원정대장 스코트처럼 과학의 발전과 제국의 영광을 위해 기꺼이 목숨을 버렸다. 그러나 맥스 비어봄만은 그 어떤 사조, 그 어떤 명분과도 결연하게 거리를 유지했다. 그는 독선과 인접한 "대단하고 거창한 생각들(big ideas)", 다시 말해 개인의 행복을 희생하도록 요구하는 대의에 늘 미심쩍은 경계심을 갖고 있었는데, 훗날 이 '거창한 생각들'이 결국 세계 대전의 파국을 초래했음을 생각해 보면 현인의 예감이었는지도 모르겠다. 아무튼 비어봄은 웰스나 쇼와 친분을 유지하면서도 만평을 통해 그들의 유토피아주의를 서슴없이 비꼬았고, 다양한 생각들을 열린 태도로 바라보면서도 키플링의 배타적이고 맹목적인 애국주의에만큼은 질색하며 적대감을 숨기지 않았다. 비어봄은 스스로 "객관적 거리"를 선망하는 사람으로서, 영국 제국이라는 관념에는 전혀 마음이 동하지 않는다고 쓴 적이 있다. 그리고 아주 가끔씩 드러내는 이러한 분명한 '의견'조차 그는 언제나 가장 영국 신사다운 위트의 형식을 갖추고 짓궂은 장난기로 감싸 우회적으로 내놓았다.

　이처럼 늘 중심에서 한 발 물러나 관조하는 관찰자의 시선은 맥스 비어봄 특유의 페르소나를 구성한다. 로버트 린드는 비어봄의 '쿨한' 문학적 특징을 "풀을 먹여 빳빳하게 다린 셔츠 앞섶처럼 완벽함이 생명"이자 "이브닝드레스 차림으로 세상을 바라보는 시각"이라면서 전형적인 빅토리아 시대 작가라고 평했다. 반면 니나 아우어바흐는 '사보나롤라' 브라운의 유작을 받아들고 등장인물에 도저히 빙의할 수 없어 냉철한 거리를 유지하는 화자 비어봄의 페르소나는 빅토리아 시대의 작품을 다루는 모더니스트 작가의 그것이라고 진단했다. 어쨌든 팔짱을 끼고 미소를 머금은 채 '진지한 열의'로 뜨겁게 추동되는 분주한 세태를 바라보는 비어봄의 관점에서라면 헌신과 열정은 어리석음, 곧 조롱과 야유의 대상에 그치는 듯 보이기도 한다. 아이러니와 패러디에서 빛을 발하는 비어봄의 이 독특한 관점은, 실제로 문학과 예술의 위상이 예전 같지 않은 현대의 독자들을 거부감 없이 수많은 작가들이 문학의 신화에 매달렸던 세기말 영국으로 안내하는 설득력 있는 시점이 되어 주기도 한다.

　하지만 간과해서는 안 될 중요한 한 가지는 『일곱 명의 남자』를 포함한 여러 작품 속에서 문학도들의 치열한 열정을 향해 던지는 비어봄의 소위 '비웃음'의 배후에는 경멸이나 연민이 아니라 진심 어린 애정과 존중이 깔려 있다는 사실이다. 맥스 비어봄은 문학과 문학에 투신한 작가들에게 한없이 매료되어 있으며, 그의 이러한 선망과 매혹은 흥미롭게도 아이러니와 패러디로 점철된 풍자적 캐리커처 하나하나에서 '뜨겁게' 배어 나온다. 그런 의미에서 어쩌면 비어봄은 영국 역사상 가장 활발하고 치열했던 세기말의 문단에 속한 작가답다 하겠다. 이 책에 실린 여섯 편의 작품들은 단순히 '일곱 명의 남자'(일곱 번째 남자는 바로 작가 자신이다)와 '다른 두 남자'의 이야기가 아니라 실은 — 제임스 페텔을 제외한다면 — '작가들'에 대한 이야기다. 다만 그들은 당대를 풍미하는 대작가가 아니라, 훗날 문학사에 등장할 리 없는 이류 작가들이다. 진중함과 열정은 있되 재능이 없거나, 천부적인 이야기꾼의 재능을 쓸데없는 거짓말에 허비하거나, 원치 않는 명성에 시달리거나, 대인 관계에 서툴고 소심하여 명성을 얻을 절호의 기회를 허망하게 날려 버리거나, 천하의 호인이지만 작가로서의 재능이 없거나, 상상력과 작가적 야심을 전혀 현실적으로 제어할 줄 모르거나……. 비어봄의 주인공들은 이처럼 어딘가 덜떨어지고, 나아가 소위 '찌질'하며, 가끔은 심란할 정도로 딱하기까지 한 소위 문단의 '루저'들이다. 하지만 이 실패한 작가들을 바라보는 비어봄의 시선은 그들의 도전과 실패를 그 어떤 대작가의 성공보다 더 특별하고 의미 있는 것으로 빚어낸다. 숱한 신화를 양산하던 문학의 시대에 작가로서의 '삶'을 짊어지고 살아간 수많은 마이너 작가들의 애환은 그 절실함으로 인해 웃음거리를 넘어서 다시금 작은 신화가 된다.

로베르토 볼라뇨가 최고의 이야기 중 하나로 꼽은 바 있는 「에노크 솜즈」는 재능은 없고 허세와 명예욕은 충천한 한 작가의 비극을 다루는데, 비어봄이 젊은 시절 실제로 만나고 겪었던 일처럼 구성되어 있다. 로선스타인과 비어즐리 등 실존 인물이 등장해 마치 진짜 회고록처럼 읽히는 이 이야기에서 화자인 비어봄은 본의 아니게 작가로서 상상할 수 있는 최악의 악몽을 목격하는 증인이 된다. 당대의 인정을 못 받더라도 후대에 천재성을 인정받으리라 믿고 있던 작가가 그에게 유일하게 의미 있는 영역, 즉 후대의 문학적 정전에서 자신의 존재가 철저히 지워졌음을 확인하는 장면을 보고 마는 것이다. 작가의 정체성이 '인정'에 근거한다는 사실을 직시하면서 또한 그 '타인의 인정'이 얼마나 악마적인 희롱이 될 수 있는가를 잘 보여 주는 이 소름 끼치는 이야기는, 화자 자신 역시 '악마의 인정'을 갈구하는 마지막 반전에서 아이러니의 절정에 이른다. 열정도 있고 헌신도 있으며 명예에 대한 욕망도 있는데 오로지 재능만 없는 작가라는 설정은 업다이크의 표현대로 작가라면 누구나 "불편한 심정으로 공감할 수밖에 없는" 원형적 이야기인 것이다.

그런 면에서 판타지적인 요소를 섞어 작가들의 살아 있는 악몽을 생생히 구현하는 또 다른 이야기는 「힐러리 몰트비와 스티븐 브랙스턴」이다. 이는 작가가 셀러브리티로서도 행세해야 했던 시대의 풍자이기도 한데, 질투심으로 라이벌 작가의 출세 길을 막았다는 죄책감에 시달리며 그 라이벌의 환시를 생령처럼 보게 되고 그로 인해 사교계에서 얻은 일생일대의 기회를 날려 버리는 소심한 작가의 이야기다. 특히 힐러리 몰트비가 말 그대로 스티븐 브랙스턴의 생령에 흡수되어 질식하기 일보 직전에 이르는 장면은 그 어떤 유령 이야기보다 웃기면서도 진심으로 공포스럽다. 하지만 이 치졸한 욕망의 소극(笑劇)에는 몰트비의 융통성 없는 양심이 자아내는 우직한 기품이 있다. 그리고 비어봄은 그 불타협의 양심을 지 닌 몰트비의 기품을 웃음거리로 삼는 동시에 찬양하고 기린다.

한편 1차 세계 대전이 한창이던 1917년에 쓰인 「사보나롤라 브 라운」에서 세기말의 우스꽝스러울 정도로 뜨거웠던 문학적 열정을 조롱하며 동시에 찬미하는 비어봄의 어조에는 모종의 향수와 상실 감이 두드러진다. "처음 나온 책과 둘째 날의 연극 공연"을 인생의 낙으로 삼고 사는 '사보나롤라' 브라운은 빅토리아 시대와 에드워 드 시대에 팽배해 있던 문학의 신화화를 신봉하는 인물이다. 그는 셰익스피어를 신격화하는 당시 연극의 사조에 따라 대작 희곡을 쓰겠다는 포부를 품고, '무운시'에 걸맞은 소리를 가졌다는 이유로 사보나롤라에 대한 연극을 쓰기로 결정한다. 작품의 등장인물들은 나름의 생명력을 가진 생령과 같은 존재들이며 작가는 그 생령들 에 빙의해야 한다는 자동 창작의 신화를 신봉하며 희곡을 써 내려 가던 '사보나롤라' 브라운은, 어느 날 픽션 속 주인공의 최후에 대해 논하다가 그만 픽션만큼이나 황당한 죽음을 맞고 만다. 그러나 미 완의 유고를 넘겨받아 탈고해서 출판하는 임무를 떠맡게 된 화자 는 브라운이 창조한 등장인물들에 끝내 빙의할 수가 없어 결국 창 작에 실패한다. 세상을 떠난 '사보나롤라' 브라운은 오로지 '책과 연 극'에만 몰두하는 사람들이 살아가던 그 시절에 대한 짙은 노스탤 지어를 품은 인물이다. 이 스케치에서도 비어봄은 거창한 형식주 의 희곡 창작 이론을 맹목적으로 따르는 브라운의 언행을 조롱하 고 있지만, 한편으로는 허구의 등장인물들에게 말 그대로 목숨까지 내어 주는 그의 헌신을 선망하고 추앙하고 있기도 하다.

맥스 비어봄은 그 누구보다 작가들을 잘 알고 문학에 종사하는 이들의 욕망과 좌절을 낱낱이 이해한 작가였다. 비어봄의 풍자는 그 희망과 절망, 도전과 실패, 나아가 이상과 환멸을 생생한 삶의 맥락 속에서 그려내고 또 위로한다. 그가 붓 대신 언어로 그려낸 작가들의 캐리커처는 명예와 문학성을 좇아 엎어지고 쓰러지며 허덕허덕 따라가는 세상의 모든 마이너 작가들에 대한 찬가이자 격려이다. 존 업다이크의 평대로 결국 "마이너 작가의 장인 정신"이 그어떤 사조나 명분에도 투신하지 않고 거리를 두었던 맥스 비어봄의 신념이자 자랑이 되었다. 그러니 그가 당대는 물론 현대까지 숱한 작가들의 사랑을 한 몸에 받는 것도 어쩌면 당연한 일인지 모른다. 버나드 쇼가 "그 누구와도 견줄 수 없는 맥스!"라고 불렀듯, 그는 작가들의 영원한 친구 '맥스'로서 이야기를 만들어 내고자 신기루 같은 세계에 투신하는 수많은 작가들을 특유의 위트와 공감으로 보듬고 도닥여 줄 것이다.

옮긴이 김선형

1872년 8월 24일 런던 팰리스 가든즈 테라스에서 아버지 줄리어스 이월드
에드워드와 어머니 엘리자 드레이퍼 비어봄 사이의 다섯째 자녀
이자 막내이며 줄리어스의 아홉째 자녀로 헨리 맥시밀리언 비어
봄 태어남. 아버지 줄리어스는 사별한 전 부인과의 사이에 네 자
녀를 두었으며, 재혼한 부인과의 사이에 네 딸을 두었음. 맥스는
이 네 누이와 함께 자랐으며 이복 형제자매들과도 가까이 지냈는
데, 그중 허버트 비어봄 트리는 맥스가 어릴 때 이미 유명한 연극
배우였음.

1881~1885년 오름 스퀘어에 있는 윌킨슨 데이 스쿨에 다님. 맥스는 후일
이곳에서의 교육 덕분에 라틴어를 좋아하게 되고 영어로 글을 쓸
수 있게 되었다고 회상함. 이 학교에서 드로잉 수업도 받았으며,
이 시기에 자신의 그림에 '맥스'라고 서명을 하기 시작함.

1885년 차터하우스 스쿨에 입학함. 선생님과 급우들, 유명 인사들의 캐리
커처를 그려 이름이 알려짐. 독서(특히 새커리의 작품)에서 즐거
움을 찾으며 평범한 학교생활을 하였음.

1890년 옥스퍼드의 머턴 칼리지에 입학함. 맥스는 "배움과 웃음의 작은 도시"인 옥스퍼드를 매우 좋아했으며 자신의 댄디즘과 탐미주의, 관찰자적 성향에 딱 맞는 곳이라고 생각하였음. 이 학교에서 소설가 레지널드(레지) 터너를 만나 평생의 지기가 되었음. 터너를 통해 오스카 와일드와 그 측근들을 알게 됨.(오스카 와일드와의 첫 만남은 이복형인 허버트 비어봄 트리를 통해 이루어졌다고 알려져 있기도 함.)

1892년 『스트랜드』지에 '클럽 타입'이라는 36점의 연작 드로잉을 게재함으로써 직업적인 캐리커처 화가로서의 경력을 시작함.

1893년 '옥스퍼드의 인물' 석판화 연작을 위해 파리에서 돌아온 화가 윌리엄 로선스타인을 만남. 로선스타인은 비어봄에게 화가 오브리 비어즐리와 출판업자 존 레인을 비롯하여 문화 예술계의 많은 인물을 소개해 줌. 맥스와 윌은 가까운 친구가 되어 일생 동안 우정을 나누게 됨. 「앵글로 아메리칸 타임스」(3월 25일자)에 '어느 미국인'이라는 필명으로 오스카 와일드에 관한 첫 에세이를 발표함.

1894년 4월 존 레인과 엘킨 매튜스가 창간한 문학잡지 『옐로북』에 「화장품에 대한 옹호」라는 풍자적인 에세이를 기고하여 큰 반향을 일으킴.(이 글은 1896년 그의 작품집에 「연지의 보급」이라는 제목으로 실림.) 당시 이 잡지의 아트 에디터는 비어즐리였음. 이해에 맥스는 학위를 받지 않고 옥스퍼드를 떠났으며, 이미 영국 문단의 떠오르는 스타로서 촉망을 받음. 이후 『픽미업』, 『스케치』, 『폴몰 버짓』 등에도 꾸준히 글과 캐리커처를 발표함.

1895년 형 허버트의 극단 비서 자격으로 미국을 방문하여 몇 달간 체류하나, 업무 서신을 다듬는 데 지나치게 시간을 소비하여 해고됨. 이 극단의 미국인 여배우 그레이스 코노버와 약혼하나, 8년 후 자연스럽게 파혼함.

1896년 옥스퍼드 재학 시절에 『옐로북』을 비롯한 여러 매체에 발표한 에세이들을 모아 존 레인이 운영하는 보들리 헤드 출판사에서 『맥

스 비어봄 작품집』을 출간함. 레너드 스미더스 출판사에서 캐리
커처 모음집인『신사 스물다섯 명의 캐리커처』를 출간함. 파인아
트 소사이어티의 그룹 전시인 '호가스에서 오늘날까지, 영국 유머
러스 아트 1.5세기' 전에 6점의 캐리커처를 출품함.(비어봄 최초의
공식적 전시였음.)

1897년 최초의 단편 소설「행복한 위선자」를『옐로북』에 발표함.

1898년 전임자인 조지 버나드 쇼의 추천으로 그의 뒤를 이어「새터데이
리뷰」의 연극 평론가 자리를 맡음. 쇼는 비어봄을 일컬어 '그 누구
와도 견줄 수 없는 맥스'라고 찬사를 보냄. 맥스는 1910년까지 이
일을 지속하면서 450여 편이 넘는 연극 평론을 집필하였음.

1901년 카팩스 갤러리에서 최초의 개인전을 엶.

1903년 형 허버트의 극단의 영국인 여배우 콘스탄스 콜리어와 약혼하나
몇 달 후 파혼함.

1904년 두 번째 캐리커처 모음집『시인의 모퉁이』출간. 카팩스 갤러리에
서 두 번째 개인전 개최.(이후 1907년과 1908년에도 같은 갤러리
에서 개인전을 개최함.) 미국인 여배우 플로렌스 칸을 만남.

1908년 플로렌스 칸과 약혼함.

1909~1911년 뉴 잉글리시 아트 클럽의 네 번의 그룹 전시에 참여함.

1910년 플로렌스와 결혼한 후「새터데이 리뷰」의 평론 일을 그만두고, 지
중해에 면한 이탈리아의 도시 라팔로의 작은 집인 빌리노 키아로
로 떠나 정착함. 부부는 양차 대전 시기와 비어봄의 전시회 등 특
별한 일이 있는 경우에 영국에 체류한 것을 빼고는 여생을 이곳에
서 보냈으며, 비어봄은 죽을 때까지 이탈리아어를 배우지 않았음.
에즈라 파운드와 서머싯 몸, 트루먼 커포티 등 당대의 많은 유명
인들이 라팔로를 방문함.

1911년 유일한 장편 소설『줄레이카 돕슨』이 출판되어 큰 성공을 거둠.
레스터 갤러리에서 개인전을 개최하였고, 이후 비어봄의 작품은
이곳에서만 전시함.(1913, 1921, 1923, 1925, 1928, 1945, 1952년)

1912년 당대 유명 작가 17명의 문체를 패러디한 글 모음집『크리스마스 화환』출판.

1919년 단편 소설 혹은 회고록 형식의 에세이 모음집이라 할 수 있는『일곱 명의 남자』출간.(두 명의 주인공이 등장하는 하나의 이야기가 더해져 1950년『일곱 명의 남자와 다른 두 남자』로 증보판이 출간됨.)

1920년 에세이 모음집『그리고 지금도』출간.

1922년 캐리커처 모음집『로세티와 그의 주변 사람들』출간.

1935년 BBC 방송국의 라디오 프로그램에 출연하여 에세이를 읽어 주고 자동차와 뮤직홀 등에 관한 이야기를 들려줌. 그의 방송은 큰 인기를 얻었음.(이후 사망하는 해까지 총 14회의 방송에 출연함.)

1939년 조지 6세로부터 기사 작위를 수여받음.(왕실 역시 풍자의 대상으로 삼았던 비어봄은 이 아이러니에 흡족해하며 기쁘게 작위를 받았다고 함.)

1942년 비어봄에 대한 존경의 의미로 그의 70세 생일에 맞추어 70명으로 구성된 '맥시밀리언 소사이어티'가 만들어짐.(축하 파티에서 70병의 와인을 선물받음.) 모교인 옥스퍼드 대학교에서 명예 학위를 받음.

1945년 머턴 칼리지의 명예 펠로가 됨.

1946년 비어봄의 라디오 방송 내용을 모은『주로 방송 중에』출간.

1951년 아내 플로렌스 사망. 독일 작가 게르하르트 하웁트만의 비서였던 엘리자베트 융만이 비어봄의 비서가 됨.

1956년 4월 엘리자베트가 유산을 물려받을 수 있도록 그녀와 결혼함. 5월 20일 라팔로에서 83세를 일기로 숨을 거둠. 그의 시신은 제노바에서 화장되어 6월 29일 런던의 세인트폴 대성당에 안장되었음.

1997년 6월 3일『일곱 명의 남자』수록작 중 가장 유명한「에노크 솜즈」의 주인공 에노크 솜즈와 같은 옷차림의 남자가 작품 속 상황과 똑같이 대영 박물관 독서실에 나타났다 사라짐.